我始终只是一个想好好爱你的人

程沙柳 著

北京时代华文书局

有态度的阅读

小马过河（天津）文化传播有限公司出品

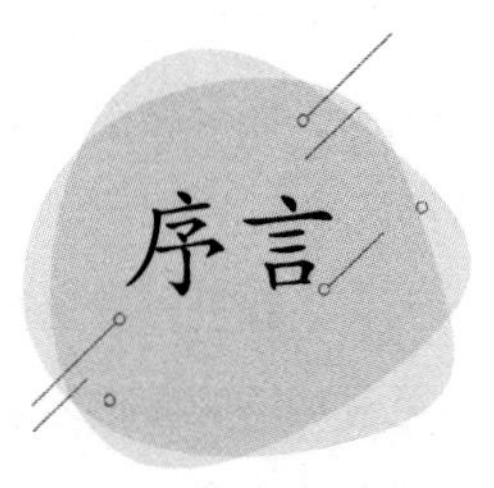

序言

**前路漫漫，我们只能紧靠彼此
才能携手不孤单地走向终点**

本书创作期间在我身上发生了很多事情，我放弃了一份非常不错的工作，选择和朋友一起创业，但并不顺利，很难。我每天在公司要面对各种疑难问题，都需要打起十二分精神，但仍免不了被焦虑缠身，我用意志力克制住自己，才不至于衍生成抑郁症。

我一般晚上八九点才下班，吃完饭洗漱完后差不多十点了，这之后的时间我一般会拿来阅读和创作。只有这样做，我内心才有平静之感，尽管有时候一两个小时才能写几百字。

我在书里写的故事来自我身边的人和我自己的经历。我喜欢写这种具有真实感的故事，通过描述个人的某个阶段来勾勒出我们生活的方方面面。

每个人的青春都很宝贵，怎样度过，和谁一起度过，我觉得这些都是值得珍藏的。它将一去不复返，终有一天只能去追忆。

书里所有故事都有现实原型，除了更改人物姓名之外，故事核心部分我尽量全部按照事实来阐述，少许地方我才会用戏剧性的写作手法做一些略微的改动。

用稍显夸张一点的语言说，从这些故事里我们能窥探到当下都市男女的情感和生活状态。他们如何去爱，如何去做情感抉择，如何从失败的感情伤痛中走出来，如何和自己达成和解，这些情感困扰几乎是我们所有人都曾经历或正在经历的。

爱一直都是一件人生大事。我见过情窦初开的少年为了心仪的姑娘放弃光辉前程；我也见过痴情的女孩为了追逐喜欢的男生不远万里跟随，甚至不惜放弃晋升的机会；我还和一位年过七旬的老奶奶有过漫长的交谈，她和丈夫结婚五十多年，却没有爱过他丝毫，她心里装着的仍旧是十七岁那年被母亲强制从身边赶走的那位少年，所以她过得不开心不幸福，几乎天天和丈夫争吵，甚至相互诅咒，每天的生活都是从争吵开始的。

每个嘴上说着不相信爱情的人心里都装着一个此生或许不可能在一起的人，只要有机会仍旧会为了那个人赴汤蹈火。爱能给予我们面对琐碎生活的力量，心里装着爱的人眼神是泛着光的，即使在深夜独自望着窗外的夜景也不会感到孤独。

这本书里，我创作的故事大多充满着治愈和向上的力量，而这种力量在生活中是不可或缺的。故事里有小欢喜，也有小幸运，当然也有爱而不得的无奈和肆无忌惮地付出却没有回报的悲凉。但最终所有人都会从阴影里走出来，爬出感情的泥淖，并重拾继续向前的动力。

这是真实的人生，我们跌跌撞撞在世间行走，除了让自己变得更好之外就是寻找一位跟自己合拍的另一半，过完余下的人生。

前路漫漫，我们只有紧靠彼此才能携手不孤单地走向终点。

2021年5月26日

目录

一生中总会遇到的那个人

一

几乎每个人的学生时代都有一个叫张伟的人，我身边的张伟出现在高二，他是一位转校生，个子普通，长相普通，第一眼几乎看不出来有什么吸引人的地方。因此，当他站起来做完自我介绍以后都没几个人再看他第二眼。

我本和张伟没什么交集，之后的一次调座位，他坐在了我的旁边，我们成了同桌。有一天，我看到他偷偷地藏在厚厚的书堆后戴着耳机听 mp3，我悄悄碰了碰他，示意他借给我听听。

他白了我一眼，不愿意借给我，过了几分钟我又戳他，他有些不耐烦，把耳机摘下来递给了我。那之后，我们就成了朋友。

张伟是一个没有什么特别出彩的地方甚至还有些无聊的人，成绩非常普通，也没有什么喜欢的课外读物，最喜欢做的事情是放学后去游戏厅花一块钱买四个游戏币打游戏。他打游戏的技术也很一般，经常不到半个小时四个游戏币游戏人物的十二条命就玩光了。然后他就站在其他人身后看他们玩游戏。

张伟的高考成绩比较一般，被重庆的一所专科学校录取，他也没多少懊恼，想着专科就专科嘛，好歹是个大学。我出发去北京上学的时候他来重庆北站送我，是唯一送我的一位同学。他冲我挥手：“好好读书，毕业了找一份工资高的工作。”

上了大学以后，我和张伟的联系虽然不是很频繁，但基本保持一周联系两三次的频率，对彼此的新生活还是有一个大致了解的。

大一快结束的时候，张伟和我说他喜欢上了学校的一个女生，但觉得自己没有什么闪光点，胆子也小，不敢告诉她。

我给他支招：“你要搞清楚她是不是单身，如果是，你也真心喜欢，就约她出来耍，带她出去逛街，看电影什么的，如果不排斥对你也不反感那就有可能，然后再慢慢来。”

第二天，张伟约女孩子看电影，女孩子说让她想想，下午的时候女孩子回张伟说：“宿舍晚上十一点关门，你看着时间选个电影，别错过了这个时间。”

张伟果真为女孩子回宿舍的时间考虑，电影看完了，才九点多，两人在街上逛了逛，张伟问女孩子饿不饿，想吃什么。女孩子想了想说：“你邀请我出来玩儿，吃什么都没想好吗？”张伟确实没想到这一点，有些慌，就随便指了指旁边的一家火锅店：“咱们就吃这个吧。”

女孩子的话让张伟有些受挫，吃火锅的时候心里一直想着这事儿，没怎么主动说话，女孩子找话题他也不知道怎么接，也不懂得在展开的话题上继续延伸。女孩子努力想化解无话可说的尴尬，最终两人只有闷着头吃火锅。

晚上十点半的时候，女孩子就回了宿舍，目送她上楼之后，张伟转身走出不到十米，就收到了女孩子的微信：“我们以后不要单独见面了，你太无聊，没意思。”

二

第一次失败的感情经历让张伟很受伤，他消沉了挺长时间，心想，即使没有爱情也没关系，外面的世界非常有意思，生活中也有很多好玩的东西。

之后张伟出现在学校的时间比较少，即使出现也以沉默寡言的状态示人，戴着耳机，沉醉在自己的世界里，除了宿舍里的室友，他在大学里几乎没有其他朋友。

他找了两份长期的兼职做，给一家补习班发招生广告，另一份是麦当劳的钟点服务生。只要有时间，张伟就会用来做这两份工作，这能让他感觉到过得很充实，不会有“时间流逝而我毫无作为”的感觉，另外还能挣一些钱。后者带给他的欢愉远大于前者。

时光匆匆，很快大二就过去了，张伟要开始实习阶段并不得不面对正儿八经的职场生活了，他想了半天，拿不定主意，不知道应该找什么样的工作，便来咨询我。

我问他做兼职以来到现在存了多少钱，他说快三万元了，我心里直呼不简单，但他表示大学这样度过让他有一种不真实感，现在提到大学能想起的除了那失败的感情经历，就是自己忙来忙去发招生广告与汉堡可乐打交道的场景，有一种大学白上了的感觉。

我想了想说：“要不大三这一年你过得轻松点，反正有那么多钱了，不妨出门看看外面的世界，你还这么年轻，即使耽误一年时间也不会对你的职业规划有什么影响。”

虽然不缺钱，张伟出门旅行的时候抱着的还是穷游的心态，能坐硬座火车绝对不买卧铺票，住的也是几十元一晚的廉价宾馆，从不在景区买东西。我吐槽他太过精打细算，他觉得自己一个人过得节省点无所谓，如果是和女朋友旅行的话就不能这样，要让她玩好吃好。

离校之前，班长组织大家吃了顿散伙饭，在饭桌上，张伟觉得很多人的面孔都好陌生，甚至有些人不能立即叫出名字，还有一些人敬酒的时候他都找不到话说，只好就一仰头咕咚咕咚两口把酒灌进了肚子里。

有一些关系好的人围坐在一起絮絮叨叨不知道说些什么，还有人在流泪，张伟和一两个室友关系也不错，但还没有好到这种程度，大家相互勉励了几句就没什么话题聊了。在回宿舍的路上，张伟把大学生活在脑海里回想了一遍，虽然的确非常舍不得，但他也知道今晚之后这些人可能自己再也没机会见面了。

张伟不小心摸到了口袋，发现里面有一张陌生的字条，他好奇地打开，借着校园昏黄的灯光看上面的字，他的心开始怦怦直跳。

那是一个女孩子写给张伟的字条，字体娟秀，能看出来是一个内心非常善良温婉的女孩子，但张伟不知道她是谁，她也没有写名字，用的是匿名的方式。

信的内容不长，张伟在校园的路灯下读了三遍。

匿名女孩写道："虽然我们是同学，但我们并没有说过几句话，你甚至都不会想起来我是谁，你的名字却很好记，我有个初中同学也叫张伟。我不知道你的生活和故事，据我观察，你是一个非常孤僻的人，走路的时候喜欢戴着耳机低着头看地面，不喜欢看天上的蓝天和白云。希望你在以后的日子里能多开心一些，走路的时候昂着头，总是低头对颈椎不好。祝福你有一个灿烂美好的未来，我相信这么年轻的我们，以后的日子会有很多未知和无数种可能性，只要我们好好去经营，不懈怠自己，一定能活成我们想要的样子。我不知道我是不是喜欢你，但我看书上说，如果你喜欢一个人，一定要告诉他，不是为了要他报答，而是让他在以后黑暗的日子里，否定自己的时候，想起世界上还有人喜欢他，他并非一无是处。不知道你的未来会遇到怎样的挫折，希望那个时候你不要轻易放弃，想起今天的我，如果能带给你力量，我们就不枉相遇一场。"

张伟哭了，哭得很开心也很难过，但他很克制，没有发出声音，泪水默默地滑出眼眶，浸湿了那张浅蓝色边角还装饰着两只小猫的信纸。

张伟这时才明白一个事实，虽然自己的名字取得很普通，但自己并不普通，在有些人的眼里，他是很特别的存在。

三

匿名女孩在张伟的心里装了三年，他有想过尝试去找她，但思考了下还是作罢，对方最终选择匿名，肯定有不得已的苦衷，而自己又何必破坏这份美好呢。

但匿名女孩却成了一股力量，让张伟每次在冰冷的生活里行走的时候想起来，总会感到有一股温流钻入心底。

张伟正式开始恋爱是和一个叫何遇的同事。此时他已经有了一份稳定的工作，在一家销售公司的后勤部门工作，虽然工作比较无聊，但好在稳定。

何遇和张伟一个部门，比他早来两年，两人因为经常有业务上的对接，一来二去就很熟了，有时候还会聊一些生活上的话题。张伟对何遇怎么想的他还不是非常明确，但每天见到何遇能让自己很愉悦是真的。

某天，何遇在 QQ 上问张伟："为什么你的聊天框会变色，而我的不会？"

张伟说："因为我是尊贵的 QQ 会员啊。"

兴许是何遇从张伟的话里读出了傲娇的感觉，扑哧一下就笑了，一边笑还一边偷偷看和自己隔了几个工位的张伟。

张伟做了一个让何遇很诧异的举动，他直接花了几百元给她也充了一个会员："这样，你也和我一样成了尊贵的会员，聊天框会变色了。"

何遇很惊讶，也很欢喜，下班之后她对张伟说："你让我成了尊贵的会员，我还你人情请你吃饭啊。"

张伟当然没有拒绝。

在重庆请人吃饭，火锅从来都是第一选择，张伟和何遇的饭吃得很舒服，两人聊得哈哈大笑，还一起拍了自拍。

张伟看着镜头里的自己和何遇，心中暗想：好像一对啊。他又想起了第一次请女孩子吃火锅时的囧样，发现那已是非常久远的事情了。

吃完饭后，张伟带着何遇去江边转了转，两人倚着栏杆看滔滔不绝的嘉陵江，江风撩起了何遇的头发，额前没有绑住的部分飞起来遮住了眼睛。

这样的何遇让张伟看得入迷。

何遇笑看了一眼张伟，问他："你知道我多少岁吗？"

张伟摇摇头："我不知道。"

何遇说："我1983年的，比你大了快十岁。因为会保养，至今保持的容颜也还不错，不显老。"

张伟顿了顿："我不知道会有这种问题出现。"

何遇说："现在遇到了也不迟。"

张伟沉默了不到一分钟，脱口而出："我不在意，希望你也不要在意。"

何遇笑了："我当然不会在意。"

何遇三十多岁的人，却有一张二十多岁的脸，加上她比张伟多了几年的阅历，整个人显得非常有韵味。但和张伟站在一起的时候，她又变成了一个情窦初开的小姑娘，如果不说年龄，没人知道他们是姐弟恋。

虽然是第一次正式恋爱，但经过两次情感和社会生活的洗礼，张伟早已不是当初那个敏感多疑的小男生了。他变得成熟有担当，并在尽自己的努力想给何遇和自己的爱情一个最终的结果。

但这段爱情并没有结果，分手是何遇提出来的，她说她是不婚主义，想谈一辈子恋爱，想烂漫一辈子。

张伟说："结婚了也能烂漫，还能带着孩子一起烂漫。"

何遇摇摇头："你不懂。"

分手那天，何遇看着张伟不说话，只是哭，哭也没有声音，也没有表情，只有眼泪不住地往外面流。

张伟掏出纸巾给她擦眼泪，纸巾很快就全部被打湿。

张伟抱住何遇："别哭了，生活会如你所愿。"

何遇拍拍张伟的背："你是个好人，是一个真正的好人，能和你结婚的人会很幸福，可惜我无福消受。"

四

我回重庆的时候和张伟一起吃饭，他聊起自己的爱情时感叹地说："我以为我的生活会一直平平淡淡地过，没想到居然遇到这么让人难以忘怀的爱情。"

和何遇分手后，张伟没有再触碰爱情，工作之余他喜欢骑着车子满重庆转，坡坎再陡峭他都不愿意下来推着车子走，死命地用力踩，到顶后衣服都湿了一大半，但他觉得很有成就感。

26岁那一年，张伟父母见他还没有女朋友，就开始着急了，一直催着他赶紧找女朋友，要不就出去相亲。

过了两个月，张伟还是没有动静，他父母就赶鸭子上架，不管他愿不愿意都得去见那个他们非常满意的女孩。

周六早上不到8点张伟就被父母从床上拉起来，洗了澡换了新衣服收拾了一番，把他推出门的时候，张妈妈还给他塞了500块钱，说第一次见人家女孩子要大度，不能太抠门，多吃点好的。

张伟有些哭笑不得，但父母一番心意也不好不给面子，硬着头皮去了父母以自己的名义和对方女孩约好的咖啡馆。

昨晚张伟加了那女孩微信，两人就简单地打了声招呼就没再说话，他去看对方的朋友圈也没找到什么东西，对方设置了动态仅三天可见。

张伟在约好的地方等了5分钟女孩就到了，很得体大方的一个女孩子，扎着丸子头，张伟站起来的时候她主动伸手和他握手："你好，我就是陆敏。"

话题在前3分钟陷入了尴尬，张伟是第一次相亲，感觉聊什么都比较违和，还好3分钟之后话题就恢复了正常。

双方并没有聊双方家庭都是什么条件，房子多大车子多少价位这类瞬间会让人感觉相亲像在交易的话题。彼此聊得最多的是自己的爱好，遇到的好玩儿的事儿，张伟甚至还讲了几个笑话，陆敏的笑容不夸张，但张伟能看出来她的笑容是发自真心。

见面结束两人分别时，陆敏问张伟："你怎么看待相亲这个事情？"

张伟满脸沉思，想了一会儿说："相亲也是找到另一半的一种方式。"

陆敏的笑容有些寓意不明："你说得对。"

张伟父母非常期待张伟的这次相亲，他推开门的时候坐在沙发上的二老腾地一下就站了起来："怎么样？女孩子对你满意吗？"

张伟很淡定："你咋不问我对她满不满意？不过我觉得整体上还好，不知道接下来会怎样。"

张伟的确很淡定，平心而论，陆敏挺好的，但兴许是几年未曾恋爱的缘故，他对爱情有了一点疲惫感。那次见面后，两人没有再约下一次，偶尔在微信上聊几句也只是不痛不痒的今天天气挺好这类无聊的话题。

有一天晚上，张伟收到了陆敏一条很长的微信，他没有细看，陆敏的大致意思是说，这次之所以会来相亲是因为和之前的男朋友吵架了，男朋友想让她去他老家，她家里不同意，想让他过来，两人没谈好，吵了一架，五年的感情就这样结束了。陆敏本以为不会再和男朋友有瓜葛，打算相亲结婚好好过日子的时候他又出现了，表示愿意来陆敏这边生活，陆敏本就未曾熄灭的希望又重新燃了起来。

张伟回消息："好的，祝福你。"然后删除了和陆敏的对话框，把手机扔在一边，蒙着头开始睡觉。

那晚张伟做了一个梦，梦见了匿名女孩，她站在离自己很远的地方，穿着白色的连体裙，四周的风不大，但她的头发被撩了起来，遮住了半边脸，张伟看不清她的样子，不管她朝他多么用力地奔跑，她都和他保持若即若离。

匿名女孩在问张伟问题："张伟，你现在过得幸福吗？"

张伟嗫嚅了几下嘴巴，不知道怎么回答。然后他就被张妈妈叫他起床吃饭的声音吵醒了，他一边穿衣服一边闻着炒鸡蛋的香味，在心里想：我应该是幸福的。

五

接到张伟的婚礼邀请的时候，我没感到意外，毕竟身边很多同龄人已经结婚且有的孩子都已经上幼儿园了。我问张伟和新娘是怎么认识的，是不是我认识的人。他说不是，是相亲认识的，彼此各方面都合得来，且双方年纪都不小，就想着该结婚了。

我没有多问张伟和新娘的情感状况，包括他之前的情感经历，如果不是主动和我说，我也不会知道得那么清楚。

参加张伟婚礼的人很多，坐了好几十桌，一群人吵吵闹闹，我坐在人群里，还没来得及和张伟说上话婚礼就已经开始了。

这家婚庆公司没什么有创意的婚庆方案，大部分环节和我参加的其他婚礼没什么区别，我记忆深刻的部分是新人双方的致辞。

张伟满脸红光，拿着话筒笑得一脸灿烂："很开心能和李女士结婚，在过去的许多年里，我时常在想，我究竟会和一个什么样的人结婚，组成家庭，互相扶持一起走过后面的人生。当我遇到李女士的那一刻，我觉得我找到了这个人。生活本质上是一件很简单的事情，但我们的幸福日子也是靠这一天一天的简单组成的。"

新娘的话比较少，只有一句："我想，这一刻我是全世界最幸福的人。"

轮桌敬酒的时候，张伟走到我旁边，我说恭喜啊，他拍了拍我的肩膀："不好意思啊兄弟，太忙了，没法和你好好聊聊，等一会儿忙完就好了。"我还没来得及回话，他就已经转身向下一桌走去。

看着他忙碌的背影，我打心眼里替他开心，他马上要开始人生的下一个阶段了。

就这样与你牵手，直到时间尽头

一

白苏辛和覃超在一起后，还是会经常想起第一次和覃超“牵手”时候的情景。

那是大一上半学期，白苏辛第一次穿高跟鞋，那深红色的鞋子穿起来比想象中好看，但也比想象中痛苦，刚穿上走了不到十分钟，白苏辛脚就疼得不行，腿都伸不直了。她想起了室友媛媛的话：“第一次穿高跟鞋会很痛苦，熬过去就能一直美美哒了。”

况且现在已经到了学校门口，回去换舒服的平底鞋已经来不及了，最重要的是，活动主办方要求主持人一定要穿高跟鞋才行。

白苏辛在网上接了一个附近商场的促销活动，当主持人，全程站两个小时，虽然很辛苦，但看在报酬够她半个月的生活费的份上，她就觉得没什么了。这是白苏辛第一次做兼职，有些紧张，但更多的是期待。

白苏辛性格开朗，刚进入大学，看什么都新鲜，积极加入各种社团，平时也喜欢主持班里的各项活动，但真站在台上拿起话筒时，她还是有点怯场，心中一直有个声音在狠狠地告诉自己：“千万不要搞砸了！”还好，当她开口说出第一句话之后，发现也没什么大不了的。

后来白苏辛是这样和覃超说的："当我甜美的嗓音一亮出来，下面的观众就完全由我掌控了。"对于白苏辛的自信，覃超只是一脸宠溺地看着她笑。

或许是商场一层的促销展厅有其他的活动，白苏辛主持的活动在商场二层，从一层到二层的电梯只有上行的，而下行的只能走楼梯。强忍住脚的剧痛站了两个小时的白苏辛，面对长长的楼梯傻了眼，腿此刻已经控制不住地不停打战。

她小时候曾经在下楼梯时发生了严重的摔伤事故，那是她永远也忘不了的童年阴影，她不想再经历第二次。

眼前的层层台阶在白苏辛的眼前交叉重叠，她微微有些眩晕，腿肚子还在不停打战，她不想让旁人看出自己的窘态。早知道应该备一双平底鞋，在活动结束时换上，白苏辛想着，都怪自己没有经验。

就在白苏辛手足无措的时候，覃超出现了。从开学到现在，两人虽然都是文学院二班的同学，但说过的话不超过十句，印象中的覃超，就是一个沉默寡言的小胖子，总是独来独往，不像其他男生们那样勾肩搭背，他在人群中总是显得很落寞。

此刻的覃超，背着一个黑色双肩包，因为身躯庞大，书包带紧紧绷在他的肩上，像是与身体融为一体。他脚步匆匆，下楼时仿佛身上的肉也跟着一颤一颤的。

白苏辛一时怕认错人，但关键时刻顾不得那么多了，她试探性地喊了一声："覃……覃超？"

覃超突然停住了脚步，回头看着站在楼梯口的白苏辛。他抬手扶了一下银色眼镜框，那细长的眼镜腿仿佛镶嵌在脸颊两侧的肉中。

"你叫我？"覃超看起来很茫然，他显然并没有认出她来，尤其是穿上黑色礼服化了浓妆的白苏辛。

"咱们一个班的，我叫白苏辛。"白苏辛尴尬地说。

“哦，想起来了。”覃超往回走了几步，他个子很高，即使和她相差几个台阶，依然与她齐平。

“我好像崴到脚了，下楼梯有点困难……”白苏辛撒了个小小的谎，她不愿承认自己无法驾驭高跟鞋，她想在同学眼中扮演一个完美的女神。

“需要帮忙吗？”覃超似乎看出了她的窘态，绅士般地主动把胳膊伸出去。

白苏辛往前一步，谁料腿一软，她没有抓住覃超的胳膊，反而触碰到了他的手！随着身体惯性向前，覃超担心她会摔倒，只能紧紧地回握住她的手。

因为怕摔倒，两人都不敢松手，握得很使劲儿。白苏辛的注意力一直集中在自己的高跟鞋上，每踩一步都小心翼翼，直到走完了全程，到了楼下她才意识到自己还“牵着”他的手，连忙松开，装作若无其事的样子。

“谢谢你啊，”她赶紧转移话题，“你在这里做什么？”

“我在这儿的英语培训班做兼职老师。”覃超说。

“哦，那挺好的，没什么事儿我就先走了。”白苏辛想着早点回去，她现在亟须躺在宿舍床上好好睡一觉。

“你不是脚崴了吗？能走路吗？”覃超疑惑地关心道。

“能走平地，不要紧的。”白苏辛笑笑。

“我也要回学校，不如一起吧，我去门口打辆车，你先坐在这里等着。”覃超指指商场门口的一排长椅。

覃超一直将白苏辛送回了女生宿舍才离开，打车钱也是覃超付的，白苏辛心里很过意不去，想着下次有机会一定要好好感谢他。

白苏辛一进宿舍门就将高跟鞋甩得远远的，看着磨得起了水泡的脚趾，还有脱了一层皮的后脚跟，疼得嗷嗷直叫。

室友媛媛拎着打包的饭，一进屋就急切地八卦她：“哎哎，你和覃超怎么回事？我刚看见他把你送回来的呀！”

白苏辛把今天发生的事情一五一十都告诉了她，唯独没有提到她抓了他的手。

“我和覃超是一个高中的，”媛媛边吃边说，“你不知道，超哥可是个活宝。”

二

这个世界对胖子来说实在是太不友好了。

覃超学识渊博，上知天文下知地理，通晓古今中外，在高三的几个文科班中，成绩数一数二。然而就是因为他太胖了，毕业后的同学们似乎忽略了他的学识，记得的仅仅是他臃肿的体形以及他在紧张的学业中带给大家的“欢笑”。

高中的覃超身高一米八，体重近两百斤，走在教学楼狭窄的走廊，通常容不下第二个人“超车”，他强壮有力的双臂挥舞起来，像是大鹏展翅一样掀起阵阵旋风。高中校服最大码的裤子他穿不下，学校为了特殊照顾他，允许他可以穿自己的运动裤。于是他常年上身穿浅蓝色的校服上衣，下身穿着自己的灰色运动裤，裤子紧绷得贴在腿上，像是芭蕾舞演员。到了秋冬季节，里面套着的秋裤轮廓都能看得一清二楚。

他的座位很好辨认，从讲台一眼望去，桌上摆着的最高那摞书就是他的。他打喷嚏声音洪亮有力，站在教室外面都能听见，每打一个喷嚏，都震得桌上那摞书一晃。而且他打喷嚏都是连着打，他们班的同学摸清楚了这其中的规律，当他打完第一个喷嚏后，同学就默默看着手表计算时间，几秒钟后也学他的样子打一个喷嚏，如果这时覃超也刚好打了喷嚏，大家就会哄堂大笑。

打完喷嚏之后，他一定会擤鼻涕，从那摞书上面的卫生卷纸随意地撕下一张，擤鼻涕的声音也是格外响亮，好几次老师正讲着课，都不得不停下来等他，因为那声音把老师的声音都盖过去了。

覃超还爱放屁，或者说是他每次放屁的声音都很大。很多时候上着自习课，本来非常安静，突然传出一声“噗”，然后是大家纷纷开窗户的“刺啦”声，继而是一阵爆笑。

那个时候他性格还很开朗，对于同学们拿他取乐一事毫不介意，甚至每次都会憨厚地笑一笑回应。这些欢笑成了高三毕业班枯燥乏味的生活中的调味剂，支撑着他们度过了一个又一个奋斗的日子。

“我俩不是一个班的，这些都是他们班同学和我说的，大家都嘲笑他，他看似很大度，心里其实挺不好受的，”媛媛说着说着，由欢笑的语气转而变得有点压抑，连饭也不吃了，继续说，“快高考的时候，毕业班举行了一个减压趣味运动会，当时发生了一件事，我也是那个时候才意识到这些的。”

有个游戏叫“台风中心”，需要四个人同时握住一根长竹竿，跑到一个红色三角桩做的“台风眼”旋转一圈，再跑回来，一组接着一组。

关系好的同学们都自动结成了组，文科班男生少，零零星星的男生穿插在女生当中。但覃超所在的班级总人数是单数，会有一个人落单，而那个人毫无疑问就是运动细胞不发达的覃超。

没有人愿意和他一组，因为怕他会拖大家的后腿。

覃超站在队伍外面，不知所措地从第一排走到最后一排，像是身处另一个世界，远远地看着眼前欢笑热闹的人群。

“他们班就在我们班旁边，我当时站在最后一排，眼看着覃超独自走回了教学楼，他胖胖的身体一扭一扭的，迈着外八字，好像还抬起手在擦眼泪……”媛媛说到这里，声音语调也变得哽咽，“不过我不确定他是不是真哭了，但我能感觉到他很伤心，其实他是个很努力的人，每次体育考试他都是一个人被甩在队尾，跑不动的时候，很多同学都会选择抄近道，他从来没有偷过懒，大家会坐在草地上为他加油，直到他气喘吁吁地跑到终点。”

那天晚上，白苏辛躺在床上回想起白天发生的事情时，想到的不是她声情并茂的舞台时刻，也不是她光鲜亮丽的完美形象，而是覃超一个人默默走回教学楼时那落寞的背影。

以及，她抓住覃超那双肉肉的胖手时，带着些许甜腻的心灵感触。

三

从那以后，白苏辛对覃超的关注莫名多了起来，她才发现他们有很多共同点，在校园里常常能偶遇，只不过以前她从未注意到这些。

他们总会在没有课的时候去图书馆看书，喜欢去三号食堂的麻辣香锅档口打饭，晚上雷打不动地在操场跑圈。

白苏辛想找个机会感谢他上次的帮助，但随着期末考试的临近，她一忙起来就把这件事抛诸脑后了。

很快大一上半学期结束了，寒假他们各自回老家，过完年回来发现彼此都吃胖了一圈，唯独覃超恰恰相反。

开学返校时看到他，白苏辛明显感到他变瘦了，银色的眼镜框也换成了时下流行的黑色镜框，整个人精神状态比之前好很多。

关于覃超的“八卦新闻”，活跃度一直很高的嫒嫒，利用她在校园内的“耳目”，又断断续续给白苏辛讲了好多。

覃超在大一社团纳新的时候，加入了轮滑社，据说还是因为一位姓尹的姑娘。

尹姑娘是大二的学姐，艺术学院，长得非常好看，还是轮滑社的副社长。在媛媛添油加醋的描述中，学姐尹姑娘像是一阵风，滑着轮滑从覃超的身边飘过，只留下了身上香香的味道。

覃超就是被这股味道吸引了，拿着学姐发送的宣传单，鬼使神差地来到了轮滑社的招新摊位前，在众人诧异不解的目光下，郑重地签上了自己的名字，还交了入社的二十元报名费。

白苏辛在媛媛的影响下，竟然对覃超的生活充满了好奇。

终于天赐良机，那天白苏辛和覃超同在食堂打饭，麻辣香锅的档口前，白苏辛正好排在覃超的后面，她轻轻拍了一下他的肩膀，说了声“嗨”。

“上次你帮了我，一直没有找到机会谢谢你，这顿饭我请。”白苏辛提前把饭卡拿出来，在划卡机上贴了一下，机器发出“滴”的一声。

覃超连忙拒绝道：“这怎么好意思？上次不过是举手之劳，不要放在心上。”

两人彼此谦让起来，后面排队的学生有些着急，白苏辛无奈道：“那你下次再回请我更贵的好了。”覃超才答应由她来埋单。

买完饭他们俩坐在一起，白苏辛看着他盘子里全是素菜，问他：“怎么一块肉也没有？你不用给我省钱。”

覃超笑笑说：“不是省钱，我在减肥。”

白苏辛“哦”了一声，想了想什么也没说。“是为了一个姑娘吧”这句话最终还是被她咽了回去。

他们彼此沉默不语，白苏辛觉得很尴尬，一直想找话题，她终于鼓起勇气，看似随意地问他：“听说你加入了轮滑社？好玩吗？”

覃超眼睛突然闪了一下，说：“是的，滑轮滑很有趣，既可以减肥，也可以锻炼身体的平衡能力，滑轮滑是我一直以来的梦想，从小我就很喜欢，只是……”

“只是什么？”白苏辛好奇地问他。

“只是我小时候生了一场大病，服用激素导致身体过于肥胖，就渐渐地放弃了这项运动。”覃超说得云淡风轻，像是在讲述别人的故事。

白苏辛的心里却突然咯噔一下，一股忧伤弥漫了上来。

“所以你现在减肥，加入轮滑社，是为了找回儿时的梦想？”

覃超点点头。

白苏辛心想，媛媛你个八婆，什么因为追一个姑娘加入轮滑社，看来全是瞎编乱造的。

她心里突然有个大胆的念头。

“今年社团再招新，也算我一个吧！”

四

暑假在夏蝉的鸣叫声中过完了，这是唯一一个白苏辛每天都在期待早点结束的假期，因为开了学，他们就大二了，轮滑社也将迎来一年一度的纳新，到时候她也将成为他们中的一员。

如果说寒假回来，覃超瘦了一圈，那么暑假回来后，覃超像变了一个人。

千万不要低估身边每一个胖子瘦下来的帅气程度，他们真的都是潜力股。覃超因为个头很高，瘦下来以后身材却变得比以前标致有型，一丝赘肉也没有，没有了啤酒肚和肥硕的大腿，取而代之的是平坦有力的腹部和健壮紧实的肌肉。曾经大脸猫一样的脸庞也变得轮廓有致，竟将以往被忽视的眉眼显露出来，更增添了几分英俊潇洒的气魄。

他经过一个夏天的运动和控制饮食，终于脱胎换骨，成了他理想中的样子。

白苏辛知道他在减肥，只是没想到会这么成功。

因为整个暑假，白苏辛都在网上和覃超聊天，监督他每一天的健身，他跑完步要给她打卡，他每餐都要拍照发给她，他一旦饿了想吃火锅牛排小龙虾烧烤的时候，白苏辛就让他找个书店看书，吃“精神食粮”。

媛媛那天打完水回来，暖壶都没有来得及放地上，就激动地大声嚷嚷道：“辛辛，你知道我刚看见谁了吗？覃超！你不知道！他就像变了一个人！现在又瘦又帅！我一度怀疑是不是我认错人了！但真没有！他主动和我打招呼，还问我你在不在宿舍！”

媛媛还沉浸在一脸花痴中，絮絮叨叨说个不停：“过几天社团就纳新了，我要加入轮滑社！辛辛，要不要一起去？我觉得我离脱单不远了，我的目标就是拿下覃超！”

白苏辛笑笑，刚要回她话，手机就传来了覃超的消息。

“小白，谢谢你，晚上有空一起吃个饭吗？”

不同于室友喊她的“辛辛”“苏辛”，他管她叫“小白”。

这是他第一次如此亲昵地称呼她，用专属于他的昵称。

五

白苏辛和覃超恋爱了。

白苏辛第一次穿轮滑鞋费了她十多分钟，穿上之后，整个脚都不像是自己的了，紧紧包着的疼痛让她想起了古时的女人裹小脚。她扶着栏杆，好不容易才掌握好平衡，晃晃悠悠地站了起来，但根本就不敢往前迈一步，仿佛轻轻一滑，她整个人就会飞起来。

不过真是应了一句话，当你真心想要某样东西的时候，整个宇宙都会联合起来帮你完成。在覃超手把手地指导下，白苏辛克服了胆怯的心理，学会了一点一点慢慢往前滑，从一步一步地迈步，到最后能够流畅地滑起来，她终于找到了感觉。

白苏辛曾问覃超，学轮滑这么富有挑战性和危险性的运动项目，究竟有没有过后悔的时候。他说，当他第一次狠狠摔倒在地的那一刻，心里有过一丝后悔，但一想到有一天他能够穿着轮滑鞋在大街上滑得如一阵风吹过，在空地上做出一个又一个高难度的花样动作，就不想放弃了。

加入轮滑社后，白苏辛才知道尹姑娘和社长是一对，两人郎才女貌，根本没有任何绯闻。倒是媛媛在坚持了几天后就放弃了，以“我不想天天看着你们两对在我面前撒狗粮”为由退了社。

有一次，白苏辛在转弯的时候没有减速，重重地摔倒在地，左手手腕肿了一个大包，疼得泪眼汪汪。覃超立马背起她，打车到了附近的医院，拍片检查，还好没有伤到骨头，涂点药膏就好了。

养好伤后，覃超问她还要不要继续，白苏辛点点头。覃超心疼她，但白苏辛说：“我还有个梦想没有实现呢，我想和你一起刷街。”

刷街就是在大马路上滑轮滑，具备一定实力的社员才能参加。白苏辛苦练技术后，觉得没问题了，在圣诞前夕的平安夜参加了刷街活动。

那晚，社员们都戴着圣诞帽，排成两队，白苏辛和覃超两人并排手拉手，缓慢滑行在行人寥寥的马路上。

看着他们的影子，在一个个路灯的映照下，时而交汇重叠，时而拉长分开，白苏辛觉得好像做梦一样，满心都是欢喜。

就这样与你牵手，直到时间的尽头吧。她心想，紧紧地握了握他的手。

六

爱情的魔力是能治愈人心的，并让人在日复一日的琐碎中持续找到向下一个阶段迈进的力量。它就像一个充满能量的宝藏，只要两颗心挨在一起，并不断地向彼此更靠近，它就会产生源源不断的力量，去滋养沉浸在爱情里的彼此。

白苏辛研究生毕业后加入了一家业内比较知名的金融公司，老板有个习惯，每一个入职的员工在欢迎宴上都需要讲一个故事，白苏辛讲的就是自己和覃超在一起的故事。

我当时也在这家公司供职，和白苏辛不是一个部门，没有什么过多的业务交流，但她在欢迎宴上讲的这个故事却让我记忆犹新，以至于当我准备将其写下来的时候很多细节都能记得十分清楚。

白苏辛和覃超在一起已经七年，这七年两人很恩爱，偶尔也会有个小争吵，但更多的是相互携手走过了很多人生的必经之路，并变得越来越好。

"毕业的答辩，考研还是工作，未来的职业规划，租房，面试等等这些琐事每个人都在经历，不管当时多困难，最终都能找到解决的方法。不过，如果有人能和你一起分担，在你迷茫、需要帮助的时候伸出手牵住你，告诉你你不孤单，我们一起走下去，那样的话，人生会变得幸福和容易许多。而我正好遇到了这样一个人，我不愿意放下他，他正好也不愿意放下我。我想，我们将会一直牵着手走下去。"白苏辛说完后还站起来礼貌地向一直在倾听的我们鞠了一个躬。

回赠于她的，是热烈的掌声。每个为了幸福而努力前进的人，都值得被祝福。

每一段感情都不会白费

一

凌晨三点，我刚忙完手上的工作准备洗个澡后就睡觉，在八点的闹钟响起来之前我希望能至少睡四个半小时。十五分钟热水澡让疲惫感暂时消失，我心情愉悦地从浴室边擦头发边往房间走的时候，放在茶几上的手机微信消息提示音便响了起来。

我有些疑惑地拿起，是李园子，她说："从十二点开始睡觉，睡了不到十分钟就爬起来了，然后一直哭到现在。"

想起她那大大咧咧叽叽喳喳的性格，虽然嘴上总说着没什么，但难过的事情都放在心里面，夜深人静的时候才把它放出来和它对话，然后被它打败哭得不成样子。

我用略带调侃的口吻安慰她，希望能让她稍微轻松点："两周前不是还说完全没事儿了嘛，大半夜别想这些过去的事情，你那么年轻又那么善良，还那么好看，幸福的到来是早晚的事情。"

她发了一个"无所谓"的表情过来，我说："睡觉吧，太晚了。"她嗯了一声，我没再说什么，关了手机睡觉，但我知道她肯定还会再暗自伤神好一会儿。

两周前的周日晚上，想到和纪郁川冷战两个星期就这么莫名其妙地分手了实在有些不甘心，李园子就像赌气一样给纪郁川发微信说自己身体非常不舒服，一天都没有吃饭。

纪郁川没有回她消息，李园子想起昨晚的拉扯和争执，以为那真的是两人最后一次见面，越发难过。躺在床上捂着被子默默流泪，不知道啥时候就睡着了。

李园子是被敲门声吵醒的，敲门声非常温和，一下一下，一点也不急促，好像敲门的人非常有耐心，能一直敲下去，直到门打开为止。

李园子很清楚这是谁，从床上爬起来跑出卧室，到门口的时候又故意放慢了脚步，等了两三秒才缓缓地打开门。

纪郁川和李园子对视了一眼，没有说话，走了进去，李园子在后面关上了门。纪郁川把买的炸鸡和螃蟹摊开放在桌子上，又倒了一杯水，示意李园子赶紧过来吃。

李园子身体其实没有毛病，她那样说只是想博得纪郁川的同情，她也知道纪郁川刚踏进门的那一刻就看穿了她的小伎俩。

李园子安静地走过去，喝了一口水后开始啃炸鸡，两人没说一句话，李园子也没什么胃口，啃炸鸡的多半原因也是想缓解安静的气氛。

纪郁川见李园子开始吃东西，就有些放心了，环顾四周，看到了一垃圾桶纸巾，那是李园子哭了一整天擦眼泪用过的，都溢出来了，在垃圾桶周围形成了一个小圈。李园子盯着纪郁川清瘦的背影心情很复杂，想说些什么，可就是不知道怎么开口。

纪郁川依旧一言不发，他和李园子大大咧咧的性格正好相反，安静，还有些阴郁，平时话也不是很多，但心思很细腻。纪郁川开始收拾垃圾桶，他把垃圾袋打开，认真地进行了分类，把不同类型的垃圾装在不同的小袋子里。

李园子很感动，纪郁川这些认真的小细节总是非常容易打动她，包括第一次对他有感觉也是因为他这样认真的小细节。

那时候李园子本科刚毕业来上海，和纪郁川在同一个办公室，纪郁川约李园子去看刚上映的《战狼2》，李园子没有多想以为是普通同事之间单纯地看个电影，就答应了他的邀请。

电影结束以后，纪郁川说有事要回公司一趟，李园子想起来自己的电脑还没有关，就叫他帮忙关一下。第二天上班一来，李园子就发现自己的工位变得整整齐齐，垃圾桶也换上了新的垃圾袋，还放着早餐。李园子内心很温暖，但也有点慌。

这一次，李园子同样也有点慌，她隐隐有一种感觉，这可能是纪郁川最后一次这样对自己，她以后可能再也无法享受到纪郁川这些让她感动和温暖的小细节了。

纪郁川收拾好了垃圾，依旧一言不发，李园子也依旧在啃炸鸡，那一刻两人心中多多少少都有一些话想说，但也都在等着对方先开口。

纪郁川坐了会儿，站起来就走了，李园子看着他离去的背影，手里的炸鸡啃了这么长时间依旧是第一块。纪郁川打开门，迈出去的脚步变慢了许多，在关上门的前一刻，他终于还是面对着李园子的脸，对她说了一句："我走了。"

按照正常的逻辑，李园子这个时候应该是很难过的，甚至崩溃大哭，纪郁川的沉默让人很气愤，但她发现自己这个瞬间很难再生起气来，只是有一种无力感爬满了全身。

她瘫坐在沙发上，炸鸡和螃蟹都是她很喜欢的那种味道，但她努力了好久，实在没有胃口，尽管是真的一天什么也没有吃了。

二

2017年夏天，李园子毕业后选择了独自来上海工作，并不是特别辛苦，刚毕业抱着学习经验的态度，比较容易就找到了一份工作。当然，薪资也不是特别高，不过公司提供宿舍，就免去了租房的颠沛和压力。

职场没有李园子想象的那么复杂，或许只是基础岗位，还没有达到利益层，周围的环境很单纯，同事之间除了聊点日常话题之外就是认真做好分内的工作。李园子刚来，还无法融入公司的娱乐小团体，下班之后没什么事情干，待在宿舍也很无聊，反正宿舍离公司近，索性就跑到公司玩电脑，看看电视剧什么的。

同样有这个习惯的还有纪郁川，纪郁川和李园子一个办公室，但不同部门，两人平常也没说几句话。

但李园子听公司的男同事聊起过纪郁川，他打游戏非常厉害，属于大神级别，早年就做游戏主播，在一个职业队，可惜那个时候游戏主播是边缘行业，加之妈妈的反对他就没有坚持下来。每次有同事聊起这个事情都会替纪郁川感到惋惜："你要是坚持下来，现在早就千万年薪了，当时和你一起打职业队的几个人现在都那么出名了。"

纪郁川总是无所谓地笑笑："我也想的，可我妈妈觉得打游戏不正经，不想让她老人家担心，我就只好放弃啦。"

当时李园子在心里想，妈妈不同意就好好沟通嘛。和纪郁川在一起后，李园子才知道纪郁川的妈妈是非常强势的一个人，她要做的事情一定要做到，而纪郁川又是一个非常听妈妈话的人，用流行的话来说就是"妈宝男"。

李园子是不会喜欢上这样的男生的，可惜那时候已经来不及了。

李园子总能在下班后的办公室里看到纪郁川，他一个人坐在那里，捣鼓着电脑，戴着耳机，穿着干净的白衬衣，清瘦，挺直着腰杆，干净的发型，高挺的鼻梁，面部轮廓清晰，眼神中充满阴郁。在李园子眼中，好看的男孩子就是这个样子的。但两人并没有什么多余的交流，纪郁川心里怎么想的李园子不知道，但李园子仅仅觉得他颜值高，并没有其他心思。

一个周末，李园子去逛了街，越逛越无聊，就想干脆回到办公室看电影好了，到了公司发现纪郁川也在。他还是平时那副样子，戴着耳机捣鼓自己的事情，收拾得非常干净利落，只是不苟言笑，给人一种距离感。去楼下买水的时候李园子给他带了一瓶，后来说起这个事情，纪郁川说李园子的这个举动让他顿时对她心生好感，但李园子只是出于同事之间的礼貌，不想吃独食罢了。

之后的一段时间，李园子发现纪郁川其实也非常孤单，虽然有不少同事和他说话，但他们出去玩儿的时候一般不会叫上他，他貌似也很享受这个孤独的感觉。

纪郁川寡言少语，当他邀请李园子去看电影的时候，李园子多少有些惊讶，但性格大大咧咧的她又想，同事之间不就看个电影吗？没什么大不了的，况且这个部门只有自己的岗位属于那种按时上下班的，不邀请自己也没别人啊？简单地想了下之后李园子就答应了。

电影是《战狼2》，票是纪郁川买的，李园子不想欠人情，想AA又觉得这样太生分，就主动叫了来回的滴滴，觉得同事之间算清楚一点比较好。

在电影院临检票时，李园子突然说："你等一下，我先去撒个尿。"我差点把嘴里的咖啡吐出来，难以置信地问她："你真是这样说的？我还从没听女孩子在非亲密关系的异性面前说过这样的话。"李园子白了我一眼："他当时也和你一样，很震惊。"

纪郁川那张很难动声色的脸笑了起来："你真有意思，我还是第一次见到你这种女生。”李园子有点不好意思，但难为情的表情很快转瞬即逝，她本身就是这样的人，大大咧咧，叽叽喳喳。

三

李园子知道她和纪郁川之间有些事情已经变了，名义上是同事，但内里已经不再那么简单。

2019年10月我去上海参加一个朋友的婚礼认识了李园子，听闻我偶尔会写故事，她就问我有没有兴趣听听她的故事，新书圣诞节前我得交稿，还差好几万字呢，我赶忙表示，非常愿意倾听。后来我们找了一个比较安静能细细回顾李园子这一段感情的地方坐了下来，当李园子讲到这一段的时候我问她，她第二天看到纪郁川对她那么细心的举动，内心会不会有一些波动?

内心的波动还是有的，只是那种好感并没有上升到喜欢的程度，因为她有了新的人生规划，打算回海南的学校考研。可惜在临走之前，纪郁川对李园子表白了。和很多平凡但纯粹的感情一样，纪郁川对李园子说：“我喜欢你，你做我女朋友吧，我会好好待你的。”

纪郁川的眼睛很真挚，很诚恳，还特别深情，李园子在他的眼眶里看到了自己犹豫的样子。

李园子没有当场答复纪郁川，她晚上失眠到半夜，还是拿不定主意，她给纪郁川发微信：“我打算回海南考研，要是考上了，咱们就离得远了。”

纪郁川说：“没关系，我会经常去看你，你也终会有毕业的那一天，我们在彼此身边陪伴的日子不会等太久。”

纪郁川的话让李园子很有安全感，她想：“对啊，我们这么年轻，现在交通又那么发达，想见面并不是一件难事。”

没再多想，李园子就答应了纪郁川，成了他的女朋友。

两人都是刚工作不久的应届生，并没有足够的经济基础，但很年轻，充满希望，这是世界上最宝贵的东西之一，也正因为如此简单纯粹的感情才会让人羡慕。平时能在一起吃饭，牵着手逛街，一起看喜欢的电影，李园子就会觉得非常幸福了。

李园子回海南的那天纪郁川去送她，站在那条两个人走了无数次的街上，李园子很想哭，她知道这并不是和纪郁川最后一次见面，但就是特别不舍。

昏黄的路灯照在树叶上，地上洒着暗黄色斑斓的树影。某个晚上，也是在这条路上，纪郁川给李园子唱了一首歌，那个时候《追光者》很火，纪郁川半唱半哼地唱完了，他嗓音条件蛮不错，李园子挺喜欢。

纪郁川拉着李园子的手，一直在说话，李园子想起了那首歌，没有听进去他在说什么，只是突然的，就难过起来了。也不知道为什么，她生出了一股不好的预感，她觉得她和纪郁川可能不会长久，就像歌里的那句歌词：我可以跟在你身后，像影子追着光梦游。李园子觉得自己就是那道光，她跑开了，纪郁川一直在后面追。李园子不敢再想，从回忆里抽离出来，回到现实中，看着一直在面前叮嘱自己注意行程安全的纪郁川，李园子特别心疼地将他抱住。

李园子说：“情到浓时，互为子女。那一刻，我特别特别心疼他，对他充满保护欲，好像抱住他就能让他免受这个世界上所有的伤害。”

见我点头不说话，李园子提示性地问我：“你明白那种感觉吗？”我说：“我明白，那一瞬间，他就是你的世界。”

四

考研要到十二月份才开始，这几个月李园子都在拼命努力学习，很思念远在上海的纪郁川，但也只能暂时放下。纪郁川忙于工作，也怕打扰李园子学习，除了偶尔的几句叮嘱也不怎么多说话。但彼此都知道，两人的心是挨在一起的。

李园子还有一个室友也在准备考研，有一天室友的男朋友来看她，带了一箱老家的苹果，李园子吃了一个，又甜又脆，就在微信上把这个事情告诉了纪郁川，权当一种日常生活的分享，纪郁川的回答只有一个字："额。"

李园子有些恍惚，她又开始瞎想了，对这段感情第二次产生了一种虚无的不确定感。她刚告诉纪郁川自己打算考研的时候，纪郁川虽然嘴上说着挺好的，但是微表情变化还是被陷入恋爱中变得敏感的李园子看到了。

李园子知道在学历这种事情上纪郁川有一些自卑，他只是一个大专生。尽管李园子曾委婉地表达过，学历并不能证明什么，两个人只要还爱着对方，其他外在的东西都不会成为阻碍。

恋爱中的女孩子一开始瞎想就刹不住车，李园子一直纠结到晚上还在想纪郁川那一个"额"字到底是什么意思。她又想到了两人会不会结婚的问题，于是就更加没有安全感了。

纪郁川的老家在湖南，李园子的老家在陕西，两人都是普通家庭的孩子，漂到上海来寻求生计，未来在哪里扎根还是未知数。

但几天之后纪郁川的举动就打消了李园子的瞎想。那天李园子正在海南备考，纪郁川发微信给她说邮寄了一个东西过来，到楼下了，叫她马上去拿。李园子跑到楼下，看到的是站在海南的烈阳里冲她咧着嘴笑的纪郁川。

李园子心里雀跃，高兴得差点跳起来，但周围人很多，面对爱人的突然到访，她又变得含蓄起来，控制着内心的兴奋，装作很平静的样子笑着走过去拉住他的手。

纪郁川没有在海南待太久，除了请假不方便之外，李园子的考研复习才是最重要的。纪郁川说："我只是想你了，然后就想着来看看你，看见你挺好的我就放心了。"

李园子考完之后，纪郁川请了几天假来找她，两人去三亚玩了一圈，李园子把这几天的游玩当成两人的第一次旅行，途中也没有发生什么特别的事情，但对于李园子来说却有值得铭记的意义。

李园子考研失败，她不打算再战，二话没说就回了上海。之前和纪郁川一起上班的公司进不去了，只好再重新找工作，租房子。

第一次正儿八经地面对进入社会的各种现实问题，李园子有些慌乱，她也很期待纪郁川在这个过程中帮自己一把，但纪郁川的表现让她很失望。

纪郁川那时候岗位调动，比之前忙了许多，在李园子找工作租房子的这些过程里，他从来没有提供过什么实质性的帮助，没有支援过一分钱房租，也没有帮忙看过房子。

当然，李园子也没有主动开口叫纪郁川帮自己忙，他觉得纪郁川作为男孩子应该主动一些。可纪郁川就是没有主动过，不知是不明白还是故意装蒜，反而做了一件让李园子伤心了好长一段时间的事情。

李园子的手机在路上被小偷偷走了，这个年代的人缺不了手机，除了生活习惯，很多工作和重要的事情都需要手机来辅助。可那时候李园子很拮据，没有多余的钱买新手机。纪郁川这次出手帮助了李园子，买了一个新手机，却是给自己准备的，把之前的旧手机给了李园子。

李园子当时心都凉了，难过得都不知道该说什么，心里堵得慌，但脑袋还是比较清醒，先考虑当下实际的情况。

事后许多次，两人发生小摩擦的时候，李园子都会把这件事拿出来说，每到此时纪郁川总是一言不发。

纪郁川在两人的感情里是一个很细心又温暖的人，就像第一次给她收拾工位倒垃圾买早餐一样，而李园子总是会对这种小举动缺乏抵抗力。

李园子不喜欢吃早餐，纪郁川记在了心上，给她买牛奶，还在牛奶盒子上贴着小便签，上面写了一行字："早餐不吃，牛奶还是要喝哦。"还画上了笑脸，李园子觉得很温馨，拍下来的照片在分手后看到仍旧会非常感动。

有什么好吃的，纪郁川再远都会打车给李园子送过来，李园子心情不好了，即使再忙，他也会争取提前下班来陪她。

她想过许多次，既然两个人相处起来挺舒服的，这个小瑕疵或许可以忽略，但事实是不可能的，它总在不经意间钻到李园子的脑海里。

那个旧手机其实也很新，各项功能也很齐全，即使纪郁川把那个新手机给她用，她也会拒绝而选择那个旧的，她接受不了的是纪郁川的做法，李园子觉得他在这种事情上的表现非常自私，一点也不考虑自己的感受。

"我可是他的女朋友啊，他这样做我觉得他一点都不在乎我。"李园子现在想起来还是恨意难平。

这件事过后，类似的事情又发生过好几次，纪郁川给自己买的东西总是非常昂贵的那一款，新电脑是一万多块的，皮带是古驰的，手表是浪琴的。但是送给李园子的，却只是一条非常普通的施华洛世奇的项链，虽然是一千五百块的网红款，但是和给自己买的那些东西比起来，显得非常逊色。

李园子知道纪郁川是用心挑选的，上面的花纹款式都特别时髦，专柜刚一上架就买了。但李园子只戴过几次就放在一边了，除了觉得不适合自己的日常穿搭之外，还因为它的价格。

李园子也不是在意钱，她就是想不通，为什么纪郁川给自己买一万多块钱的电脑却只给自己买一千五百块的项链？

李园子也给自己找过台阶下，现在都讲究女性独立，自己想要的东西得靠自己去争取。但脑海里又有一个声音在告诉李园子：这完全是两码事。

李园子说："我在乎的是那份礼物背后的心意，他给自己花钱比给我花得多，就证明他更爱自己多一些，甚至可能在某些时候，心里根本就没有想到过我。"

当李园子这样认定之后，纪郁川的行为就像一根隐藏在心底的刺，不知道何时就会钻出来扎自己两下。当身边的人或者在朋友圈看到有人秀恩爱的时候，那根刺就会扎得李园子浑身疼。

她忍不住去对比，去想：纪郁川究竟爱不爱她？

五

李园子和纪郁川的感情另外一大障碍就是纪郁川的妈妈，两人刚在一起不到一周，纪郁川就给妈妈提到了李园子。

纪妈妈没经过多余的思考就表示不看好这段感情，原因没有什么新意，就是觉得不是本地的，两人在一起不会幸福。而纪郁川又是一个非常听妈妈话的人，母子俩又在同家公司上班，与李园子谈恋爱的事情自然瞒不过纪妈妈。

妈妈的想法深深地影响到了纪郁川，但他并没有把这个事情告诉李园子，半年后两人的一次争吵，纪郁川说漏了嘴李园子才知道。

情义正浓的时候，李园子也会和纪郁川商量应该怎么说服纪妈妈接受自己和纪郁川的感情，纪郁川总是说他会和妈妈好好商量一下，但事情还是一直没什么进展，纪妈妈反而变本加厉阻止两人约会。

情人节那天，纪妈妈怕纪郁川跑出去见李园子，就一直待在纪郁川的办公室守着他，一直到了晚上十点纪郁川才偷偷跑出来和苦等他的李园子见面。

虽然没有明说，但纪郁川在这段感情里的态度已经非常清楚了：他要顾及妈妈的感受，远胜过和李园子的感情。

天知道那天李园子是怎么和纪郁川度过情人节的。

李园子也主动找过纪妈妈，打电话约她出来见面，想告诉她自己和纪郁川的感情并没有那么复杂，两人还这么年轻，只要好好努努力，生活上的困难是可以克服的。

但电话里的纪妈妈语气非常不友好，还特别凶，说两人在一起不会幸福，距离太远，各种风俗习惯饮食差异都会成为很大的问题，还表示纪郁川应该会找一个本地的姑娘结婚。连珠炮似的一段话把李园子都说哭了。

这个问题始终没有解决，就那么霸道地横亘在李园子和纪郁川的感情中间，时常跑出来影响到两人的感情，而纪郁川也没有想过解决它，每次和李园子吵架都习惯性选择冷战。

有一次也是因为这个问题纪郁川对李园子冷战了一天，那时候他那一万多块钱买的电脑在李园子那儿，李园子说："如果你还不来找我，我就把你的电脑屏幕划了。"

李园子觉得纪郁川是很在意物质的，相比于平常的小礼物，他更在意实际的好的能拿来用的东西。

在一起第一年，纪郁川过生日，那时候李园子刚工作没什么钱，但还是给他过了一个体面的生日，买了一个电动牙刷还有蛋糕，生日的仪式感有了，但李园子并没有从他的脸上看到惊喜。那一刻她就看出，相比起这些花哨，他觉得贵重的礼物更实用。

第二年过生日，李园子的情况好许多了，涨了工资，但并没有存下什么钱，5000块的存款，掏了3000块出来给他买了一个LV的钱包。

李园子对纪郁川说："我知道我以后会有很多个LV包，但我第一个是专门送给你的。"

纪郁川拿着钱包，问出的却是："这句话你是不是想了很久？"

李园子当然不想划烂电脑屏幕，这是纪郁川在意的东西，况且还那么贵，她只是想把纪郁川引过来。

纪郁川果真来了，不过是专门拿电脑的，他在椅子上坐了很久，没说话，李园子也不清楚他心里在想什么。

纪郁川的冷漠态度让李园子很疲惫，她也无心说话。

纪郁川回去后，两人继续冷战，冷战了一周，李园子想了很多，越想越没有意思，越想越了然无趣，就去纪郁川的公司找他，在公司的大厅李园子盯着纪郁川看了很长时间，纪郁川还是那副样子，戴着耳机旁若无人地认真工作着。

最后，李园子还是把当初纪郁川送给她那个自己用过的手机还给了他，转身走了，纪郁川并没有跟出来。

六

很难过，李园子看了无数次手机，没有纪郁川的消息，心里闹腾了好几个小时，她最终下定决心，不主动给他发消息。

一周后，李园子才完全确定，她和纪郁川已经分手了。

分手的这段时间，李园子把自己的时间填得很满，白天努力工作，业余时间把自己想做的事情挨个全做了一遍。李园子甚至还去团了几节声乐体验课，那个老师是某知名音乐选秀节目的学员，最后没获奖就来教声乐了。在李园子看来，声乐老师和纪郁川长得非常像，清瘦，鼻子高挺，下颌线分明，查了下资料，居然和纪郁川是同一个地方的人。果然啊，一方水土养一方人。

上课的时候，李园子一直盯着老师的皮肤看，他的皮肤很白，像纪郁川，这又让她联想到了还没和纪郁川确定关系时发生的一件事情。

那次部门聚餐，男生喝啤酒，女生喝一种叫不出名字的奶，味道非常不好，李园子尝了几口，越喝越渴。纪郁川正好坐在李园子旁边，而他又没有饮酒的习惯，看着他那一大杯碰都没有碰过的啤酒，李园子端起来就大口喝了起来。

喝啤酒的时候，李园子透过啤酒和杯子看到了纪郁川的侧脸，真的很白。“像丝滑的牛奶肌，我特别想亲一口。”李园子的原话是这样说的。

两个星期后，李园子终究还是坐不住了，潜意识里明白两人已经结束，但她想要一个分手的说法。

给纪郁川发了很多条微信，打了好几通电话，纪郁川就像消失了一样完全没有回应，李园子不想再等，直接冲到了纪郁川的宿舍去找他。

纪郁川还在李园子之前待的那个公司，平时住在公司提供的集体宿舍里。李园子到了宿舍楼下，不知道具体的房间在哪里，就在楼下找了个男生问，男生也不清楚具体的地方，只指了个大概。

李园子爬上楼，一层一层一间一间地找纪郁川的宿舍。那是2019年的夏末，上海还很热，周围的男生大多数光着膀子，有的甚至只穿了短裤，李园子就在这样一群人里面穿梭着，寻找一个分手的说法。

李园子到了一间房子，轻轻敲了敲门，没人应，她推门进去，室内很黑，门外微弱的光照射进来让李园子看清楚里面睡了两个人。她不知道哪个是纪郁川，但认出了他的脚。

李园子拍了拍纪郁川的脚，纪郁川睡得很死，李园子就一边拍一边掐，纪郁川的小腿上露出了好几条印子。他惊恐地醒来，看清楚是李园子后满脸震惊。

纪郁川穿好衣服跟着李园子下了楼，两人聊了一阵儿，时间具体多长李园子已经记不得了，纪郁川分手的理由她却记得很清楚，没什么新意，还是老一套。他说他妈妈不同意他们两个在一起，他80岁的外公也不同意，说什么一定要找个本地的婚姻生活才会幸福之类的。

类似的话纪郁川说过许多次，但这一次李园子觉得格外刺耳。

纪郁川说完，李园子的心一下子就彻底死了，她也很清楚自己没有再说什么的必要了，只是站在那里哭，哭得撕心裂肺，泣不成声。她好难过好难过，但具体在难过什么又很抽象，没有一个清晰的画面。

哭了一会儿，已经晚上十一点多了，纪郁川安慰了她几句就上楼了。她抬起头，看到了一堆光着膀子的男生正在楼上看着他们。李园子心情很沮丧，她想他们可能看到了整个过程，而自己那时候肯定非常像一条狗。

当天晚上李园子哭了一晚上，第二天又装病想把纪郁川叫过来，纪郁川虽然来了，但他的表现让李园子很失望，当然了，她也不知道应该期待他什么样的表现。只是当他轻声说出那句“我走了”的时候，她有一种虚脱感，非常疲惫非常累，以至于都暂时忘记了难过忘记了哭。

生活还是要继续，尽管经常会不自觉地回忆起曾经和纪郁川在一起的点点滴滴，也经常会半夜突然失眠，默默流泪然后随机找各种人说几句不相干的话，比如故事开头的我。

但李园子还是会努力克制，即使装也要嘻嘻哈哈，看起来完全像什么也没有发生过一样。

后来，新搬进来一位租户，她收拾东西的时候在冰箱底下翻出来了李园子和纪郁川最后一次见面时纪郁川送的螃蟹，她说："姑娘，你这个螃蟹坏啦，不能吃啦，我给你扔了吧。"

也就是此刻，李园子才发现她把纪郁川忘得快差不多了。

七

圣诞节的时候，李园子来北京玩儿，说想来看雪，结果迎接她的是灰色的天空。既然她联系了我，我肯定要尽地主之谊。因为我和她之前实在没有共处过多久，彼此除了她的感情经历也没有说过其他事情，谈话的内容绕了一圈之后自然就转到了之前的话题上，我也蛮好奇她现在的想法，我隐约觉得故事还有一个最终的结局。

"我已经把他忘光啦！我本来以为会花很多时间，结果只花了两个月。"李园子说。

"挺好的。"我确实不知道说什么。

李园子说："其实想想挺可惜的，我身边的人都觉得我们之间并没有出什么大的问题。家人反对并不是决定性的因素，还有很多转圜的余地。我之前一直在想他做的那些让我难过的事情，比如自己用新手机给我旧手机是他自私，后来我反思或许并不是，人多少有点利己主义，况且我们还需要成长，磨合好之后他没准就懂得了应该照顾女孩子在爱情中的小情绪呢？他肯定是爱我的，凭他对我做的那些温馨的小举动就看得出来。"

"但你们还是分手了。"我觉得我这句话有点像补刀。

李园子并不在意，她认真地回答着我的问题："或许是我给他压力了吧，我们的家庭都很普通，对未来有时候是很恐惧的。有一次我做了卤鸭爪，特意骑车给他送了过去，看着他吃的时候我特别开心。我突然想到了在乌镇看到的一家叫浮澜桥的温泉店，就对他说，要不我们以后的孩子就叫纪浮澜吧，他问为什么，我说因为你是湖南人啊。婚都还没结，我连孩子的名字都想好了，虽然他没有说，但我能从他的脸上看到他内心的压力。未来不容易，但我觉得也不是那么没有可能，我有个朋友，和男朋友认识不到半年就见家长谈婚论嫁了，物质上也没有很丰富啊，她的助学贷款都还没还清呢，但他们的生活过得就很精彩，让人羡慕。我和他的问题，说简单也简单，说复杂也复杂，算不清，但感情是不能当成账来算的对吧，分手了，彼此肯定都有问题。”

我深以为然：“感情的确很复杂，每个人从自己的角度切进去都有一套独一无二的说法和呈现。”

李园子附和道：“你说得对，但我觉得每一段感情都不会白费，经历之后或多或少都会获得一些东西，从而影响之后的人生。”

我笑问：“那你在这段感情里获得了什么？”

李园子也笑：“未来，我会更努力地去爱。”

突然出现和突然消失

一

刚步入职场时，短时间还无法交到几个真心朋友，大学时玩得好的人自然就再次抱团取暖，对彼此步入社会后遇到的难题出谋划策。对于李东成来说，我们觉得他最大的难题就是没有找个对象，自从大一上学期被当时的女朋友甩了之后，余下的三年多时间他都是单着过来的，进入职场后，看他现在荣辱不惊的样子估计还会一直单身下去。

不过李东成貌似一点也不担心，他对交女朋友这种事情看得很淡："最后实在不行就去相亲啊，相亲非常省事，是直奔着过日子去的。"不过担心他人生大事的朋友们遇到有年轻男女的聚会还是会叫上他。

大学室长过生日，邀请了一帮人，各种认识的不认识的一大堆，挤满了 KTV 包间。李东成嗓音一般，唱了两首拿手歌曲后就缩在一边喝闷酒玩手机，当天麦霸很多，也没人刻意注意他。

同样待在角落的还有一个叫崔梨歆的女孩，不知道是谁叫来的，她一首歌都没唱，从刚进来时就在玩手机。李东成伸手去够啤酒时和崔梨歆的手不小心撞在了一起，两人异口同声地向对方说："对不起。”然后又相视而笑。

两人就这样认识了，开始一边喝酒一边聊天，聊几句喝一口酒。两人聊童年，聊少年，聊大学，聊现在的工作，聊各种有的没的无聊的事情。时间一分一秒地过去，最后一群人意犹未尽地走出KTV，寻找着各自回家的路。

李东成和崔梨歆站在一起等车，他已经知道她住的地方比自己住的地方要近，当好不容易出现的出租车停在面前的时候，他还是选择让她上了车。

崔梨歆在微信上对李东成说：“谢谢你啊，今天很高兴认识你。”

我们都以为李东成和崔梨歆会保持联系并发生一些什么，但那晚回来之后，李东成还是以前的状态，按时上下班，不工作的日子就宅在家里看书和打游戏，完全没有要出门的意思。种种迹象表明，他已经把崔梨歆给忘了。

直到有一天收到一条群发的微店求关注的消息，李东成才想起来，在上次大学室长的生日聚会上他认识了一个叫崔梨歆的女孩，两人聊了很久，彼此还加了微信。

群发消息发完没多久，崔梨歆又发了一条消息：“不好意思，刚才是我朋友用我手机发的，忽略就好。”

李东成回道：“是你发的就是你发的嘛，我又不会删了你。”崔梨歆说：“不是我发的，是我朋友私自拿我手机发的，我不做微商。”

然后两人就这么聊了起来，就像上次在KTV一样，聊了很多无关痛痒有的没的话题，并延续了很长一段时间。

二

最开始，李东成和崔梨歆的聊天很君子很正常也很公式，顶多聊聊最近的天气，中午和晚上吃了什么，周末和假日会去哪里玩诸如此类。

但两人只是止于聊天，从不视频，也从不问彼此的电话，也不会相约去哪里玩，吃个饭看电影什么的。甚至有时候聊天也变得非常随意，消息发完后就把手机放在一边干自己的，看到消息了就回一句，但不会刻意期待和等，有时候发完消息没有收到回应也不会再多加理会。

一向早睡的李东成这天不知是兴奋还是无聊，过了晚上十二点也没有困意，打开手机漫无目的地滑动着，看到了崔梨歆的对话框，两人聊天的上一条消息是崔梨歆发的卖萌的表情。

李东成点开崔梨歆的头像，那是她在森林公园的落叶里的一张自拍，笑得很灿烂，画着深红色的口红，露出的牙齿洁白整齐。他又点开崔梨歆的朋友圈，看到了她各种各样的晒照，有吃饭时别人拍的，有对着镜子的自拍，还有穿着睡衣戴着发带的卖萌照。

看着看着，李东成点开了崔梨歆的对话框，鬼使神差地给她发了一句话："亲爱的，我想你了。"

发完之后，李东成的心里开始忐忑不安，几秒钟之后又觉得非常唐突，打算撤回消息时，崔梨歆的消息就发了过来："我也想你，亲爱的。"

一股兴奋和刺激感在李东成的体内划过，但很快又趋于平静，他没有回复崔梨歆的消息，放下手机闷头睡觉。

这之后两人依旧继续不时聊天，不同的是，聊天内容变得不再单纯，有很多暧昧气息在里面，有时候的聊天内容还很勾人。两人也时不时地称呼对方为亲爱的，渐渐地，亲爱的变成了两人称呼对方的常规称呼。

李东成是孤独的，崔梨歆也是孤独的，两人通过这样的聊天或许能在冰冷的城市里捕捉到一丝温暖，甚至会有一些生活的满足感。

但也仅仅是如此，两人拿捏着和以前一样的分寸，只是纯粹聊天，没有谁提议出来见面吃饭喝东西之类的，因为对方影响到自己生活这种事情更不会出现。

所以，崔梨歆感情状态如何，有没有男朋友，李东成是完全不清楚的。当然，崔梨歆也没有问过李东成的感情问题。两人就这样一直聊着。

打破游戏规则的是崔梨歆。

那是一个周六的夜晚，这种今天不上班明天也不用上班的日子李东成很享受，他一般会熬夜，直到被困意占领意识才会睡去，第二天再自然醒来。李东成收到了崔梨歆的视频聊天申请，他有一些迟疑，但还是点了接受。

崔梨歆那边的镜头很晃，环境也特别暗，像在路灯昏暗的大街上。李东成说："怎么啦？突然弹我视频。"崔梨歆把视频对准自己的脸，一脸愁容，像快哭了一样，她用无助的声音对李东成说："我迷路了，我不知道我这是在哪里，刚才路边有一条大狗，吓死我了。"

李东成说："你别担心，发个定位给我，我马上来找你。"说完便匆匆穿衣出门，打车向崔梨歆的方向走去。

三

崔梨歆背着书包，还拖着一个很大的行李箱，站在路边等着李东成。当李东成下了出租车的那一刻，崔梨歆的眼神就像看到了救星一样："我还以为你不会来了呢。"李东成从崔梨歆手里接过行李箱："没什么，答应了你就会来。"

李东成问崔梨歆："你这是怎么了？大半夜的为什么会在外面？"崔梨歆说："我男朋友和我吵架了，说要和我分手，我就收拾东西出来了，但出了门我才发现没有地方可去。”

李东成想了想说：“要不我带你去住酒店，或者去我那里住也行，这大半夜的一直待在路上也不是个事儿。”崔梨歆声音有点小：“我不想去住酒店。”

于是，李东成打车带着崔梨歆去自己住的地方。李东成坐在副驾驶，崔梨歆坐在后排。崔梨歆身子朝李东成的方向倾着，对李东成说了句谢谢之后就开始不停地讲她和男朋友的事情。

崔梨歆的男朋友和她是大学同学，两人刚毕业开始工作，没想象中的顺利，经常为了生活琐事和未来的发展争吵，关系也变得越来越僵。崔梨歆的男朋友想带着她回老家（小城）工作，那里有人脉，工作也有保障且稳定。但崔梨歆想留在北京继续奋斗，年纪轻轻的不想过太安逸的生活。两人因为观点发生冲突，爆发了争吵，崔梨歆觉得男朋友太没有上进心，就选择了和他分手，收拾东西跑了出来。

崔梨歆一边讲一边哭，李东成安慰她不要难过，但崔梨歆还是一直在哭。很快李东成住的地方到了，崔梨歆讲完了，也哭完了，安静地跟在李东成身后往他住的地方走。

李东成租住在三居室的一个次卧，为了多要一些空间，他选择的是一张单人床。他把卫生间的位置指给崔梨歆看：“你洗漱好后就睡觉吧，我打个地铺就行，先过了今晚再说。”

崔梨歆没有说话，算是默认。

崔梨歆在卫生间洗漱时，李东成就在客厅里玩手机，等她都弄好了自己再进去。

合租房客彼此都不熟，客厅也没有人打扫，环境可以用脏乱差来形容，能坐的椅子都被租客搬到了自己的房间里，李东成把背靠在那张不知道沾了多少层污垢的餐桌上，默默地等着崔梨歆洗漱完。

崔梨歆洗漱好了，从房间里探出脑袋对李东成说：“我弄好了，你进去洗吧。”李东成哦了一声，走进卫生间开始刷牙。崔梨歆的电话响了，应该是男朋友的电话，卫生间离房间很近，崔梨歆也开着门，她打电话说的内容李东成基本上能听清楚。

崔梨歆最开始说不会原谅男朋友，两人就此结束了，叫他不要再联系自己，但男朋友一直在那边说话，语速很快，而且能听出来说得有些信誓旦旦。李东成一边刷牙一边看着镜子中的自己，镜子上沉淀的水渍有很多，其中一处正好在他眼睛的位置，他伸手去擦，擦了几下才看清自己的眼睛，眼神很暗淡，没有光彩，他一下子便有了一股疲惫感。

崔梨歆的电话挂了，最后一句话是："那你在家里等我会儿，我马上就打车回家。"

李东成刷完了牙，洗了一把冷水脸，走进房间的时候崔梨歆已经穿好了衣服鞋子还背上了包，手上还拖着那个大行李箱。

李东成接过那个行李箱："我送你。"崔梨歆不说话，跟在后面和他下楼。他拦了一辆出租车，并给了车费，没有和崔梨歆说任何话就关上了车门，头也不回地走了。

之后几天时间，李东成没有再给崔梨歆发消息，他也没有收到崔梨歆给自己发的消息。没有过多的思考，李东成就删除了崔梨歆的微信，之后也再没有收到崔梨歆回加的申请。

他们就这样在彼此的世界里突然消失了，就像当初突然出现一样，几乎什么东西都没留下。

面包店爱情

一

大三那年夏天我去奶奶家过暑假，奶奶住在一座不是很大的城市，但风景很好，推开窗户就能看到青山绿树，还有随处可见的野花，家猫蹲在屋檐和阳台上假寐，老狗趴在主人的脚边举目四望，哪里有动静它会立即爬起来警惕地跑过去看，虚惊一场后又回到主人脚边蹲下。

那段时间我总在清晨六点起来，坐在阳台上阅读几页书，或无所事事地发呆。但更多的时候是和奶奶一起去早市买菜，隔两天就去一次早市，很多买菜卖菜的人都能认出我来了。

奶奶认识的其他奶奶很多，每次在早市和街头遇到都会聊好一阵儿，她们的话题很快转到了我的身上，把我的各种问题都问完后又打量我全身上下，我穿着人字拖短裤背心接受好几双“老眼睛”的审判。

最后她们得出结论：“这个小伙子太闲了，穿成这样一点也不像正经人，应该找个什么事情做才对。”

我说我天天看书学习。

她们把蒲扇往腿上一拍：“那哪里行？只知道看书的人是找不到

老婆的。”

奶奶受到她那群姐妹们的蛊惑，对我下了阶段性逐客令：晚上才能回家，白天要去外面找事情做，或者谈个恋爱什么的。

苍天啊！这还是我亲奶奶吗？

我选择了前者，在一个离奶奶家骑车十五分钟就能到的面包店找到了工作，在外间当服务生外加售卖员，店里有四五张桌子，会在店里买了直接吃的人比较少，大多是直接打包带走。偶尔会有暑假补习的学生外带饮料来这里蹭空调，拿出作业本摊开拍张照片发QQ空间，然后半个小时也写不了一个字，噼里啪啦敲着键盘和手机对面的人聊天，边聊边笑。

面包店还有烤房和蛋糕房两个里间，和外间相隔开来，被厚厚的玻璃门挡着，能看到里面的人忙碌的各种细节。

和我一起打工的，还有一个叫桃桃的女生和一个叫齐维豫的男生，桃桃在长沙上大学，齐维豫在株洲上大学，两人还是高中同学。

中午休息的时候，桃桃把用帽子裹住的头发摊开，乌黑浓密的齐腰长发倾泻而下，她一边用手抖一边说热死了热死了。

齐维豫眼睛都直了：“你的头发好多啊，可以分点给我吗？”

桃桃白了他一眼：“你的长相留长发吓人。”

我看了一眼刘海快盖住眼睛的齐维豫，在心里想：“挺好看的啊。”

桃桃问我为什么会来打工，我编了一个谎话说是想体验生活，桃桃说她从小的梦想就是开一家面包店，卖各种各样的面包，可惜自己不会烤面包，学了很长时间都学不会，她说：“你说一个卖面包的不会烤面包合适吗？”

齐维豫一口气把杯子里的奶茶喝光：“有什么不合适的？我就会烤啊，我烤得可好了，我到时候帮你烤，你只管卖面包收钱就行。”

齐维豫在烤房工作，里面温度很高，空调总是莫名其妙地时好时坏，他身上日常混杂着一股烤面包和汗液的味道。

桃桃说：“都是老同学了，我不给你开工资。”

齐维豫的笑容贼兮兮：“我不要工资，管饭就行。”

二

齐维豫喜欢桃桃，桃桃不喜欢齐维豫，因为她有男朋友，但齐维豫说：“我觉得她是骗我的，因为我从来没有见过他的男朋友。况且，她说以后叫我帮她的面包店烤面包。”

我说：“她就是想省笔开支。”

齐维豫说：“我认识她好长时间了，她说找男朋友就应该找同在一个城市的，不然没钱吃饭了都不好意思找人蹭。”

我说：“那你当时咋不考到长沙去？”

齐维豫说：“我不想考好啊？前一晚通宵复习，考数学的时候脑子不够用睡着了，少做了两道题，就没考上同一所大学。”

我说：“那你到时候考研考到和她一个学校去。”

齐维豫认真想了想说：“那我明天问问她想不想考研。”

我看了看坐在椅子上排队剪发的齐维豫，问他：“留一头好看的长发不容易，你确定要剪成寸头吗？”

齐维豫指着理发师：“托尼老师说了，我这样的脸型留寸头可以凸显出小鲜肉和阳刚之气。”小鲜肉和阳刚之气混合到一起？岂不是他身上的那种汗味和烤面包味的混合体？我狠狠地盯了在给另一个顾客剪头发的托尼老师，他从镜子里看到了我，转过头对我笑得不明所以：“帅哥，你也剪头发吗？我给你设计一个没人想得出来的发型啊。”

第二天中午，齐维豫顶着新剪的寸头默默地走过来，坐下来也不说话，埋着头装酷吃饭，就等着桃桃发现他新换的发型然后夸自己。

桃桃戴着耳机在和男朋友视频，除了偶尔看一眼盘子里的饭眼睛都不带移动的。斜眼一瞥发现剪了寸头的齐维豫，桃桃哈哈大笑了起来，嘴里的饭粒喷到了我脸上，她朝我摆手断断续续地说不好意思，笑容却止不住，脸都变形了。

齐维豫这下尴尬了，不知道说什么，也不知道该不该笑。

桃桃终于止住了笑声，摘下手机上的耳机，男朋友问："你笑啥呢？小心呛死啊。"桃桃把手机对着齐维豫："我高中同学剪了个寸头，笑死我了，是不是好傻？"

齐维豫面无表情地抬起头看着桃桃的手机，他右手拿着筷子，嘴巴里嚼着食物。手机里传出噼里啪啦敲击电脑打游戏的声音，几秒钟后是桃桃男朋友的笑声："这谁啊？跟二傻子一样，我们这的混子都留这种头发。"

齐维豫埋着头吃饭，直到吃完他都未曾抬起头来。

晚上下班以后，桃桃才发现了齐维豫不对劲的地方，向他道歉："对不起啊，我只是开个玩笑，你别生气啊。"

齐维豫戴上头盔，跨上摩托，转身对桃桃说："今晚要我送你吗？"

桃桃没说话，知道他是真生气了。没有得到回应，齐维豫骑着摩托车走了。

小城的末班公交车是晚上八点钟，我们一般八点半才下班，之前桃桃上下班都是齐维豫接送，他骑着摩托车认真目视前方穿过小城的大街小巷，她坐在后座上，飞驰的风带起她的长发在脑后飞舞着。

那段时间，这是我在小城见过的最亮丽的风景。

桃桃的单车停在面包店右边的一条小巷子里，许久不骑上面已经落了灰，轮胎也没气了，软塌塌地贴在地面上。

我回去的路不远，把自己的单车借给了桃桃：“明天记得骑过来，这可是我奶奶的。”

桃桃说：“我今天是不是有些过分啊？”

我问：“你会考研吗？”

桃桃说：“考个锤子，学习那么累，我只想开面包店。”

三

我回北京之前我们三人去吃了一顿自助餐，前半个小时没人说话，光顾着手舞足蹈地往嘴里塞东西了。

后半个小时我和齐维豫都放慢了速度，桃桃还保持着前半个小时的那种冲劲，面前的盘子就快要挡住她脸的时候我掏出手机准备拍一张照片发个朋友圈，配文都想好了：“这是我见过最能吃的女人，一顿能啃一张桌子和一堆盘子。”

桃桃打开我的手机：“程沙柳你这个猪，把你吃剩的碗往我这里堆！”

齐维豫说：“好了好了，你让人家吃，吃相多可爱啊，还有半个小时用餐时间就结束了。”

第二天齐维豫就不生气了，又像往日一样和我们嬉皮笑脸，依旧往返接送桃桃。于是，桃桃的自行车又锁到了面包店的小巷子里，直到被一个无业青年偷去卖了，换了几十块上网吧的钱。

再后来桃桃就分手了，她那个男朋友嫌弃她一顿吃太多，还嘲笑她：“我从没有见过女孩子能吃这么多。”

桃桃觉得她男朋友喜欢打游戏胜过喜欢自己，好几次的约会都因为他打游戏而夭折，桃桃在原地等了半个多小时他才想起来通知她约会取消了。

有一次桃桃做兼职下班比较晚，回宿舍的时候路上很黑，给男朋友打电话壮胆。

男朋友接起电话的第一句话是：“怎么又打电话啦？”

桃桃说：“我刚做完兼职回宿舍，路上没人，我害怕。”

电话那边是敲击键盘和游戏人物相互砍杀的声音。

刚刚下过雨的空气里有很多寒气，桃桃打了个冷战，周围没有任何响动，静得深邃而诡秘。电话那边的声音很刺耳。

男朋友的声音里全是心不在焉：“你在哪里啊，怎么还没到？”

桃桃说：“……我不是跟你说了吗？”

男朋友：“那你还不快点回去？我在打排位赛……”

“我排你 × 呢！”桃桃挂掉电话，疾步朝宿舍跑去。

男朋友的电话再也没有响起过。

我们三个有个小群，当桃桃在群里吐槽她前男友的时候，齐维豫很兴奋：“早分了早好，一听他说话我就知道他不是个好东西，配不上你这么好的姑娘。”

我悄悄对齐维豫说：“现在是机会，你抓紧啊。”

齐维豫嘿嘿笑：“马上毕业了，等毕了业再说，那样我就能一直陪在她身边了。”

齐维豫二话不说就跑去了长沙，笑嘻嘻地对桃桃说：“我来给你烤面包啊。”

桃桃说：“啊，我在想要不要考研啊，我找了一个月工作，本科生一打一打的，找不到什么满意的工作，我想要不要把学历提升一下。”

齐维豫说：“你之前不是说不会考研吗？”

桃桃说：“你傻啊，女孩子会随机应变的，才不像男人一样死板。”

齐维豫哦了一声："那你还想开面包店吗？"

桃桃想了很久说："我现在真的有点不是很清楚了呢，或许会开，或许不会，但肯定不是现在。"

后来，齐维豫留在了长沙，在一家很知名的连锁糕点品牌店工作，他除了烤面包之外还学会了做蛋糕和各种饼，离桃桃就读研究生的学校很近，走路几分钟就能到。

桃桃一有空就会来店里找齐维豫玩儿，守在烤房的窗口，等他把烤好的面包一端出来就夹一个在托盘里，不待结账就咬一口，然后竖起大拇指就夸："你烤的面包越来越好吃了。"

齐维豫的笑容很满足，盯着桃桃啃面包的眼睛里能泛出光，他来长沙以后和桃桃相处的时间变多了，他很满足。

四

2018年我回奶奶家去看她老人家，她已经有了一点阿尔茨海默病，耳朵也不大灵光，她那群老姐妹只有三个还健在，见到我很兴奋，争着给我介绍女朋友，其中一个老奶奶说："我孙女可能干呢，现在才刚二十岁出头，在医院上班，我觉得和你很配啊。"

我哈哈笑："好啊，那我有时间去见见。"

老奶奶说："现在见不到，你得排队，你前面我还给她介绍了三个。"

我路过当年打工的那家面包店，已经找不到它的踪迹，它被铲车推平，碾压，变成了一个高档小区的一部分。小区大门口岗哨森严，陌生人很难进去，奶奶说里面住的人非富即贵，都是有头有脸的人物。

回北京时我从长沙转高铁，三人小群已经很久没人说过话了，我在里面发了一句好久不见没人理我，我又发了一个红包，几秒钟两人都领了，我骂了一句靠，齐维豫回我道："嘻嘻，兄弟最近在哪里高就？"我说我路过长沙，晚上九点多的高铁，可以吃个饭聚聚啊。

齐维豫说："好啊好啊，地方你定，我请客。"

桃桃自始至终不说话，我私信她："不仗义啊，抢了我红包都不吭个声。"

桃桃说："不好意思啊，下次有机会我单请你啊，我在准备毕业论文呢，实在没时间。"

齐维豫已经做到了店长的位置，他留着当年那种干净利落的寸头，五官明晰，身材匀称挺拔，要是套一身西装估计会像美国大片里的特工一样酷。

我说："桃桃读研最近很忙啊。"

齐维豫把杯子里的酒喝干："我和她分手了。"

我大惊："你们啥时候在一起的啊？我咋不知道。"

齐维豫说："一起只有两个月。"

齐维豫来长沙以后，和桃桃的相处很愉快，桃桃每次来店里找他也会很开心，终于有一天齐维豫对桃桃说："我喜欢你挺长时间了，你要不要做我女朋友？"

正在啃龙虾的桃桃停住了手，笑容很尴尬："你别开玩笑。"

齐维豫说："我没开玩笑。"

桃桃说："你让我想想。"

两个人相处一段时间后，桃桃说："我感觉我们以恋人关系相处起来一点都不自然呢，还是当哥们相处起来比较舒坦。我一直把你当好哥们的，从高中同学一路过来不容易，我很想珍惜这样的友谊。"

我不知道说什么，把杯子里的酒一干而尽。

齐维豫说："我总感觉桃桃未来的路还很长，也会比我走得更远，或许她说得对，我们在一起不合适。但我还是喜欢她，没有变过。”

我问 :“那她的面包店还开吗？”

齐维豫说 :“我有一次问了她这个问题，她说啊，你还记得这事儿呢，多久远啦。她不会开啦，以后要搞学术研究，她被保送博士了，去厦门大学，我离她越来越远啦。”

齐维豫非要送我去南站坐车，他拍着我的肩膀说 :“以后你到长沙了来我店里，面包管够，随便吃，要是我哪天做到了一个市一个省的负责人，到时候那个市那个省的面包你都随便吃。”

我大笑 :“好啊好啊。”他和我告别后，走出一段还转头来看我，笑着向我挥手。

世事无常，有些东西会随着年轮的增长变得物是人非。

她比你先到

一

夏应坤是我为数不多热爱写作的朋友之一，和我这吊儿郎当的写作状态差不多，一切看心情，有时候一个月也写不了几个字。还好不是靠写作吃饭，不然早饿死了。

2016年年初，我和夏应坤的处女作一前一后上市，第一次出书，有点嘚瑟，经常去看微博，如果有读者买了书并在微博上艾特我们或发私信，那一天就会特别开心。

阿闹是个很神奇的读者，她看完夏应坤的书后意犹未尽，不仅在微博上和他絮絮叨叨说了一大堆，还通过强大的互联网找到了他的微信。

阿闹在微信上又噼里啪啦说了一堆："和你说哦，我把你的书推荐给了同事，我们部门二十多个人都买了你的书呢。"然后又开始自我介绍，说自己比夏应坤小两岁，在杭州工作，供职于一家妇孺皆知的打车租车出行平台。

阿闹的嘴巴就像连珠炮一样，夏应坤一句话不说她也能神奇地把天聊下去。夏应坤笑了："这个读者真有意思。"

我说："你向他推荐我的书了没？"

夏应坤在微信上敲着："我有个朋友叫程沙柳，也出了一本书，和我同期上市的。"

阿闹说："哦，我知道那本，但是看书名就感觉不好看，我就只买了你这一本。"

夏应坤抱着手机哈哈大笑，我冲这个叫阿闹的女生翻白眼。

某天，阿闹给夏应坤发了一张首都机场的照片："来北京总公司开年会啦。"

夏应坤不知道怎么回答，跑来问我，我就说："你说好啊好啊不就行了。"

夏应坤吐槽说："这话太敷衍了吧。"

阿闹的消息又发了过来："有时间见个面啊？吃个饭喝个东西什么的。"

夏应坤的心怦怦直跳，我的心也怦怦直跳。

我小心翼翼地说："她想见你啊？"

夏应坤捂着心口说："我还没有和读者见过面呐，好紧张。"

想了想，夏应坤回复道："我最近要陪女朋友啊，可能没时间呢。"

阿闹说："那叫上你女朋友一起吧，我也想多认识几个在北京的朋友。"

阿闹的话都说到这个份上了，夏应坤不知道该怎么拒绝："好，那我问问她。"

夏应坤和刘苗苗从大一开始恋爱，到现在已经四年了，感情稳定，很快就要进入谈婚论嫁的阶段。

刘苗苗听完夏应坤的表述，一边继续看书一边问："有个女读者要见你？长得好看吗？"

夏应坤开始发抖："不知道啊，没见过照片。"

刘苗苗说："我就不去了，人家大老远跑来北京不容易，还那么喜欢你的书，你和人家好好聊聊，记得别让人家女孩子请客。”

夏应坤点点头，正准备穿衣服出门，刘苗苗又叫住了他：“记得带上程沙柳那个二货，还有，如果她长得比我好看，以后就不要去见她了。”

二

我和夏应坤先到，夏应坤在微信上和阿闹说了咖啡店的名字和桌号，我们兴奋又忐忑不安地等着阿闹的到来。这也是我第一次和读者见面，虽然阿闹不是我的读者，但我作为作者在这种情况下和一个素未谋面读者身份的人见面，感觉还是很奇特的，我感觉有点飘忽不定，突然冒出很多想法，如果我以后成了明星作者，出现在公开场合时会不会有一群粉丝冲我招手呐喊。

徐徐渐近的高跟鞋和地面碰撞的声音把我从意淫里拽了回来，我朝声音源望去，一个身材高挑的女生正冲我们满脸微笑地走过来。

女生站在桌子旁，朝我们挥手说：“嗨，你们好，我是阿闹。”我和夏应坤惊慌失措地站起来，也挥手回应道：“嗨。”

阿闹坐下：“让我猜猜你们谁是谁。”手指指着夏应坤：“你就是夏应坤对不对？”夏应坤嘿嘿一笑：“你猜得真准。”

阿闹从包里拿出两本塑封未拆的书：“来北京的时候忘记把书带来了，还好住的地方附近有书店，又去买了两本新的。能亲眼见到两位作家不容易，你们一定要给我签名哦。”

我看阿闹坐下后眼睛一直盯着夏应坤，也没有和我说几句话，指甲也像刚做的，我就从她手里把书拿过来帮她拆塑封。

阿闹很活跃，第一次见面也不可能聊什么深层次的话题，三人嘻嘻哈哈说了一通无关紧要的话后气氛陷入安静，但一点也不尴尬。

夏应坤轻喝一口咖啡，偶尔抬起头和我或阿闹说一句话，眼睛多数时候是看着窗外的风景。咖啡店在商场八楼，位置挨着落地窗户，北京今天是蓝天，视线很好，一眼能看很远。

阿闹是经过精心打扮的，看得出来她很在意这次会面。脸上的妆和口红很讲究，不浓但看起来很舒服，及腰的长发上半部分很直，下半部分微卷，耳环上的装饰物看不出来是什么，但感觉是去见很重要的人才会戴的那种。室内暖气很足，脱掉褐色的风衣，她展现出的是线条修长的身材，起身去卫生间的时候，很多人朝她投来关注的目光。

阿闹把书给我签名，让夏应坤签名的时候她多了一个要求："你给我写一句话吧。"夏应坤的表情有些为难："我不知道写什么。"阿闹说："你随便写。"

夏应坤想了想，埋头在书上写了一句话："多读书，内心强大才能百毒不侵。"

阿闹笑了："我还以为会是什么惊世骇俗之言。"

夏应坤说："这是我很喜欢的一句话，以后打算作为家训流传给子孙后代。"

三

刘苗苗变着花样给我发了三天微信消息，反复问同一个问题："夏应坤有没有做对不起我的事情？"

我赌咒发誓："半点没有，你和他在一起那么久，还不知道他是一个什么样的人？"

刘苗苗才放心："那就好。"

从咖啡厅回来后，阿闹就时不时地给我发微信，我想起她之前说我的书看书名就不好看，刻意不理她。但她不断问了好几次夏应坤的各种事情后，我忍不住回了一句："你是不是喜欢夏应坤？"

阿闹说："那么明显？"

我说："他有女朋友，两人在一起挺长时间了，感情稳定，而且他女朋友可凶呢，连我都敢打。"

阿闹说："我又不挖墙脚。"

我说："不期待结果的那种纯纯的喜欢？"

阿闹说："也不是，我想等他两年，以今日为期。世事无常，没准会有变数呢？那时候我就有机会了。"

我看了看那天的时间，2016年4月27日，"你打算怎么告诉他这个事情？"

阿闹说："就像告诉你一样告诉他。"

第二天，夏应坤神神秘秘地给我打电话："阿闹和我表白了，我说我有女朋友，她说要等我两年，还叫我不要有心理负担，她喜欢我是她的事情。"

我装作不知情大叫着："你哪来那么多艳福，也不分我一点！"

夏应坤有些着急："女孩子好像来真的，你给我想个招啊。"

我说："人家不是说了吗，叫你不要有心理负担，该做啥就做啥。"

自从知道阿闹喜欢自己后，夏应坤每次看微信就会很紧张，他把她的微信设置成了消息免打扰，还很怕刘苗苗翻看自己的手机，尽管她从来不这么做。刘苗苗对夏应坤是很信任的。

阿闹偶尔会给夏应坤发消息，但只字不提和喜欢相关的字眼，只是像朋友一样聊着日常，且只在工作时间，从不会给夏应坤造成任何困扰。

某个周六晚上十一点多，我和夏应坤在青年路附近吃夜宵，夏应坤手机的微信提示音响起。夏应坤说："阿闹给我发微信了。"我恬不知耻地把脑袋凑了过去，他没有反对。

阿闹的微信内容很长："我在你女朋友微博上看到了你们两个的照片，她真的给我一种好温柔好可爱的感觉啊，一看就是个好姑娘，你们绝对很有共同话题。说心里话，我是真的不知道心里为什么一直放不下你，每天很忙，可是真的很想你。之前以为你们分开住，后来发现你们天天都在一起，便没有再找你，有种担心，怕你们吵架，怕引起误会。你知道吗？看到了你女朋友照片的那一刻，突然真的不希望你们分开，看到她那幸福的样子，说实话我很羡慕，我甚至希望她就是我。我喜欢你，不因为别的，我喜欢有那些故事写出那样的文字的你，让我更想去了解一个真实的你，见到你之后那种激动的心情很久才平复，以为能一点一点走近你。在这之前，我甚至还想过也许你们会分开，也许你们并不合适，我真的想过是不是找个机会直接换到北京上班会离你更近，会更有可能走到你身边，甚至想每天陪伴你的人是我。但看到你们那么幸福，我便有一种很强的失落感。虽然很不情愿，但还是希望你能够幸福。"

夏应坤正不知如何是好，阿闹把消息撤了回去。于是，夏应坤找到了非常合理不回复的理由：他可以装作什么都没有看到。

可是，他怎么可能没看到？每个写作者，都有一种神奇的能力：对影响自己的事情和人极度敏感，即使一个字一句话，也能窥探出其背后隐藏的深度渴望。

对，我能原封不动地把阿闹这一长段话转述到故事里，就是明白阿闹背后的渴望。

人生漫长，拿两年时间和命运抗衡，我玩得起。

阿闹当天晚上发了一条这样的朋友圈。

四

2016年年底，阿闹和公司争取，调来了北京总部。来之前她在微信上问了我很多关于在北京生活可能会遇到的问题。

阿闹带上了日常所要用的所有东西，开了一千两百多公里的车到了上地居住的屋子，因为路不熟，她转了好几圈才找到地方，在室友及室友男朋友的帮助下把东西搬上去收拾妥当之后，已经凌晨两点多了。

稍许歇息，身上的热量散光，阿闹才感受到冬天北京的寒冷。我能想象到她一个人站在窗口面对一窗萧索的孤单，而她一直在等的那个拥抱不知何时才能成真。

常年生活在南方的阿闹适应不了北京冬天的干燥和雾霾，不到半个月喉咙就开始发炎，继而引发重感冒，和我说话的时候都没有力气打字，用沙哑的声音给我发语音。但她只在医院待了一上午，便又跑回去工作了。

我问她："为什么不请几天假多休息休息再说？"

她说："调来北京总部不容易，我要好好表现，以防他们过早把我调回去。"

阿闹在北京的这些经历，夏应坤也知道一些，但他和我所知道的完全是两个样子。在夏应坤面前，阿闹所展现出的一直是一副积极向上的状态，她朋友圈每张漂亮照片背后的真实，每句看似正能量的话背后隐藏的辛苦，只有她自己知道。

阿闹来北京之后，没有和夏应坤见过面，两人约过几次，但每次都不了了之。见面是阿闹提起的，也是她临时取消的。

2018年春节，夏应坤和刘苗苗两人留在北京过年，初五半夜两人因为未来结婚在哪里定居的问题吵了一架。刘苗苗家里就她一个孩子，她想让夏应坤去她老家所在的城市生活，房子她父母会准备好。夏应坤觉得刘苗苗这样的安排让自己有失男人尊严，太不把自己放在眼里，两人争来争去吵了起来，后来又开始摔东西，再后来刘苗苗又把夏应坤赶了出去。

夏应坤在街上溜达了半个小时，冷得要死，在一个二十四小时营业的便利店买了点热饮暖身子，越想越委屈，想找个人诉苦。在微信通讯录里滑了滑，他看到了阿闹的头像，犹豫了一下，最终还是点开了。

夏应坤噼里啪啦和阿闹说了很多，阿闹认真听着不发表意见，夏应坤终于说完了，阿闹说："你在哪里，我开车来接你。"

夏应坤给了一个定位。

半个小时后，阿闹的车到了夏应坤所在的便利店，夏应坤坐在后座，阿闹认真地开着车，两人都不说话。

夏应坤的眼神看着窗外冰冷的街景，转头的一个瞬间，发现阿闹在后视镜里偷偷地打量自己，他叫了一声："阿闹。"

阿闹"嗯"了一声，从后视镜里看着夏应坤，夏应坤又陷入了沉默。

阿闹把车停在路边，轻声抽泣。

夏应坤不说话，默默看着阿闹哭。

夏应坤那晚并没有住在阿闹家，在街上转了转，他又让阿闹把他送回到了来时的地方，夏应坤刚走出几米远，阿闹就看到了从小区里冲出来找他的刘苗苗，她在漫无人影的街头转着圈，很焦急，看到夏应坤后她像找到救星一样叫着他的名字朝他扑去。

阿闹开着车往回走，她的脸上早已被眼泪侵占。

那是她最后一次见到夏应坤。

五

每个故事都会有结局，每段爱情也会有答案。

2018年4月27日是阿闹自我约定的两年期限，这一天到来的时候我胆战心惊，总觉得有什么大事情要发生。但那一天夏应坤没有找我说话，阿闹没有找我说话，刘苗苗也没有找我说话。

阿闹终究还是输给了命运。

一个月后，阿闹收拾好东西开着车回杭州，凌晨六点多我接到了她的电话，电话那边是呼呼的风声，她说："北京至杭州往返我开过好几次，不知道这一次为什么感觉又远又累。我同样也不知道为什么会给你打电话，或许你是唯一见证事情前因后果的人。"

我从酣战的《巫师3》游戏中退出来："我在听。"

阿闹说："我知道夏应坤不喜欢我，也不可能喜欢我，但他依旧是我不愿意错过的人。他是一个好人，坚守原则，捍守底线，我一直很羡慕他女朋友，我也一直觉得他们两个在一起会很幸福。我没有权利去破坏这段感情，我只是站在一边，小声地发表下意见。"

停了一下，她又继续说："小时候我妈妈就和我讲，你要是想要什么就努力去争取，即使看似遥不可及也要用心去试试。可并不是每一件事用心努力都是有用的，我经常听到世事无常这句话，很多事情就像地图，路不会一直是直线，它会拐弯，会分叉。我忽视了一件事，有的人遇不到就是遇不到，有些事不可能就是不可能，跑再远，拐再多弯，走过再多岔路口，遇不到就是遇不到，不可能就是不可能。"

我想起了前几天和夏应坤吃饭时他和我说的话："阿闹那么好那么优秀的女孩，我很感激她为了我所做的一切，我努力过，尝试过，想知道一颗心能不能装得下另一个人。可我发现，人的心就那么点大，只能住下一个人。刘苗苗在我心里住了那么久，已经在里面生根发芽，未来还会开花结果，我只能装下她一个人。”

阿闹说：“能遇到一个让我如此用力去喜欢的人我是幸运的，我虽然没有住进他的心里，但他将会留在我的回忆里，在我遇到生活难题的时候，回忆会跑出来，给予我力量，让我有动力继续向前。”

我眼里噙满泪水：“你会过得很幸福。”

挂断电话后阿闹驾车继续向前驶去，我望向窗外，朝阳正在缓缓升起。

你是我所期望的人

一

我有个叫周茹茹的大学同学，一直到大四也没有谈成恋爱，宿舍几个女生都找到了对象，有的甚至还谈了两三轮。

自己为什么会单身这个问题，周茹茹思考过无数次，没有找到自己不值得人爱的理由，也经常照镜子，颜值上并没什么不满意的地方，和班上的多数女生比，她甚至还有优势。

周茹茹曾和许多人说过，自己想要的恋爱是真的因为爱情，两人才在一起，而不是因为颜值和孤独等外部因素。这个观点她一直坚守，有时候她想，是不是因为自己太过固执才会一直单身？但她思考之后还是觉得，自己想要的是因爱而在一起的爱情，不会妥协。

情人节那一天，宿舍的女孩都外出和男朋友约会，周茹茹一个人待在宿舍里看书，望着空荡荡的宿舍，她生出了一股落魄感。这种感觉之前也不是没有过，但这次格外强烈。

室友花花气冲冲地推开了宿舍的门，把包包扔在床上嘴巴噘得老高："他说辅导员今天找他帮忙，没时间陪我过节，但我刚出去就看见他和几个大一的女孩有说有笑的！我决定不要他了，我要出去浪！"

花花转头把周茹茹从床上往下拽："你和我一起去酒吧蹦迪吧！"

周茹茹本想拒绝的，她一般不去那种太过喧嚣的场所，但今天她没有多想就答应了花花，爬起床换衣服。

花花是酒吧常客，轻车熟路，还和认识的酒吧员工打招呼，点好的酒没喝几口就跑到舞池中央蹦迪去了。

周茹茹性格内敛，坐在角落里看着在光怪陆离的灯光中扭动身子的人群，她觉得这种感觉很奇妙，但自己肯定是不愿意去蹦两下的。

有人拍了拍自己，周茹茹转头，是陈恒。

其实她和陈恒不是特别熟，只是经常会在图书馆和校园里碰到，偶遇的次数多了，会相互点个头，但没说过几句话，周茹茹甚至连陈恒在哪个学院读大几都不清楚。

两人相视一笑，开始聊天，起先有顾虑，很快就聊起来。他们聊过去，聊现状，聊未来，聊毕业了去哪里工作，聊论文没有头绪，聊最近在看的书和追的剧，聊想定居的城市。

两人无疑是很享受这次畅聊的，周茹茹不经意间看了下时间，才发现已经凌晨两点了，花花也不知道去了哪里，打电话发微信也没回。

陈恒说："你还能回学校吗？如果回不去就去我那里吧，我在外面租的房子。"

周茹茹没有拒绝，陈恒拦了一辆出租车，打开车门，周茹茹坐了进去。

到了陈恒住的地方，周茹茹的酒还没有完全醒，脑子迷迷糊糊的。陈恒给她倒了一杯水，还问她是否要洗澡。周茹茹感觉身体很软，顺势躺倒在了陈恒的怀里。

陈恒将周茹茹扶起来："洗漱下再睡吧。"周茹茹一把抱住陈恒的脖子，开始亲吻他！

那时候周茹茹其实还有一些意识，但她不确定自己在想什么，为什么会这样做。

娇人在怀，陈恒没有把持住，对周茹茹以其人之道还治其人之身。

当陈恒开始脱自己衣服的时候，周茹茹像被冷水泼了下般弹了起来，脑子也一下子清醒了。她穿好衣服和鞋子，说了句“不好意思”落荒而逃。

那晚，周茹茹去住了酒店，她捂在被子里莫名其妙地瑟瑟发抖，好不容易心定之后她默默发誓：以后再也不做这样的事情了。

二

实习期间，我和周茹茹去了同一家公司。公司是一家上市企业，五百多人，管理条例里有一条：同公司员工禁止谈恋爱，不然就得开除其中一人。

周茹茹的部门总监叫姜洪峰，英俊帅气，个高腿长，说话时透着成熟的魅力，女同事们经常开玩笑叫他姜帅。

按道理说，周茹茹的工作有老员工安排，怎么说都轮不到姜洪峰这个总监来管，但是不到两个星期，姜洪峰就把周茹茹的位置安排在了自己旁边，用意可谓太明显。

下班的时候我对周茹茹说：“恭喜哦，转正指日可待，下一步就能升职加薪了。”

周茹茹舌头吐了吐：“你想多了，公司不允许员工谈恋爱。”

我说：“规矩都是人定的，大不了就是开除。”

经常有周茹茹和姜洪峰的八卦跑到我的耳朵里来，有人看到他们一起上下班啦，姜洪峰给周茹茹送礼物啦，还有人深夜看到他们从酒店里出来啦等等。我对这些八卦消息没怎么关注，我有毕业论文和工作需要忙，根本无暇分心其他事情。

没多久，周茹茹从公司里消失了，又过了一段时间，听说周茹茹和姜洪峰结婚了。

再次见到周茹茹，是我代表新公司去进行一次商务谈判，发现对方公司和我对接的人是周茹茹。

我本想夸她变得更漂亮了，但看了看她粗壮的大腿、凸起的小腹和双层下巴，还是避免了虚伪的商务性夸赞："真巧啊，好久不见。"

聊完工作，我们又说起了大学时候的一些事情。

我问："听说你和我们当时实习的那家公司的部门领导姜洪峰结婚了？"

周茹茹说："嗯，后来又离了。"

那时候周茹茹的确和姜洪峰在一起了，而为了不影响姜洪峰的工作，周茹茹主动离职，并和姜洪峰同居。同居生活很幸福，当姜洪峰向自己求婚的时候，周茹茹没有多想就答应了。

周茹茹说："他那时对我很好，我相信他是爱我的。"而离婚的原因和结婚的原因正好相反，周茹茹说："他并未做对不起我的事情，我只是觉得他没以前爱我了。"

姜洪峰工作很忙，但不管多晚回家，周茹茹为他在桌上摆好的饭菜都是冒着热气的。周茹茹很享受为丈夫准备晚饭的这个过程，但有一天姜洪峰对她说："你其实不用这么辛苦做饭的，去外面吃或者点外卖会方便许多。在哪里吃不是吃，别太这么在意仪式感。"

后来姜洪峰面临升职，回家吃饭的次数变得越来越少，陪周茹茹的时间也变得越来越少，姜洪峰丢一张卡给周茹茹："想买什么随便刷。"

周茹茹没有接，回了一句："钱我自己挣，我需要你的陪伴。"

姜洪峰在她额头吻了一下："下次好吗？工作太多了。"

这些如果还能容忍，那姜洪峰忘记结婚纪念日，对于周茹茹来说是完全无法接受的。那天周茹茹等了一天，姜洪峰也没有反应，她问道："你知道今天是什么日子吗？"姜洪峰眨眨眼睛："能是什么日子？"

周茹茹交叉着手，声音很平静："我要和你离婚。"

姜洪峰工作忙鲜少陪伴她能理解，但忘记结婚纪念日，她是无论如何也无法忍受的，她的爱情哲学告诉她，她和姜洪峰之间已经没有多少爱了。而这样的爱情是她一度不愿意触碰的。

周茹茹没再说第一段婚姻结束的细节，但我从她闪烁的眼睛里看到了一丝苦涩，不知道是不是觉得自己决绝地选择离婚，对姜洪峰有所亏欠？但她对爱情的态度很坚决："能被时间和生活冲淡的爱都不是真爱，随着岁月的流逝，爱应该越来越浓才对。没有爱情的生活了无生趣，我不要过这样的生活。"

我说："我遇到过很多人，他们说这个时代爱变得越来越奢侈，马路上那么多人，可能没有几个人是因为爱情才和现在的人在一起的。人生很长，我们不可能只活在爱情里。"

我本意是想告诉周茹茹，爱情最终变得平淡可能是它的归属，顺其自然地接受也并非不是一种恰当的选择。但周茹茹却完全忽略了我的观点："奢侈的最大原因，是因为现在的人都很吝啬，生怕付出真心会得不偿失，受到伤害。真可笑，都没有付出就觉得自己会受到伤害。"

离婚之后的周茹茹开始暴饮暴食，疯狂地吃垃圾食品，婚姻的失败让她的生活变得更加空虚，拼命工作也无法完全排解，她用不断咀嚼吞咽的方式来减压，结果导致自己越来越胖。

临分别时，周茹茹突然笑着问我："我这样是不是显得很矫情，和这个世界格格不入？”

我没有来得及回答，她便给出答案：“但一个人追求自己想要的那种爱情也没有错啊。”

三

一段时间过后我刷朋友圈，看到了周茹茹在健身房打卡的照片，她还写了一句话：“走出阴霾，准备迎接下一段美好。”

周茹茹的意志力很顽强，不管多晚，她每天都会坚持打卡健身，从她每日更新的照片上能看出来她身材的变化。几个月后，她又变成了以前的样子。

周茹茹和马立的认识很俗套，都是自律性很强的人，在健身房遇到的次数多了便心生好感。是马立追的周茹茹。

周茹茹说：“我之前离过一次婚。”

马立耸耸肩：“谁还没有点情史，你要是有孩子我也愿意和你一起带。真正的爱不是接受对方的一切吗？”

周茹茹说：“看起来你年纪不大啊？”

马立说：“我二十三岁，刚毕业啊。”

周茹茹笑着摇摇头：“弟弟，去找其他小朋友玩儿吧。”

马立对周茹茹紧追不放：“你不能歧视我年轻啊？”

周茹茹：“我不是歧视你，是觉得你太年轻了，咱们不合适。”

马立：“你总得给我个机会啊。”

周茹茹：“你知道我想要什么样的爱情吗？”

马立信誓旦旦：“我知道啊，你想和自己爱的人在一起，两个人不能凑合过，要一直爱着对方，不管多久都要一直爱着对方。这些我都能做到。”

俘获周茹茹的，是马立真挚的眼神，她相信那一刻他的整个世界里装的都是她。

周茹茹和马立的姐弟恋很愉快，两人相差五岁，但周茹茹的心理年龄一直很年轻，两人相处时从不会出现沟通不下去的情况。他们一起吃鸡，玩王者，追日番，抓娃娃，合影里的周茹茹永远看起来像一个邻家女孩。

但周茹茹和马立的恋情也没有长久维持，有一天马立满脸惆怅地对周茹茹说："我妈妈不许我和你在一起，她说你比我大太多了。"

周茹茹说："你自己的想法呢？"

马立说："我当然还是想和你在一起的啊，毕竟和你相处起来那么开心。但是我们家就我一个孩子，我妈妈把我养大不容易，我做任何事情得考虑她的感受，不想让她因我伤心。"

周茹茹显然是无法理解的："但你终有一天是要独立的，每个母亲都不可能陪孩子一辈子。"

马立嗫嚅了一会儿："我现在住的房子也是我妈妈的，她说我要是不和你分手就把房子收回去。我住习惯了，不想搬走……"

周茹茹向我转述的时候，我都快要笑死了："你的前男友这么听他妈妈的话啊。"

周茹茹说："在独立这件事情上他的确有些不成熟，可我和他在一起是真的很开心呢，我看得出来他是打心里喜欢我，可他还是不够大胆，在他心中比爱重要的事情太多了，可能他缺乏为爱付出的那种勇气吧。"

四

周茹茹又一任恋爱对象是一位自己开公司的小老板，叫赵新伟，快四十岁了，但保养得很好，公司有十多个员工，经营得也不错，即使他不在公司，公司也能运转自如。

赵新伟对周茹茹说："我有很多时间陪你，你想去哪里我就带你去哪里。"

周茹茹说："你不想把公司做得更大一些吗？"

赵新伟说："我花了十多年白手起家，把负债累累的公司经营到现在每年纯利润几百万元，我觉得还算不错了。我不是一个野心很大的人，创业只是想证明一下自己。未来的日子我不想太过劳累，只想到处走走，看看山，看看水。"

周茹茹那时候的工作不顺心，就辞了职陪着赵新伟满世界转，转了两个多月，周茹茹想重新找一份工作。

赵新伟说："你不用那么辛苦去工作的，我可以养你。"

周茹茹莞尔一笑，默不作声。在她心中，理想的爱情，双方有自己独立的事业和人格，一方赐予另一方，或一方总是以爱的名义攫夺另一方，这样的爱情都是没有尊严可言的。

赵新伟也不再说什么，和周茹茹在外旅行的两个月，通过她每次都会平摊双方的花费，他已经看出了她内心的强大和特立独行。

在一起一年之后，赵新伟向周茹茹求婚，他单膝跪地，拿着钻石戒指，眼神真挚地看着周茹茹，期望她答应自己。

周茹茹痴痴地望着赵新伟的眼睛，拒绝了他的求婚："对不起。"

赵新伟有些意外："为什么？难道你觉得我们不合适吗？"

周茹茹说："我从你的眼神里看不到你对我的爱，在一起时我就和你说过，我只会和爱情结婚。"

赵新伟说："我们早已过了二十多岁的年纪，我快四十岁了，你也马上三十岁了。"

周茹茹说："三十岁怎么了？三十岁也有好好谈恋爱的权利啊。"

赵新伟说："我在商场打拼这么多年，明白了一个道理，再炽热情感再浓烈的事物到最后都会归于平淡，琐碎的日常和柴米油盐酱醋茶是每个人都逃不过的必经之路。这就是生活。”

周茹茹的东西快收拾完了：“我承认生活的本质可能如此，但这并不是我所想要的生活。我还觉得，爱不应该被这些东西冲淡。爱如果是一杯水，两个人在一起就是茶叶，一天一天，一年一年不断地经历，往杯子里加的茶叶就越多，这样的茶应该越来越浓才对。”

赵新伟双手插兜安静地站在一边不再说话，周茹茹提着行李轻轻地关上了门。

最近和周茹茹的一次见面是三个月前，我去参加大学班长举办的一个聚会，她坐在角落里姿势潇洒地用手机看着电子书。周围喧嚣，玩骰子的声音，划拳的声音，肆无忌惮大笑的声音，丝毫影响不了她。

她发现我在打量她，拿起面前的酒杯向我示意，我举起啤酒回应，她喝了一口，淡定地继续看书。

她有一个独立的世界，她一直坚信，会有一个自己期望的人出现，那个人会懂她所有的悲欢喜乐。不管多久，她都会一直等下去。

她对爱的理解和看法从不会变。

和爱情结婚

一

我们宿舍六个人，除了三个颜值比较高的在最短的时间内交到女朋友之外，我和麻园还有袁伟凡被剩了下来。我觉得单身没有什么，麻园和袁伟凡却忍受不了没女朋友的寂寞生活。

袁伟凡在网上抄袭了很多情诗送给心仪的女生，女生看完情诗不屑一笑，一个星期也没有回应。袁伟凡着急了，跑过去问女生为什么不理自己，女生说你要是再去网上抄诗给我，我就去学校的贴吧里说，还曝光你的班级和你的尊容。

袁伟凡抄袭的是刘慈欣《三体》里那首非常著名的诗：

我看到了我的爱恋
我飞到她的身边
我捧出给她的礼物
那是一小块凝固的时间
时间上有美丽的花纹
摸起来像浅海的泥一样柔软
她把时间涂满全身
然后拉起我飞向存在的边缘

这是灵态的飞行

我们眼中的星星像幽灵

星星眼中的我们也像幽灵

袁伟凡觉得这个女生太毒，换了一个新的目标，那个女生是中文系的，袁伟凡觉得她很文艺，应该用文艺的方式打动，因为有前车之鉴，不敢再抄诗歌，袁伟凡就自己原创了一首，在大庭广众之下拿给女生看。

你像我儿时在路边遇到的花

初看无甚惊奇，细思妙不可言

我在梦里酣睡，你总是突然跃入我的脑海

我问你为何总是叨扰我的清梦

你说我有话对你讲，大胆说出才能安然入睡

我静坐到天明，来到了你的身边

给你一张写满我内心思绪的信纸

那上面是我对你单纯无瑕的思恋

女生看完后冷哼一声："都什么年代了，还写诗歌追女孩子，你这些打油诗我上小学的弟弟写得都比你好。"

袁伟凡装作不在意围观人群的嘲笑，厚着脸皮说："我喜欢诗歌，觉得只有诗歌才能表达一个人最纯洁的情感。"

女生问那你喜欢顾城的诗歌吧？袁伟凡点头，女生说那你随便背一首给我听听，袁伟凡嗫嚅了几下嘴巴，转身跑回了宿舍，蒙着被子睡了一下午，他从床上弹起来说："不谈恋爱就不谈恋爱，单身没什么了不起。"

一旁的麻园拍拍他的肩膀："我们一起单身！"麻园在镜子面前端详自己三天并换了几个发型后得出结论，自己还没有到谈恋爱的时候，适合自己的女生应该是比他小的，也就是学妹，他在等下一届她们开学。

没有女朋友的袁伟凡和麻园除了上课之外多出了很多时间，这些时间他们用来疯狂地打游戏，没日没夜地打，两人组队在游戏里厮杀火拼，肆无忌惮地翱翔在虚拟的世界里。

我偶尔也会参与他们的游戏小团队，但我玩了一段时间，发现自己根本无法喜欢网络游戏，游戏设定需要你不断地升级进化装备，不然就很难向前迈进，我还是更喜欢单机版的沙盒游戏，地图大，画面精致，你在里面可以凭借自己的喜好遨游和旅行，可以无忧无虑地看各种各样的风景。

袁伟凡说："没关系，玩不一样的游戏我们也是一条战线上的三兄弟，我们以后就不找女朋友了，和游戏过一辈子。"

但我在游戏里没有遨游多久就放弃了虚拟的世界，我发现现实的世界更有意思，满世界到处走走比在游戏里走来走去有意义许多。

袁伟凡和麻园的游戏组合也并没有一直存在下去，在大三那年瓦解。因为麻园恋爱了，他没有找一个学妹当女朋友，而是一个大四的学姐，袁伟凡指责他放弃了兄弟，违背了彼此的誓言，以后会天打雷劈。

麻园拍拍袁伟凡的肩膀："没办法啊兄弟，爱情来了挡都挡不住。另外我打游戏也打够了，现在才明白以前是多么荒废时间，我们应当把重心放到我们的现实生活中来。"

袁伟凡轻轻切了一声，他知道他说得对。

二

袁伟凡独自在宿舍又打了一周游戏，觉得实在没意思，便把游戏卸载了，打起精神开始重修以前挂了的科目，每天穿梭在图书馆和宿舍之间，像当初打游戏一样认真。

好好学习的人会有好运，袁伟凡的女朋友就是在这段时间出现的，且是她追的他。女孩叫邓薇，比袁伟凡小一届，从外表和穿着看就是那种文艺的女生，邓薇对袁伟凡说的第一句话是：“学长，你挡住我要找的书了。”袁伟凡“哦”了一声，让出位置让邓薇找书。

晚饭时间，袁伟凡刚出图书馆门口，邓薇就追了上来：“学长，你去吃什么啊？一起吧。”老谋深算的袁伟凡一眼看出来了这个学妹对自己抱有想法，想起了曾经被两个文艺青年拒绝的经历，笑嘻嘻地说：“学妹，我可不是你们文艺青年会喜欢的那种人啊。”

邓薇说：“文艺青年会喜欢什么样的人有什么标准吗？”

袁伟凡被问住了，马上转移话题：“好好好，不问了，咱们去吃饭吧。”没多久，两人就在一起了。

这时的袁伟凡相比刚进入大学时已经成熟了很多，邓薇是自己的第一段感情他很珍惜，也很稳重地和她相处，邓薇娇小的个子，戴着一副黑框眼镜，虽然总有一些罗曼蒂克的想法，但还是很务实，她知道袁伟凡挂科不少，需要恶补再考，平时大多数时间都用来陪袁伟凡学习了。

袁伟凡手里拿着签字笔，摸摸邓薇的头：“等我把挂掉的科都补考成功之后，就带你出去玩儿，吃遍北京的大街小巷。”

邓薇手捧一本《英国文学史研究》，点点头：“嗯，你不要再挂科了，再挂就太丢人了。”

袁伟凡很努力地学习，到大四的时候他还是挂了一科，需要再次补考。

邓薇说最近袁伟凡考试怕打扰他，就没有和他联系，等袁伟凡考完之后联系邓薇，却发现已经找不到她了。微信不回，电话关机，疯了一样的袁伟凡冲到邓薇宿舍，邓薇的室友问他是谁，找邓薇做什么。袁伟凡说我是她男朋友，联系不上她了。室友笑着说：“她有男朋友？我们怎么不知道？”

袁伟凡瞪着眼睛说：“告诉我她去哪里就行了。”

室友撇了撇嘴：“她去伦敦了，说要研究英国文学，你是他男朋友不知道她一直就有出国计划吗？”

室友的反问让袁伟凡百口莫辩，回到宿舍后垂头丧气地闷闷不乐起来，一根接一根抽烟不说一句话。

麻园又拍袁伟凡的肩膀，安慰的话还没说出口就被他顶了一顿：“别拍我的肩膀了，你的那些话一点用都没有，况且你自己也才被甩一个月。”

麻园就默默地躲到一边哭去了，袁伟凡的话又让他想起了被学姐甩掉的伤心往事。

三

大学毕业后，袁伟凡回老家考了公务员，没多久通过相亲和一个在当地卫生院上班的护士结了婚。我们恭喜他这么快就开启了人生最辉煌的黄金时代。袁伟凡的语气有些不屑：“没有爱情了，只能为了生活和传宗接代结婚。”

袁伟凡的妻子叫荣钰，每天按时上下班，晚上做饭洗碗，袁伟凡在当地税务部门上班，有房有车，两人的小日子让我们这些在外漂泊的人羡慕不已。

袁伟凡结婚五年之后，终于抽出时间来参加我们大学宿舍的故地重游之旅。毕业那年，我们宿舍约定，每年都抽时间回大学里相聚，看看曾经挥洒过青春热血的地方，但前四年袁伟凡总因为各种原因爽约。

五年不见的袁伟凡大腹便便，嘴里叼着香烟，笑的时候露出满口黄黑的牙齿。麻园调侃说：“你有个当护士的老婆，怎么还这么不爱惜身体呢？”

袁伟凡说：“那又怎么了，我经常感觉日子没法过。”

袁伟凡是我们中唯一一个结了婚并且孩子已经上幼儿园的人。作为前辈他教诲我们应当如何与未来的孩子相处，他打开手机，里面有很多他和孩子的照片，他不断划着，照片替换一张就满脸笑容地告诉我们是在什么情况下拍摄的，那时候的儿子做了哪些让他觉得开心好玩的事情。

荣钰的照片很少，在他滑动照片期间，我只看到过两张照片里有她，但袁伟凡很快将有她的照片滑了过去。后来袁伟凡滑动照片的速度很快，不再挨个挨个给我们介绍照片的拍摄背景，然而我们从众多照片中窥探到了邓薇的照片。

聊了一些其他事儿，袁伟凡最终还是把谈话内容转到了邓薇身上：“你们谁在毕业后见到过邓薇吗？”

麻园说：“这都多久的事情了，你现在有老婆孩子，该和从前一刀两断了。”

袁伟凡点燃一支烟：“对她早没想法了，只是有些不明所以的念想总是放不下。”

我想了想说：“前年我在南方一所大学里见到过邓薇，她在那里当老师。”

袁伟凡眼里泛起了光：“你帮我问她为什么不辞而别了吗？”

我说：“问了，她说不知道怎么和你说，相比于当面告别的拉扯和痛苦，她觉得这样悄无声息顺其自然的告别更好一些。”

袁伟凡嘴里嘟囔着两个词：“悄无声息，顺其自然。”

我接着说：“她还问了你的情况，我说你结婚了，还有了孩子，稳定幸福。她说这样的生活更适合你。”

袁伟凡说：“他有男朋友吗？”

对于这个问题，所有人都陷入了沉默，盯着我，等着我的答案。

袁伟凡的眼神很复杂，最终我还是选择诚实回答问题："我骗你们的，我没有见到过邓薇。"

我以为袁伟凡会动怒，他只是轻轻捶了我一拳："这种事情也给老子瞎编。"然后我们哈哈大笑，拼命喝酒拼命回忆曾经流逝的光辉岁月，直到声嘶力竭，不省人事。

四

袁伟凡端着酒杯似醉非醉地走到我旁边的椅子上坐下，凑到我耳边说："你见过那么多爱情写过那么多情感故事，我的困惑其他人不懂，但我想你肯定懂。"

我看着他不说话。

袁伟凡说："其实结完婚后的第二天我就后悔了，我很不甘心，我这一辈子难道就这样了吗？荣钰其实没有哪里不好，她长得很漂亮，当时追她的人很多，最后却选择了我。她工作认真负责，对我也好，但我总觉得哪里不顺心，哪里不对，事情不该是这个样子的。她从不和我吵架，说话轻言细语，就像哄孩子打针一样，即使我发脾气她也只是默默的，不和我争吵一句。看到她那个样子我就更难过了。这难道是我要的生活吗？没有爱情的生活还叫生活吗？"

我知道他还没有说完。

袁伟凡喝了一口酒继续说，手机的微信消息提示音响了好几次他也没有理："邓薇是我人生的第一段爱情，我们没有结果，冷静思考后我也清楚我们两个人完全是不同的人生轨迹，走到一起是不可能的。但结婚后我又陷入了迷茫，我不断地想一个问题，难道我的青春就这样结束，和一个普通人结婚生子，过着没有奇迹和激情可言的普通日子吗？"

袁伟凡在说这些的时候，我心里想到的是荣钰，我仿佛看到一幅画面，温柔贤淑的妻子坐在床头小心翼翼地给出门在外的丈夫发消息，嘱咐他不要喝太多酒，玩尽兴了就早点回家。发完消息后捂着手机等候丈夫的回应，她不敢给丈夫打电话，怕他不开心，也怕影响他和朋友们的聚会。

我问袁伟凡："你没有准备好为什么要和荣钰结婚，还让她给你生了一个儿子？"

袁伟凡说："芸芸众生，很多人皆是这样过生活，我也难以免俗。"

我又问："荣钰对你好吗？"

袁伟凡说："她是世界上难以拥有的好老婆，结婚以后我就没有买过菜做过饭洗过碗洗过衣服，孩子出生以后她又一心一意照顾孩子，从未有过抱怨。"

袁伟凡说这些的时候，声音变得越来越低，语速也越来越缓慢，他被酒精麻痹的脑袋不知道在想些什么。

一直趴在旁边偷听的麻园把脑袋凑了过来："我最近研究社会学注意到一个问题，我国历史上的人们甚至我们的父辈祖辈是鲜有爱情的，他们很多人的婚姻大事受父母安排或媒妁之言，两夫妻在日常生活中被琐事缠绕，但这并不妨碍他们在乎彼此，并生育养育了我们这些下一代，还创造出了那么多伟大的文明。"

袁伟凡拍拍麻园的肩膀："你喝多了，继续睡吧。"

聚会结束以后我们又回到了各自的生活中，袁伟凡的日常生活如何我们难以得知，偶尔在群里胡吹乱侃，他也很少再抱怨自己的生活和老婆。

夏天的时候我接到了袁伟凡的婚礼请柬，我纳闷他难不成之前离婚了？打开请柬，上面的新娘是荣钰。

群里已经炸开了锅，大家问袁伟凡这是要做什么，袁伟凡说：

"我前段时间把和我老婆结婚的视频翻出来看了，总觉得太过寒酸，我想再给她办一个婚礼，非常盛大非常隆重的那种，她是世界上最好的老婆，我应该用尽全力去爱她。"

这样的婚礼我还是第一次参加，不管多忙我都要赶过去。袁伟凡包了当地最好的饭店，里里外外坐了五十多桌，当地有头有脸的人都被请来了，他穿着西装，胸前贴着带有新郎字样的胸花，里里外外跑上跑下忙得不亦乐乎。

婚礼很热闹，袁伟凡有些激动，主持人问了很多稀奇古怪的问题，他憨厚地笑着，紧紧捏着荣钰的手。当主持人问袁伟凡有什么话要对老婆说的时候，他接过话筒，只说了一句："我人生余下的这些年，只有一件最重要的事情要做，好好的，全心全意地爱她。"

荣钰捂着嘴巴，泣不成声。

晚上我们住在袁伟凡家，当年的老室友们四仰八叉地躺在院子里，一边喝酒一边看星星。

众人吹了一会儿牛，袁伟凡开始说话了："上次和你们聚完会后我回来想了很多。有个周末，我坐在院子里看书，老婆坐在旁边给我织围巾（我和她说了许多次，围巾可以买，她总说自己亲手织的才放心，外面卖的不是厚了就是薄了），孩子和狗在我们周围追逐打闹。我突然觉得这一刻好温馨，我好幸福，这样的时刻这么多年来出现过许多次，我为什么就没有注意呢？我又转过头去看老婆，她迎着我笑，那笑像一股暖流，这么多年一直没有变过，只是她的模样比和我刚在一起时沧桑了一些，当初那个笑起来略显羞涩的姑娘已经被留存在过往的岁月里。我还看到了她的眼角，那里有几条鱼尾纹。我当时一下子感到特别难过，这么多年来她一直在为了我和我们的家付出，而我又做了什么呢？我真浑蛋。当场我就哭了，此刻我才发现，我从未如此迫切地想要好好爱她。"

获得幸福的路兜兜转转，但我们终将抵达。

亲爱的你怎么不在我身边

一

2013年3月20日，北京下了一场很大的雪。整个北京城白雪皑皑，连树枝上都堆成了小山。早上6点半，白浪从小区里出来，拖着行李箱去往地铁站。

他穿着那件黑色的羽绒服，心情格外美丽，看到这诱人的雪景，心情就变得更美丽了。他要去北京西站坐火车，开往成都方向的K817次，发车时间八点，第二天早上九点四十左右到南充，行程近一千九百公里。

他要去见陈妙心，他的女朋友。自去年十月份两人确定关系以来，他们还没有见过面。

互联网的兴起拉近了人与人之间的距离，同时也改变了人认识世界的方式。我遇到的很多人向我表达过一种观点，通过互联网认识的人关系比现实中认识的要纯粹。

而第一个向我表达这种观点的就是白浪，他是一个比较宅的人，很少出门交际和参加活动，最喜欢做的事情就是窝在屋子里看书和各种电影，偶尔掏笔写点东西。

白浪和陈妙心什么时候因为什么成为彼此 QQ 好友的他已经记

不清楚了，只记得是很久远的事情，那时候陈妙心应该还在读高中，偶尔上个 QQ，在相册里上传自己和同学非常羞涩的照片。

白浪那时候在高三复读，他高考成绩其实挺不错的，只是离自己想去的大学还差两分，他有点不甘心，决定再战。复读的压力比想象中的大，他把内心的担忧和焦虑写成不成型的文字发到空间，这会让他心情舒快一些。隔了许久打开 QQ 空间，白浪总能看到陈妙心给自己的留言，大多是鼓励叫他加油之类的话。类似的话白浪听过许多次，也就没有放在心上。

后来的高考成绩达到了预期，白浪也开启了新生活，对曾经那个给自己留言的女孩已经没了什么印象，偶尔刷动态的时候能看到她的更新，但也仅仅是看看。

去年十月的一个半夜，白浪因为失眠，拿着手机在网上闲逛，发了一条动态，没多久就收到了陈妙心点赞的系统提示。或许是有了聊天的冲动，他点开了陈妙心的对话框，发了一条消息："在吗？"

"在吗"是一个很神奇的词，对于两个不熟悉的人来说，他往往会打开两扇不同的门，要么因为这句话开启聊天彼此了解两人成为朋友，要么收不到任何回应或者只是简单地聊几句之后就石沉大海，彼此成为好友列表里的灰色名单。白浪和陈妙心是前者，并发生了故事。

也就是从那一晚开始，白浪知道了陈妙心的名字，以及她目前大致的状态和生活。白浪说："我都忘记我们最开始是怎么认识的了。"陈妙心说："不重要啊，过去的已经不重要了，要向前看。"

那之后，白浪和陈妙心一有空就会聊天，不存在谁主动找谁，彼此只要一有空就会给对方发消息。一段时间之后，两颗孤独的心发现对方都在向自己靠近。

终于有天晚上，白浪给陈妙心犹犹豫豫地发短信说："你要不要……做我的女朋友？"焦急地等待了十来分钟陈妙心回复了短信："嗯。"

模棱两可的一个字让白浪有些慌，又发了一条短信问："那你现在是我的女朋友了？"这次陈妙心是秒回的："那你现在是我的男朋友了？"

那一晚白浪是笑着入眠的。

二

白浪走出火车站的时候，迎面扑来的热气让他有点恍惚，环顾了一下四周的建筑和街景很快就反应过来现在已经不是在北京了。祖国很大，同一天南北方往往是两种不同的天气。

白浪看到了候客人群中的陈妙心，陈妙心也看到了他，微笑着向他走来，张开双臂紧紧地拥抱他，在他耳边小声低语："终于见到了你，我亲爱的人。"

尽管是第一次见面，但两人已经有了很强的熟悉感，白浪对陈妙心的拥抱不觉得陌生，他也紧紧地抱住了陈妙心，并闻到了她头发的味道，很清香，能让人心情变好的那种味道。

陈妙心穿了一件白色的连衣裙，她看了白浪的羽绒服笑了："你脱了吧，我帮你拿，一会儿你就会热得受不了。"白浪脱了羽绒服："真神奇，北京还在下大雪呢。"

陈妙心带着白浪朝她学校走去，她在南充一所师范大学上大二，比白浪小一届。陈妙心的安排很贴心，她给白浪定好了酒店，让他先休息一下，且酒店离自己的宿舍很近，走几分钟就能到。

白浪没有心思休息，陈妙心带着他去学校里转了转，并把他介绍给自己的室友和朋友认识。陈妙心对白浪说："晚上咱们请他们吃饭吧，我们中不管谁有了对象都会请大家吃饭。"白浪问："有多少人啊？”陈妙心说大概能坐两桌左右。

晚上吃饭的时候气氛很热闹，陈妙心的朋友都很友善，并没有白浪之前预想的那些奇怪的为难出现。

陈妙心很漂亮，也很优秀。除了在学舞蹈之外，她还带着几个室友参加商业演出，生活费和日常花销全靠自己挣。白浪的心里也因此莫名生出了一点自卑感，他也就更确定，自己是爱陈妙心的。

第二天，陈妙心带着白浪在南充转了转。她换上了一条黄色的裙子，还戴上了遮阳帽。白浪脱下了羽绒服和毛衣，只穿了一件长袖衬衫，但到了中午的时候两人还是热得够呛。下午陈妙心带白浪去看电影。或许是工作日的关系，电影院里人很少，加他们俩只有三个人。

电影是《止杀令》，陈妙心不怎么喜欢，她说："早知道就看《生化危机5》了。"白浪摸了摸紧紧抓住自己胳膊的陈妙心的脑袋："你不是怕丧尸吗？看这个也无妨。"

回去的时候陈妙心的状态比较沮丧，白浪问后才知道她是因为觉得自己没有好好带白浪玩一天而感到自责："你那么大老远跑过来，我却没好好招待你。"白浪赶紧安慰她："有你在，不管做什么我都会非常开心。"

第三天陈妙心打算带白浪去阆中古镇，但是因为白浪行程紧，两人就去了离南充比较近的蓬安相如古镇。他们从南充坐绿皮火车出发，两人在月台就开始各种拍照，到了景区也拍个不停，一路嘻嘻哈哈，非常喜悦。

晚上回到酒店，陈妙心把内存卡插到电脑里筛选两人今天的拍摄成果，她突然抬起头对正在玩手机的白浪说："你明天真的就要回去了吗？"白浪从陈妙心的眼睛里看到了不舍，他点了点头："是的。"

天亮以后，两人吃了早饭就坐车回了南充。白浪回北京的车是晚上十点多的，两人还能共处一些时间。陈妙心带白浪去学校附近一个公园转了转，她紧紧拉住白浪的手，很少言语。晚上6点的时候，陈妙心有舞蹈课，白浪表示她可以去上课，不用刻意陪自己。

舞蹈课晚上7点就能结束，不会耽误送白浪去车站的时间，陈妙心也就同意了。她练舞的时候，白浪就站在舞蹈训练室的一个角落静静地看着她。

陈妙心曾对白浪说过，她非常喜欢舞蹈，以后要当专业的舞蹈演员。跳舞的陈妙心完全是另外一个人，她的身姿、她的动作，她目视前方的眼神都让白浪感觉像另外一个人。

送白浪时，离车站越近陈妙心就越沉默，握着白浪的手就越紧。到了车站时，陈妙心一直盯着白浪，也不说话，就是看，他的脸往哪边动，她的眼睛就跟到哪边。陈妙心的眼睛很红，有泪水，但她很克制，没有让眼泪流出来。

白浪进站时，陈妙心一直站在进站口看着她，她就像一座雕塑，站在人群中纹丝不动，眼睛直直地看着白浪，好似会到永恒。

上车以后，白浪久久无法释怀，陈妙心的样子让他太难受了，如针扎心。他多想就此留下来，留在陈妙心身边永远不分开，可生活无法让他如愿。

三

这次短暂的见面结束以后，白浪和陈妙心又陷入了异地恋，每天靠电话和微信还有短信与思念和解。陈妙心问白浪：“异地恋很辛苦，但这个世界上有很多异地恋的人都坚持下来了，我们一定也可以的。”白浪说：“我也相信，我们那么相爱。”

那段时间，陈妙心疯狂地听江美琪的《亲爱的你怎么不在我身边》，并分享给白浪，白浪也开始疯狂地听，每天单曲循环，从不换歌。

在讨价还价的商店 / 在凌晨喧闹的三四点 / 可是亲爱的你怎么不在我身边 / 我们有多少时间能浪费 / 电话再甜美 / 传真再安慰 / 也不足以应付不能拥抱你的遥远 / 我的亲爱的你怎么不在我身边

每次听到这一段歌词，白浪都分外难过，还有一些自责，他觉得自己不是一个合格的男朋友，把恋人放在一千九百公里之外。

思考再三，白浪做了一个决定，他对陈妙心说："马上我就大四了，我打算等毕业之后就去你的城市工作，或者找一个离你近的城市，我不想离你太远。"

视频那边的陈妙心脸上的表情不明确，隔了一会儿，他噼里啪啦地开始敲键盘，很快白浪就看到了她发的内容："不管怎样，我都希望你要坚持走自己认为对的路，不要受到任何人牵绊，那样忠于内心的你才会快乐。我不想因为我改变你的人生，我唯一希望的就是我们可以因为彼此变得更好。"

陈妙心的回答不是白浪想要的，但具体需要什么样的答案他也不知道。他只知道自己想和陈妙心待在一起，不要再忍受这几千公里的异地相思之苦。

不过这个话题只当晚讨论过一次，之后两人都没有机会再提。

国庆七天假期，陈妙心要来北京找白浪，白浪有个表哥在北京许多年了，大学这几年他很少在宿舍出现，多是住在表哥在青年路的家。国庆假期表哥要回老家，白浪正好可以为陈妙心提供一个还算宜居的环境，不用颠簸住酒店，还能给她做饭尝尝自己的手艺。

在车站，陈妙心远远地就朝白浪奔来，白浪早已张开怀抱在等待着她，他把陈妙心抱起来，转了两圈，陈妙心开心得哇哇大叫。

前五天，两人过得很开心，把北京的特产吃了个遍，该去的景点也去了，白浪还给陈妙心做了几顿饭，陈妙心幸福得要死，一边吃饭一边搂着白浪的脖子亲了又亲。

假期第六天，陈妙心问白浪传媒大学怎么走，白浪说你想去啊，我带你去，陈妙心摇了摇头："我想自己一个人去。"白浪心里一沉："为啥？"陈妙心不说话，白浪再三询问，她才说："我要去见一个人。"异地恋很脆弱，经不起怀疑和不明不白，陈妙心的欲言又止让白浪瞬间就明白了，她要去见的是一个男人。

白浪没有立马问是谁，他伤心欲绝，坐在一旁，但也不知所以。陈妙心侧躺在床上，背对着白浪，也不说话。

不知道沉默了多久，白浪还是说话了："你对我们的感情没有信心的话为什么要跑这么远？"陈妙心不说话，也没有下一步的举动。

白浪说："陈妙心，我是爱你的。"这一次陈妙心回答了，不过只是一个"嗯"字。这一幕似曾相识，当初在一起时，她也是一个"嗯"。

然后双方都陷入了沉默，白浪的脑袋里很空，他不知道思绪该往哪里走，陈妙心的心里不知道在想什么，白浪猜应该和自己差不多。

是陈妙心率先开口的："我明天就要走了，你打算剩余的这一点时间我们就要这么度过吗？"白浪这才反应过来，她明天就要走了，下一次见面不知道是啥时候了，或者说还有没有下一次？

白浪收起紊乱的思绪，去卫生间洗了一把脸，他看着镜子里的自己，在心里对自己说："她终究还是没有抛下我。"

然后出去对已经起来的陈妙心说："你饿了吧？我给你做饭。"

四

陈妙心回南充那天，白浪一直把她送到车上，在车厢里待到列车广播催促送人的旅客下车了他才走出车厢，然后又跑到陈妙心铺位的窗户外隔着玻璃和她见面。他内心有一种隐隐的感觉，这一次见了陈妙心之后，下一次见面会非常不容易。

窗户隔音效果很好，彼此说话听不见，两人就比手势。陈妙心一直向白浪比“我爱你”的手势，白浪一边说一边也用同样的手势回应陈妙心。

火车开动了，陈妙心渐渐远去，白浪也跟着列车跑了起来。火车越来越快，白浪步伐也越来越快，但很快他的步伐就跟不上了。

白浪有些慌，眼见陈妙心就要消失在视线里，他突然生出一股勇气，双手做成话筒状，对着陈妙心的方向大喊："陈妙心，我爱你！”声音真的很大，在偌大的车站里产生了回声，陈妙心也听到了，她失声痛哭，双手捂着嘴巴，下一秒，她就消失在了白浪的视线里。

我很难想象，一向内敛的白浪居然做出了这么浪漫的举动。那天北京西站很多人，他们从北到南或者从南到北，应该有人注意到了这句告白，只是步履匆匆，没有人会把这句话在心上放太久。

很遗憾，这里面也包括陈妙心。

从北京回去几天之后，陈妙心的态度就大变样了，不再主动找白浪说话，白浪和她说话她也只是用简单的几个字回复。白浪试着一天都不和她说话，她那一天就真的没有找白浪说过一句话。晚上白浪想去陈妙心的空间转转，发现他已被禁止访问。

白浪踌躇了很久，最后还是决定用心平气和的语言找陈妙心说话："我去不了你的空间了。”陈妙心的回复只有一个字："嗯。”

白浪问："为什么？”陈妙心不答。再问还是不答，陈妙心的QQ头像还暗了下去，白浪给她打电话，也显示关机。

焦灼不安地等到第二天，陈妙心总算回复白浪的消息了："如果我给你的爱不完整，你还会要吗？”白浪问："什么意思？”陈妙心说："我喜欢上别人了。"

听到这里，白浪心凉彻骨，内心千言万语，却一句话都说不出来。在椅子上瘫了半个多小时，白浪像突然从梦中惊醒似的，马上跑到楼下给陈妙心打电话。

这次电话通了，但陈妙心就是不接。白浪一边不停地继续打，还一边不停地发短信，短信内容翻来覆去就那么几句，"请告诉我为什么""我哪里做得不好吗""你不能这样做""你也说过你爱我的，为什么这么快就变了"。

但陈妙心就是没有回应，白浪发了六十多条短信，打了八十多通电话，越往后打越绝望越确定了陈妙心要离开自己的事实。

就在白浪要放弃的时候，陈妙心的电话打了过来。

他假装很淡定："喂。"

陈妙心安静了几秒钟后说了很长的一段话："和你在一起之前我还谈过一次恋爱，后来他去传媒大学读研我们就分开了，上次去北京的时候我才发现我还爱着他，回来之后我们又联系上了，他说研究生毕业之后会去成都工作，我毕业之后也会去那里，我们不用异地恋，他会一直在我身边。我也爱着你，但我只能选一个人。或许未来我会因为错过你而后悔，但现在我只能对你说对不起。"

白浪还在回味陈妙心的话，她突然大哭了起来："天啊，这几天太难受了，我终于说出来了，对不起，你不要怪我。"

白浪想起了她离开北京时他在车站里冲她喊"我爱你"时的样子，那时候她也捂着嘴哭了，只是现在才明白她为什么哭。

此后，白浪再也没有听过《亲爱的你怎么不在我身边》这首歌。

五

时光很快就跳转到了2015年，这时候的白浪在雍和宫一家互联网创业公司上班，工作有激情，还有一份还算不错的薪水，只是依旧单身。而我，作为他还未毕业的学弟，正在他手下当实习生。

有天，白浪的微信收到一条好友申请，看了对方的微信号，他非常熟悉，那是当年那个自己背了无数遍的电话号码。

陈妙心的第一句话是："好久不见。"白浪也回："好久不见。"陈妙心说："我现在也来北京了，能去见你吗？"白浪很好奇陈妙心为什么要见自己，但想了想没有拒绝："好啊，我在雍和宫附近，你到站了出 B 口，我去接你。"

陈妙心很速度，第二天就来找白浪了，特意挑了中午的休息时间，为的是不打扰白浪的工作。白浪去地铁站接陈妙心的时候，她又像第一次和他见面时一样给了他一个拥抱，白浪愕然，伸手轻轻拍了拍她的背，他发现她瘦了好多，是很匀称的那种瘦，瘦得很有线条感。

那时候他们面对面坐在一层招待室的沙发上。我刚吃完饭回来，从他们面前走过。陈妙心穿着很修身的碎花裙子，还披了一件披风，化着精致的妆容，额头前是空气刘海，脑后的长发一半是直发一半烫成了微卷。我还以为她是哪个公司来谈业务的公关，事后白浪和我说我才知道那是陈妙心。

白浪看着变化巨大的陈妙心，冲她笑。陈妙心也冲他笑："你干吗一直笑？"白浪问："你怎么突然来找我了？"陈妙心的笑容很纯真："书上说，你想见一个人最好立马就去见他，所以我就来了。"

白浪不置可否，转而问道："你怎么来北京了？"陈妙心说："毕业之后我去广州跳了一段时间舞，过得挺好的，还因此瘦了下来。

现在又阴差阳错地来了北京，在门头沟一家舞蹈培训学校当老师，教小孩子们跳舞，他们都特别可爱。”

白浪点头：“挺好的。”陈妙心转入正题：“我就是想来看看你过得好不好。”白浪说：“我过得挺好的。”陈妙心说：“这样我就放心了。”

那天下午，我能看出来，白浪的心绪受到了一些影响，不过影响不大，毕竟他早已不是当年那个患得患失的少年了。但他晚上还是在微信上问了陈妙心和他前任的情况：“你们俩，后来怎么样了？”陈妙心说：“没几个月我们就分手了。”

白浪瞬间词穷，不知道再怎么聊下去。他也不清楚问这个问题的原因，可能只是出于好奇，陈妙心这段回头路并没有坚持走多久。

白浪沉心静气自问数次，他确定自己已经没有丝毫想和陈妙心回到过去的打算，即使再也不用异地恋了他也不想。他对陈妙心还有感情，只不过已经变成故人之间的那种感情，此生应该是无法再上升到爱情了。

这次见面是两人的最后一次见面，没过几天，白浪发现陈妙心把自己的微信删除了，她半夜给他发了一段消息，他早上起来回复时系统提示给他的是一个红色的感叹号。

白浪其实也不知道回啥，只是象征性地发了个“嗯”字，以示自己收到了，陈妙心说的话让他有些不置可否：“我其实没有理由也不应当来找你的，当年错在我，我欠你一句抱歉，时间证明我当初的选择是错误的。我来找你只是想确认你过得好不好，看到你过得顺遂，我替你开心，也有些失落。我还不知道自己要什么，走走停停这么久，我发现心里越来越空，内心最饱满的时候是和你在一起的那段时间……我很怀念。”

那天白浪的脑子里被两人曾经在一起时的点点滴滴装满。到了晚上，他终于下定决心，无论如何，也不要走回头路，那已经是过去，和现在的生活毫不相干的过去。

从这一刻起，他已经忘记了她。

但陈妙心并没有忘记白浪，时间再次跳转到2019年11月的一天，白浪微博两年前的一条动态收到了一条评论，显然该评论者把白浪的微博翻了个遍，还给白浪发了一条消息："这么多年了，你的微博名字还没换。我昨晚梦见了你，所以就来看你微博了，希望没有打扰到你。"

白浪点开留言者的微博首页，是陈妙心。

白浪觉得陈妙心挺有意思，他搞不懂她到底在想什么，但跃入脑海的第一个问题是："你当时为什么删除我的微信？"过了很久，陈妙心才回复："我想和你重修旧好，但发现那时候还没准备好。"

白浪不说话，陈妙心又说："你现在过得幸福吗？"白浪说："我很幸福，也祝福你有幸福的生活。"

不待她回复消息，他便删除了对话框，他还要去建材市场买材料装修和未婚妻的婚房呢。

青春债务

一

我第一次一个人坐火车是北京奥运会那一年，从重庆回湖南找我母亲。具体多少小时的硬座我已经忘记了，反正第二天晚上九点多才到岳阳，那时候不知道在长沙下车离目的地会近一些，硬是吭哧吭哧地坐了两三个小时的大巴车才到地方。

再婚的母亲和再婚的父亲对于谁支撑我继续读书的义务吵了很久，一个月也没有结果。最后的结果是我找奶奶和外婆各借了一点钱继续学业，在老家小镇的高中就读。

小镇上卖麻辣烫的特别多。老板们在屋外搭个棚子，棚子下放置有好几个方格的大铁食盒，很像超大版的九宫格火锅，每个格子里煮着各式各样用木签穿起来的食物，价格很实惠，花一两块钱就能吃得很饱。

我们学校里很多学生会去吃。不管是午饭时间还是晚饭时间，不管是大汗淋漓的夏天还是冷风飕飕的冬天，每个大铁食盒周围的长条椅上都围满了人。

每到饭点，麻辣烫的辣香味就会见缝插针地飘进学校的食堂里，我吃着最便宜的套餐，想象着面前有一大堆烫在麻辣烫里的丸子、香肠、鸡翅、五花肉、海带、香菜、土豆、豆腐。

奶奶和外婆和我说过很多次，读书要紧，长身体要紧，钱不用急着还，等以后长大了再说。我觉得自己长得够大了，总着急着把欠两位老人家的钱还上。

我从匡丹丹买的课外杂志上看到了投稿地址，后面还有稿费标准。我很兴奋，要是每个月能发几篇稿子，生活费完全不是问题，多攒攒没准还能凑够一学期的学费呢。

匡丹丹比我还兴奋："我最喜欢看小说了。你的作文写得那么好，没准也能写出能发表的那种小说。"我说我试试。

我把小说写在作文纸上，装在信封里按照杂志上的地址投递出去。我给不同的杂志先后投了五封稿件，等了一个半月才收到一封回信，编辑在信上说："同学你好，文笔还算可以，但你稿子需要修改的地方比较多。不知道你方便使用电脑吗？现在很多作者写稿子都是直接发电子邮件，效率很高，沟通和反馈也非常及时。"

开玩笑，我连麻辣烫都吃不起去哪里搞电脑？

匡丹丹说："我家有电脑！"

我说："我又不能去你家。"

匡丹丹说："我每周末都回家，你写在纸上，我帮你敲到电脑上，然后给编辑发邮件不就行了。"

这个方法可行，后来的一年多时间我都是依靠这种方式赚取稿费的。可是我的写作能力进步缓慢，只能赚到生活费，让生活过得比以前好了，能不加限制地吃麻辣烫，学费还需要继续找奶奶和外婆借取。

后来听说某个文学比赛获奖之后能给高考加分，没准还能直接破格录取，匡丹丹鼓励我去参加那个比赛。我憋了三个星期写出了一篇稿子，后来接到了复赛的通知，我第二次独自坐火车奔赴远方。

匡丹丹骑着单车把我送到县城火车站，她非要载我，说让我留点力气好好写决赛作品。没几分钟她就开始气喘吁吁，我说还是我来吧，她只好下来，斜坐在我单车的后座上。路上坑坑洼洼很颠簸，我说你要是怕摔倒可以抓住我的衣服，她却一把搂住了我的腰。

这辆终点站是广州的列车非常拥挤，我的车厢里一大半都是一群中年农民工，他们应该是来自同一个村子，在车上说着老家的方言，聊着去了广州应该怎样生活，以及生活可能会遇到的问题。

我最终并没能参加上决赛，目的地到站是凌晨三点，我睡过去了，醒来时天还没亮，我问旁边一个大叔现在几点了，他说："五点多了，我一直叫你你都不醒，我以为我记错了你下车的站。"

我心里一凉，默默地说道："糟了，匡丹丹，你没法请我吃麻辣烫了。"走之前她对我说，我回去了不管有没有结果都会请我吃一周麻辣烫，前提是我用心努力地参加了比赛。

我回去后，匡丹丹并没有怪我，她拍着我的肩膀安慰我："一场比赛而已，你人生还可以参加无数次这样的比赛。"

她还说，要不要一起去一个靠海的城市上大学，或者我想去哪里，她和我一起往那里考，她是这样说的："两个人一起考也有个伴儿。"

或者是错过比赛导致我一下子变得很迷茫，我说我不知道想去哪里上大学，她又拍着我的肩膀安慰我："不着急，你慢慢想，想出来再和我说。"

但我后来还是没有告诉她我想去哪里上大学，也或者是我想过要告诉她，但我忘了。

未来的许多年，我发现我总犯这样的毛病，很多不应该忘记的人和事情都被我给忘了……真该死。

二

上天眷顾，我高考考得还算不错，被北京一所大学录取。认真上了几个星期的课，发现老师完全是在照本宣科，还不如自学来得有效率。

每次发现听课的人精神不集中时，台上那个年轻的女老师就会用温柔的声音说：“大家要认真哦。”几个男生稀稀落落地答几声“好嘞”又接着玩手机和睡觉。

后来经常看到有人在网上晒自己的老师有多好看，一堆人评论说，当年教我的老师有这么漂亮我就不会考试不及格了。我用亲身经历表示，老师好看与否不重要，重要的是课讲得好不好，不想学的人老师长得再好看也不会学习，最多拍老师的照片发在社交平台上赚取无聊的夸赞。

我后来认识了一个叫黄丹丹的女孩，每次上大课的时候她都会和我坐在最后一排，我说巧了，我也认识一个叫丹丹的女孩，她是我的高中同学。

黄丹丹说：“那你给我讲讲她的故事吧。”

我边说，黄丹丹边追问匡丹丹的故事，不停地问后来呢后来呢后来呢。

我最后说，后来她高考考到了三亚，我们就没有再联系了。黄丹丹哦了一声：“那我们聊聊其他的故事吧。”我说不知道聊什么，黄丹丹说：“你是第一次来北京吧？我从小在北京长大，我带你出去到处转转。”

黄丹丹导游带着我在北京大街小巷到处乱窜，除了天安门、故宫、颐和园、圆明园等名气大、知名度高的几处景点之外，其实名气不大、知名度也不高的景点往往更有意思，可惜我总记不住它们的名字，景点有什么好玩的地方我也记不住，往往在几天之后就忘得干干净净。

我心想完了，当年坐火车误了比赛留下了后遗症。

黄丹丹说 :“记不住没关系，玩儿就是让人忘事儿的，不是让人记事儿的。我带你去好吃的吧，你那么贪吃，吃的肯定忘不了。”

黄丹丹带我吃了烤鸭、炸酱面、驴打滚、炒肝、豌豆黄、爆肚，然后问我味道怎么样，我说一般般，黄丹丹问我那你觉得什么最好吃，我说 :“高中校门口的麻辣烫。”

黄丹丹不说话，我说不好意思啊，我这人说话很直，黄丹丹说没关系，我喜欢你直来直去的性格。

三

来上大学之前，我在心里暗暗发誓，自己挣钱读完大学，并偿还借奶奶和外婆的钱。大多数日子我都窝在宿舍里写小说，那时候我已经有了一台二手笔记本电脑，但我的手艺仍旧不精，虽然写高中时候的那种校园故事已经绰绰有余，但我觉得人应该有足够的追求，我想挑战更高难度的写作类别。

可我身在校园，小说里加入太多臆想的、没有亲身经历过的情节，读起来会很空洞，于是我暂停了靠写小说挣钱的路子，开始做各种兼职。KFC 和麦当劳的临时工，24小时便利店晚班店员，超市促销活动的导购。

我很少在应该出现的时间出现在学校里，即使白天不兼职我也会躲在宿舍睡大觉，宿舍里的室友轮流帮我应付老师的点名。

某天下午我正在酣睡，室友把我叫醒 :“楼下有个叫黄丹丹的找你。”

我洗了一把冷水脸穿上外套去见黄丹丹，她盯着我凌乱的头发和无精打采的脸问："你最近在做什么，我都见不到你了。"

我打了一个哈欠说："我在到处做兼职啊。"

黄丹丹说："那你学习怎么办？最后要考试的，你做这些工作只是靠体力和时间赚钱，没有长远价值，你即使想打工也应该去和你专业对口的公司才对。"

我说："我欠债呢。"

黄丹丹说："你需要多少钱，我借钱给你。"

我当然没有要黄丹丹的钱。回宿舍之后我想了一晚上，觉得黄丹丹说的有一些道理，后来我开始申请助学贷款，本来之前就可以申请的，但我当时不想再继续欠钱。若干年后我才明白，我欠的有些债已经无法偿还。

我没去打工开始好好上课后，黄丹丹很开心，每天都来找我，催着我和她一起上课，并给我补习之前落掉的专业重点。

某天，我接到了匡丹丹的电话，她从遥远的三亚打过来："你好吗？老同学，好久不见啊。"我也说好久不见啊。然后她叫我有时间去三亚找她玩，三亚有这个世界上最美的海。

攒够买车票和住宿的钱后，黄丹丹问我："三亚那么远，一个人去多无聊啊？"

我说："我想一个人去走走。"

黄丹丹说："好吧，那你注意安全，回来的时候告诉我，我去接你。"

这次我买了一张卧铺票，三亚离北京太远了，一直坐着身体受不了。去之前我在网上查火车是怎么开到海南岛的，资料说，火车进海南前，会把车厢拆成一节一节的用船运过去。

这是一道风景，到时候我一定要起来看，可惜火车进海南的时候又是半夜，我睡着了，醒来拉开窗帘时，外面全是椰子树，火车在轨道上跑，并不是一节一节地躺在船上。

我并没有见到匡丹丹，我给她发微信说我到你们学校门口啦，晚上八点多她才回我："啊，你来之前为什么不事先告诉我？我现在在成都参加一个舞蹈选拔赛，一时半会儿回不去呢。"

我也不知道我为什么不提前和她说，便编了一个俗套的理由："我想给你一个惊喜啊。"

匡丹丹说："那你有地方住吗？我给你安排一个住的地方。"

匡丹丹推了她一个男同学的微信给我，我等了半天他才来找我，和我打了招呼后头就再也没有抬起来过，一直盯着手机玩游戏，我默默地跟在他身后向宿舍走去。

安排妥当后，男同学对我说："三亚不大，你随便逛，要是迷路了就和我说，这里的海我看了一年多了，没什么稀奇的，就不陪你了。"

我登上了蜈支洲岛，拍了几张海景给黄丹丹发过去，她说："哇！好美啊，我也想去。"然后问我："你就一个人吗？"我说："是啊。"

黄丹丹说："那么美的风景，一个人看多孤独啊。"

我并不觉得孤独，一个人旅行的事情我后来一直在做，直到大学毕业开始工作后我才停下脚步。

每次回北京时黄丹丹都会来车站接我，最后一次来接我，她旁边多了一个男生，是她男朋友。晚上回去以后我在微信上和黄丹丹说："你以后好好陪男朋友吧，不用来接我了。"她说："那有什么，我们是好同学好朋友嘛。"

我们没有再讨论过这个话题，但从此之后，不管我从哪里回到北京，都没有在出站口见到过黄丹丹。

四

然后我们就毕业了，毕业第一年我在一家依托互联网进行内容服务的创业公司工作，那时候影视行业和内容行业开始相交，很多小说作品的改编权被影视公司收购改编成影视剧推向市场。公司觉得这是一块肥肉，疯狂地把作品往影视公司引出。我的工作是签约和运营作品版权，后来，往影视公司引出作品改版权也变成了我工作的一部分。

Jenny 从上海来北京的时候我去接她，她的笑容很灿烂，我当时分不清那笑容是真的开心还是职业关系，后来她一直这么笑，我就觉得应该是真的开心。

Jenny 冲我笑："沙柳，你们公司很多作品根本没有改编价值还总是往我这里推，我都不好意思吐槽呢。"

我说："你总是说要大 IP 大 IP，还要具备改编价值的，在我看来我推过去的每部作品都具备这些条件，你们公司一个都看不上，我有啥办法。"

Jenny 喝了一口咖啡，暗地里冲我翻白眼。

我说："为什么你们影视圈的好多人都有一个英文名字？"

Jenny 说："我也不知道啊，我刚进入这一行的时候看到大家都有一个英文名字，我也取了一个。"

我想了想说："你的真名不会也叫什么丹丹吧？"

Jenny 的笑容还是那样灿烂："你说什么啊，我才不叫这个名字呢。"

Jenny 直到回上海也没有告诉我她的真名叫什么，我后来也不知道。

我问 Jenny 在北京要待多久，我有空了带你去转转，尽下地主之谊，Jenny 说："我是来北京出差的，况且我来北京好几次了，该去的地方都去了。"

Jenny 突然问我，是不是认识好多叫丹丹的女孩，我说我只认识两个丹丹，一个是我高中同学，一个是我大学同学。然后 Jenny 问其中有一个是不是我女朋友，我说不是。

我在故事里写过很多女孩，她们最后都没有成为我的女朋友，她们遇到了合适的人，并过得很幸福。

我以为话题到这里就截止了，Jenny 还想继续听，不停地问然后呢然后呢。我说你们女孩子都这么好奇的吗？Jenny 说，女孩子最想知道其他女孩子的秘密了。

我给 Jenny 讲了匡丹丹和黄丹丹的故事。匡丹丹大学时参加的舞蹈比赛获得了名次，后来又签了一家经纪公司成了女团练习生，往明星方向发展。至于黄丹丹，毕业后我们就没有再见过面也没有再联系过，不知道她现在在做什么。

和 Jenny 讲完两个丹丹的故事已经是深夜十一点了，我绅士地对 Jenny 说我送你回酒店吧，到了酒店楼下 Jenny 小心翼翼地问说："我一个人晚上睡觉害怕，你要不要陪我？在隔壁开一个房间那种。"

我立刻拒绝："首善之地治安很好，我也不能随便玷污一个女孩子的名声。"

Jenny 说："那好吧。"说完拥抱了一下我，还在我的脸上亲吻了一下，等她转身小跑进酒店大门时，我在她吻过的地方用手一摸，炙热的红唇印记。

五

余下的几天 Jenny 一直在拜访其他公司，我们没有怎么联系，领导一直在督促我好好和Jenny沟通，要好好陪她，争取让她们公司引入我们某一部作品的改编权，全部门的年终奖就指望我这一单了。

我正犹豫找一个什么好的理由再次把Jenny约出来时，她给我发来了微信："这趟出差的任务已经完成得差不多了，明天再在北京逗留一天，后天我就回上海。"

我说："那我明天抽一天时间带你玩儿吧，来一趟不容易。"

Jenny说："你要带我去哪里玩儿？"

我说："还不知道，我想好了告诉你。"

晚上的时候我接到了黄丹丹的电话，她说："好久不见啊，老同学、老朋友，你过得好吗？"

我说是啊好久不见，然后她告诉我她明天要结婚了，叫我务必去参加她的婚礼，最好带一个女伴，她的婚礼很有意思，是自己独家设计的那种，每个去参加的人都是成双成对的。

我说："为什么婚礼前一天才告诉我啊？不怕我有其他安排来不了吗？"

黄丹丹说："没关系啊，你来不了也没有关系，你自己的生活才最重要。"

她最后一句话让我有些恍惚，我说："明天一定来。"

晚上十一点多，Jenny给我发消息："如果你还没想好明天怎么玩儿，我就睡大觉了哦。"

我踌躇了一会儿："要不要和我去参加一个婚礼，我大学同学黄丹丹的。"

Jenny秒回："好啊。"

我从衣柜里翻出我只穿了一次的西装，熨烫整齐，但发现领带怎么也不会打，我这个人有时候就是这么笨拙，很多别人做来很容易的事情我都做不好。后来我决定不打领带，衬衫松掉第一颗扣子，套上西装就出发了。

Jenny 换了一身很耀眼的裙子，头发也特意去做了造型，嘴唇的口红色号好像又换了一种新的，我说 :“哇，这么隆重。”她的笑容很优雅，走过来挽住我的胳膊。

黄丹丹的婚礼很西式，很大气，像美剧里富人嫁娶时那种感觉，与宴的人皆是西装礼服，大方体面，我和黄丹丹只聊了不到一分钟，准确地说我们只说了几句话，和我打过招呼后她就一直在和 Jenny 聊天。

黄丹丹夸 Jenny 漂亮，Jenny 说黄丹丹的婚礼好让人羡慕，还祝她新婚快乐，然后互相说些客气话而且都是实话。两人还说了一些什么，我没有听清楚，从昨晚到现在，我想起了很多事情，过去的，未来的，唯独没有当下的。

Jenny 和黄丹丹在捂着嘴笑，那笑容发自内心，无所顾忌，黄丹丹转身去招呼其他客人，Jenny 发现了我目光呆滞的样子，朝我挥手。

裤兜里的手机震动了起来，我拿起，是那个在电话簿里躺了很久但我很少主动拨打的号码，匡丹丹的声音很兴奋 :“喂，和你讲，我们女团发的第一首歌上线了，还有 MV，我虽然不是 C 位，但我在 C 位旁边，穿黄衣服那个就是我，我已经给你发微信了，你赶紧看看吧！”

我还是有些不敢相信，打开微信，不知是网速不好还是其他的什么原因，匡丹丹的消息半天都没有刷出来，我有些着急，心里生出一股难过，忍不住哭了出来。

人生是一条不断向前的路，所有的错过将不会再相交，淹没在岁月的尘埃里，成为逝去的一部分。

当你开始恐婚

一

“你倒是给我出个主意啊！”见我一直在大口吃肉，包包急了。

包包和女朋友刘玥在一起两年了，最近刘玥开始对他进行逼婚。何时领证，何时拍婚纱照，何时办婚宴，何时生孩子，孩子几岁开始上学，上哪个幼儿园和小学，她已经有了详细的计划，并写在了本子上。

包包嘴里答应着，心却紧张得怦怦乱跳，第二天把我约出来，叫我给他出个主意，帮他想个办法把结婚的日期往后延。

我拿起一只烤虾：“这种问题需要你们两个人解决，最好的方式是沟通，各自把想法和顾虑说出来，两个人共同想一个解决办法不就行了？”

包包愁容满面，喝了一口酒：“我不知道我为什么会恐婚。”

我说：“你爱她吗？”

包包说：“爱。”

我说：“你担心给不了她好的生活吗？”

包包说：“这个不担心，我们工作都很稳定，她也不喜欢买奢侈品。”

我说：“那你是喜欢上了别的人，想分手？”

包包摇头：“没有。”

我说：“那是有人喜欢你在追你，你想权衡下，看选择哪个更好？”

包包一脸认真：“没有。”

我豁然开朗：“那不就得了，这些在我看来最可能阻碍结婚的东西都没有，那你怕个啥。”

包包摇摇头，叹息一声。

吃完烧烤，我陪着包包散了一会儿步，他掏出一支烟点燃，我惊奇：“你啥时候抽上烟了？”

包包吐出一个烟圈，咳嗽了几声：“平常到处出差，包里常备着烟，偶尔郁闷了我会抽抽。”

但没抽几口，包包便把烟扔到地上踩灭：“我发现抽烟解不了闷，还特别呛嗓子，口还臭。”

刘玥的电话打了过来，包包拿起手机，犹豫了几秒，满脸堆笑地接起，声音也非常温柔：“亲爱的，我马上就到家了，你别担心。”

我很确信包包脸上的笑容是发自内心的，他挂完电话后我告诉他：“结婚其实只是把当下这种甜蜜和幸福延续了下去，时间从不确定变成了一辈子而已。”

包包没有回答我，他拍拍我的肩膀，和我告别：“兄弟，我先回去了，改天再约。”

二

从包包有记忆开始，他的父母就经常吵架，相互辱骂对方，把家里所有能砸的东西纷纷砸光。小包包吓得瑟瑟发抖，缩在被子里，把身子裹得紧紧的。

小学三年级的时候，包包的父母离婚了，他跟着妈妈一起生活。成长中长期缺乏父爱导致他性格阴郁，患得患失，优柔寡断，遇到事情容易想太多。

因为这些因素，包包之前的四段感情都半路夭折。相处一段时间后，包包面对女朋友对自己的好总是持怀疑和不确定态度，把女朋友搞得莫名其妙，吵吵闹闹一阵后纷纷离去。

其中有一个女朋友在分手之前问包包："你是觉得你不值得我爱吗？为何总是怀疑自己怀疑我呢？"

包包被问懵了，他一时间不知道如何回答这个问题。

经过一年多的沉淀和思考，包包已经调整好了自己，迈过了心里那道坎。遇到刘玥的时候，他已经能和她像大多数情侣一样相处了。

刘玥是包包的同事，两人供职于一家事业单位不同的部门，上下班一起走，一日三餐也一起吃，周末一起出去玩儿。两年下来，包包和刘玥相处得非常愉快，直到刘玥开始向自己逼婚，包包才变得紧张和患得患失。

刘玥最近在选拍婚纱照的照相馆和举办婚姻的酒店，邀请宾客的名单也已经写了两张纸。刘玥在做这些的时候会叫包包一起帮忙，包包总找各种各样的理由走开。

陷入婚姻喜悦中的刘玥暂时没有发现包包的变化。但当包包和自己拥抱露出扭捏的表情时，她还是读出了他内心对结婚的抗拒。

刘玥很失望，眼泪一下子就下来了："你不爱我了为什么不早点告诉我？"

包包急了："我没有不爱你，只是对于结婚我还没有准备好。"

刘玥也急了："结婚需要准备什么？领个证，拍个照，找一堆人吃个饭就行了。"

包包开始找各种理由为自己辩解。

包包说："我们还没有足够的钱买房子。"

刘玥说："双方父母都已经承诺了，会给我们付首付的钱。"

包包说："你工作三年了，每个月都月光，你学不会存钱。"

刘玥说："我那是花的自己的钱，结婚以后我会改变消费观，和你一起还房贷。"

包包说："我不喜欢办婚礼，很多来的人都不认识，他们只是来蹭饭，不是真的祝福我们。"

刘玥说："那我们就不办婚宴，旅行结婚。"

沉默了一会儿，包包说："我没有一个良好的榜样，我父母从小吵架，他们婚姻生活不幸福，我妈现在都不想再婚。我怕我也走他们的老路，我不知道我是否能当好一个丈夫和一个父亲。"

刘玥不说话了，哇哇大哭，一边擦眼泪一边用哽咽的声音说："你说这么多，就是不爱我，觉得和我结婚你亏了。你这个渣男啊。"

一个星期后，刘玥收拾东西不辞而别，工作也申请远调到了上海办事处。

三

三个月后，我和包包见面，他不停地大口喝酒，好像怎么也醉不了。他说："我前几天看刘玥的朋友圈，她在上海过得好像很滋润，天天到处玩到处吃，还和各种认识不认识的人合影。想不到离开我过得这么开心！"

我看着日渐憔悴的包包，问："你是真的走不出你父母婚姻生活不幸福的阴影，从而影响到你的感情观吗？"

包包说："多少会有影响，但咱好歹也是接受过高等教育的人，也经历过那么多事情，知道一码归一码，上一代人的事情就让它在上一代待着吧，我也有自己的生活要过。”

我等着他继续往下说。

包包说：“我恐婚最大的原因其实在自己身上，东拉西扯找出来的理由全都是借口。真实的原因是我发现，我没有自己想象的那样爱刘玥，也没有刘玥爱我那样爱她。我以前不知道，她说想和我结婚的时候我才看清自己的心。”

我喝了一口酒，望着远处的夜景，想起了日剧《我选择了不结婚》中的一段台词：“男人很单纯，会和喜欢的女人联系、约会、求婚。但是，没有那些行动，说什么现在工作很忙，不想交固定的女友，还不想考虑结婚都是放屁的假话，只是因为你不是他的意中人罢了，没有别的原因。”

包包说：“但她走了快一百天了，我还是忘不了她，我时时刻刻都在想着她。”

我想问包包为什么不去把刘玥追回来，但最终还是以沉默结束了这次相见。

他或许正如自己说的那样，什么都懂，什么都知道，只是爱得还不够罢了。

四

我和刘玥还断断续续保持着联系，和包包在一起后，她融入了我们的圈子，用她的话说：“爱情没有了，但朋友还是不能丢下啊。”

换了新的环境，刘玥在上海过得挺顺利，开辟了新的社交圈子，工作也得心应手。但她没有忘记包包，就像包包也没有忘记她一样。只是她不会回头了。

她说："我是爱包包的，但我发现他没有我爱他那样爱我。他逃避和我结婚，但嘴上还说着很爱我。我想，能在一起的爱和能结婚的爱，应该是两种不同的爱吧。不对等的爱，在我看来是不公平的。"

刘玥交过一任男朋友，一个比她大几岁的外贸公司基层管理者。他特别忙，每周工作六天，每天早上八点出门，晚上十点才回家，剩余休息的那一天，他也多半是在加班和补觉中度过，基本没多余的时间陪刘玥。

出门逛街，去超市买东西都是刘玥一个人，渐渐地，她觉得这样的日子越来越无聊，变成了一个宅女。如非必要不再出门，想买什么东西也靠网购解决。

宅在家里的刘玥靠追剧和看书打发时间，望着窗外的高楼大厦和马路上跑来跑去的各种车辆，她突然很想逃离这座城市。但又不知道应该去哪里。

男朋友躺在床上昏昏欲睡，刘玥一直看着他，觉得他好辛苦好让人心疼。或许是感应到刘玥在看自己，男朋友唰地一下睁开了眼，怔了怔："我们出去转转吧。"

两人去附近的商场转了转，在小店点了一份麻辣香锅，望着窗外闪烁的高楼和排成长龙的汽车，男朋友对刘玥说："不好意思我总是这么忙，也没时间陪你，但我奋斗的目标之一是让我们未来的生活变得更加丰富和幸福。现在对你缺失的陪伴和关心，我会慢慢补上。"

刘玥心里很暖，她看着满脸诚恳的男朋友，拿不定主意他会不会是自己将要一起走过一生的人。

包包也谈过一次恋爱，对方是刚毕业来公司工作的应届生，作为老同事，包包给了她很多帮助，她对包包心生爱慕，主动追求他。包包几乎没怎么拒绝就和这个比自己小好几岁的女孩开始了新感情。

包包的女朋友小鸟依人，在他面前就像小猫咪一样不断地向他索取着爱。

女朋友很怕打针，有一次公司组织体检，有一个抽血的环节，光是想一下她就要吓哭了，非拉着包包陪她一起去。抽完血出来，护士给了女朋友一个小棉球，她盖住食指，红色的血点不断往外渗出。她怕疼，但又不敢哭出声，眼泪止不住哗哗哗地流了出来。

包包搂着她，手上拿着体检项目表格单往外面走，路过的不明人群都以为这对小情侣遭遇了什么健康上的危机。

女朋友哭了一会儿，包包拍着她的肩膀，掏出纸巾一边给她擦眼泪一边轻言细语地告诉她没事不要担心，言行举止特别温柔。

手指终于不疼了，血也止住了，女朋友抬起泪痕未干的脸对包包说："有你真好。"

包包想起了什么，问道："你以后会和我结婚吗？"

女朋友的表情很惊讶："你在说什么呢？你没事吧？吓我一跳。"

包包笑笑说："没什么，我逗你的。"

五

没过多久包包和她分手了，是女朋友提出来的，她换了一家新的公司，离包包有一些距离，她和包包说："我们离得真远啊，坐地铁单程要九十分钟，一部电影的时长呢。我不想我们明明在同一个城市，还把恋爱谈成了异地恋。"

包包几乎没有思考就答应了女朋友的分手要求。他和刘玥住在一起之前，两人相距需要乘地铁加公交车差不多两个小时，但两人还是隔一天就要去对方住的地方看望彼此，仅仅可能只是一起做一顿饭，或相拥在一起看一部电影。但那种感觉是很幸福的。

包包沉寂了半年，某天午夜他从梦中惊醒，决定了一件事情，天亮之后就去上海找刘玥，向她求婚。

这段时间以来，刘玥已经占据了他的身心，他已经很确定了，这一辈子要和她一起度过。

此前包包很迷茫，不知道自己要什么，不确定要不要和刘玥结婚过一生。但这段时间刘玥不在身边，包包内心对她的思念与日俱增，直到整个身体都装不下，直到溢出来淹没周围所有的空间。包包很爱刘玥，不是以前只想和她在一起的那种爱，是想和她结婚的那种爱。

在见到刘玥之前，包包做好了各种心理准备，也做好了把刘玥追回来打长久拉锯战的准备。但他怎么也想不到，刘玥见到他的第一句话会是："好久不见，你是来祝贺我新婚快乐的吗？不好意思，结婚没和你说，因为不知道怎么和你开口……"

包包脸色发白，被惊得七荤八素，见面的结果他预想了很多种，却没想到遭遇的是最坏的那种。他甚至都设想到了，哪怕刘玥马上就要结婚了，只要她见到他的眼神有任何迟疑，他都要毫不犹豫地带她走。

包包不甘心："我们分开的时间不长啊，你怎么会在这么短的时间内就决定嫁人了呢？"

刘玥指着远方："向远处看，你看到了什么？"

包包眨眨眼："东方明珠塔？外滩夜景？"

刘玥说："是人，在这座城市里有两千多万人口，两千多万个灵魂中，难道我就找不到一个灵魂伴侣，一个爱我爱到愿意和我结婚的人吗？"

包包沉默。

刘玥说："我能找到，你也能找到。"

包包说："可我现在只愿意和你做灵魂伴侣，我以前不知道我们的感情该往哪里去，现在我很清楚了，我想和你结婚，一路走下去。"

刘玥的笑容让包包很陌生，不是对故人的那种笑容，甚至都不是对普通朋友的那种笑容："已经来不及了，我对你已经没有任何感情了。"

包包傻痴痴地望着对面的刘玥，她曾经是自己的女朋友，想过要和他结婚，但现在已经成为别人的妻子了。

刘玥早已删除了包包的联系方式，他夺过我的手机，点开刘玥的朋友圈，翻到一个月前的一条动态。

那是刘玥和丈夫的结婚登记证照片，红色的背景，两个人穿着白衬衫，明眸皓齿，笑得单纯而幸福。

刘玥的配文写道："亲爱的程先生，你曾经对我说，你那么努力奋斗的目标之一，是让我们未来的生活变得更加丰富和幸福。我现在感受到了你说的那种丰富和幸福。很高兴能和你共度余生，生命长河中能遇到你我非常幸运，以后的路，咱们一起走吧。"

包包扔下手机，捂着脸，泣不成声。

女朋友和猫

一

和梦姑娘分手以后，我又恢复到了日日熬夜、吃饭随意、刮胡子洗澡看心情的日子，我深知这样的生活方式不健康，但有一股魔力让我忍不住这样放肆自己。和梦姑娘在一起之前，我也是这样生活的，她出现以后，硬是连骂带踢改变了我的生活方式，让我的生活变得正常和规律。

两年之后我又恢复成现在的生活状态，是带着一种报复意味的，梦姑娘改变了我，但她又离我而去，我就得推翻这一切。但我无法感受到任何报复的快感。

我的脾气变得很暴躁，公司里的同事和我说话，多问了两句我就会吼起来或扔东西，新同事想问问题，还没走近看到我阴冷的脸吐了下舌头就悄悄地走了。

领导找我谈话，委婉表示，如果我再这样不知道控制情绪，公司可能会容不下我。我可不想失去女朋友的同时还失去工作，便向领导表示，以后不会再发脾气，会好好调整。

领导见我态度诚恳，拍拍我的肩膀："每个人的生活都会遇到问题，我们不能因此被打败。"这种职场鸡汤我听了无数，明知没啥实际用处，还是职业性地微笑着点了点头。

下班后同事们都走得差不多了，我因为愤怒的心情浪费了半天时间，现在得加班补工作进度。九点多的时候，我从公司走出来，外面飘起了小雨，没一会儿又变大了。我从书包的侧兜里拿出了一把早就备好的雨伞。

这个习惯还是梦姑娘帮我养成的，她说："这天气就像女人的脸，阴晴不定，这一秒艳阳高照，下一秒可能就会瓢泼大雨，随时得带着一把伞，这叫未雨绸缪。"

出了地铁，我去24小时便利店买了关东煮，和梦姑娘在一起的时候不管多晚，我们都会回家做晚饭吃，她说这样生活才有温情。她走以后我未曾再做过饭，最大的原因是我不喜欢洗碗和收拾厨房，而这份"工作"她之前会全额承包。

雨还没有停，淅淅沥沥的，路上已经有了积水，稍一不慎踩到小坑里鞋子就会溅上泥水。我步履匆匆，想回去赶紧洗个澡。或许是加了班自我感觉很努力，今晚心情格外好。

快进小区单元门时，一辆车底下毫无征兆地走出来一只流浪猫，它径直朝我走来，喵喵喵叫着，竖着尾巴围着我走来走去，还用身子蹭我的脚。

我怕裤子被它湿湿的身子弄脏，往后退了几步，它又跟了上来，依旧冲我喵喵喵叫着，围着我脚打转。

我想它是饿了，把关东煮里的香肠拿出来给它吃，又觉得唯一一根全给它吃了有些亏，我便把香肠咬了一半给它，它呜呜呜地开始埋头啃食。

看着它狼吞虎咽的样子，我心生怜悯，蹲下身摸它湿湿的毛发，它以为我要抢它的香肠，啃香肠的速度变快了，嘴里发出充满威胁的声音。

真没良心，我不想再理它，转身走了。可是没走几步，它便跟了上来，围着我开始叫，我想它是要我养它，我冲它说："你走吧，你要是天天吃香肠，我养不起你。"它似乎以为我很欢迎它，冲我叫了一声，伸出舌头得意地舔着嘴唇边的香肠余味。

它不愿意放过我，一直跟着我走到电梯旁，我说："你要是能跟着我走回家，我可以考虑下收养你。"它不再说话，蹲下来和我一起等电梯。

电梯门开了，它嗖地一下跑了进去，看着我，示意我赶紧跟上。到了门口，它又很理所当然地等着我掏钥匙，门开了，它嗅嗅，确定没有同类的味道后便大步流星地走了进去。

二

猫是世界上最神奇的物种之一，和人类共同生活了几千年，但仍有很多未解之谜。比如，我一直不知道为什么"小花猪"从见我第一面就会毫不犹豫地跟着我回家。

之所以给这只猫取名叫"小花猪"，是因为它身上黑白相间的毛色很像小时候我奶奶养的小猪，加之一个月后它又变得像猪一样胖。

有了"小花猪"，我不再受到失恋的影响，注意力全被它夺了去。"小花猪"刚来的时候，总是到处翻我的东西，只要爪子能抓的东西都不会放过，我的床单和被罩上全是它指甲的小孔，卫生纸被它抓坏两卷之后我只好放到了柜子里，它还喜欢咬我的拖鞋，每天早上起来，我的拖鞋偶尔在马桶里，偶尔在它的窝里，偶尔在阳台上，偶尔在桌子上。

经过几次愤怒的吼骂和断粮威胁以后，"小花猪"总算变老实，不再乱动家里的东西，除了吃就是睡，爪子痒了之后就玩我给它买的玩具和猫抓板。我在家看书看剧的时候，它会跑过来蹲在我的腿上，让我挠它的下巴，它闭着眼睛，发出享受的呼噜声。

每天晚上睡觉，“小花猪”都会趴在我的枕头边脑袋挨着我的脸，天冷了还会钻到被窝里贴在我的肚子上。我不再熬夜，只要超过十一点睡，“小花猪”就会冲我叫个不停，一边叫一边打哈欠。我的生活方式变得健康和正常，相比于和梦姑娘在一起，和“小花猪”一起生活，会简单舒适许多。

如果有人叫我选交个女朋友还是养只猫，我的答案会是后者。

和梦姑娘的认识没什么新奇的地方，在一个朋友的聚会上我们相识，聊了聊彼此感觉都不错，加了微信，然后又继续聊，直到聊到觉得可以成为情侣了，我们就住到了一起。这座城市的很多人是这样在一起的。川流不息的人群中，我们偶然相逢，拥抱彼此，相互取暖，相互抚慰，相互舔舐生活的创伤。但两个人合适与否，则又是另外一回事儿了。

在一起的前一年，我和梦姑娘过得很开心，周围的人都很羡慕我们。

我幽默，喜欢讲笑话，梦姑娘总是能被我逗得咯咯直笑。我还会做饭，基本的家常菜都会做，这一点让梦姑娘很因为有我这样的男朋友而自豪。

而梦姑娘给我带来的最大改变，就是我此前不健康的生活方式被她严厉遏制住了，不管次日是否要工作，我都会熬夜到撑不住了才去睡觉。屋子里从来没有整洁过，东西到处乱放，垃圾桶都冒出来了也不收拾，一切都那么乱糟糟。

梦姑娘改变了这样的状态，我们住在一起后，她把房间收拾得干干净净，乱糟糟的屋子变得井井有条一尘不染。窗帘、桌布、床单、被罩都换了新的，床单被罩半个月清洗一次，阳光晒干以后，能闻到洗涤精香香的味道。我也不能再熬夜，要是超过十一点她叫了三声我还不去睡觉，就会踢我。

但一年后，我发现梦姑娘内向的性格特别敏感，只要我说了什么语焉不详的话，做了什么意思不明的事情，也不管这些事情这些话和我们的感情有没有关系，她都会起疑，并生气一晚上，直到我苦口婆心地和她解释清楚后她才罢休。但之后又不断再犯。

起初几次我觉得是她在意我，重视我们的感情，时间久了以后，我只觉得好累。最让我受不了的是，她总是会突然毫无征兆地提起林怡，林怡是我上一任女朋友。和现任提前任本身是恋爱大忌，我不愿意提，她却说两人之间就应该坦诚相待。我说了和林怡的事情以后，她不说自己的感情，只是冷笑着挖苦我：“哼，前任这么好，还分手做什么。”

此后只要我们有了矛盾，她就会把林怡挂在嘴边。

“我知道我没林怡好看。”“我头发没有林怡长。”“我脾气没有林怡好。”“林怡会做饭，我不会做饭。”“林怡喜欢看余华和马尔克斯，我只知道看郭敬明。”“林怡喜欢看《绝命毒师》《权力的游戏》，我只知道看《来自星星的你》《何以笙箫默》。”如此种种，我总会被她气得话都说不出来，这都哪儿跟哪儿啊。

三

分手是梦姑娘提出来的，那天我们中午和晚上各吵了一架。

过年的时候外婆给我拿了一袋干木耳，带回北京后放了几个月都没有想起来要吃。周末梦姑娘收拾屋子翻了出来，就咋呼开了：“啊，这都几个月了，还能吃吗？”我说可以的，时不时放在太阳底下晒晒就可以了，没那么容易坏。

梦姑娘不说话，跑到厨房把木耳全部倒在一个碗里，往里面加了一些温水。过了一会儿我去厨房看，很多被泡发的木耳溢了出来，滚得满地都是。

我气冲冲地对她说：“木耳一小把泡发之后就够吃一顿的了，连这点常识都没有，你把一整包都泡完了，这怎么吃啊？”

梦姑娘有些委屈，哭了起来：“林怡会泡木耳，你去找她吧！”然后回到房间，反锁上了门。

见她哭了，我心有些软，但她又提到林怡让我心里升起一股怒火，不打算理她。

晚上我做好饭后气也消了，也觉得冲她吼不对，她是一个内心脆弱的女孩子，作为男朋友我应该好好呵护她才对。我好言好语哄她开门，她从门后露出一脸睡意嘟着嘴巴看着我，想来是睡了一觉，我说：“我的小猪，醒啦，去洗漱下吃饭吧。”

她洗漱完后坐在桌子边不动筷子，交叉着双手说：“我刚才做了一个梦，你和林怡结婚了，还要我去当伴娘。”

她又提林怡，还拿这么荒诞的梦来说事，我的好心情全没了。她又问我：“我们在一起这么久了，你啥时候和我结婚？”

这都是哪儿跟哪儿啊，我觉得她太不懂事、太无理取闹了，不想再和她说话。僵持了几分钟，她腾地一下站起来，拍着桌子说：“我和你过不下去了，我要和你分手！”

然后，我们就这样分手了。没错，梦姑娘因为一个梦和我分手了，每次想起来我觉得又气又好笑，只有在小说里才出现的情节居然被我遇到了。

养了“小花猪”之后，我生活过得舒适规律，对于爱情，我不再强求，一切交给玄乎的“缘分”和“顺其自然”。

可能之前是流浪猫的关系，每隔一周左右，“小花猪”就要出去散散步，怕它走丢，我买了根遛狗绳，在太阳正好的时候牵着它在小区里到处转来转去。小区里都是遛狗的，没有溜猫的，每次我和小花猪出现，总会引得三五人群的关注和拍照。

我拍了一张“小花猪”和别人家的狗相互闻鼻子的照片发朋友圈，晚上的时候，我发现在一堆点赞和评论里，有梦姑娘的评论。她说：“你的猫真可爱。”

分手以后我没有拉黑梦姑娘的微信，但也没有再管她，只要一想起她，我就会想到她那个奇葩的分手理由，气就不打一处来。这句评论，是我们分手以后她第一次和我说话。

四

和梦姑娘在一起的时候，我们曾短暂地养过一条狗。那是一条黑身子四肢有棕色毛的四眼狗，两三个月大，不知道谁扔在小区里的，见到人就跟着跑，追在后面要吃的。梦姑娘觉得它可怜，给它买了三根火腿肠，它的胃口非常大，几口就全吃光了。

第二天我们又在小区里遇到了它，还是见了人就跟着跑，没有人给它吃的，也没有人想着要收养它。那时候已经进入十月，如果没有人养它，可能活不了多久。最后我和梦姑娘收留了它，取名叫十月。

“十月”很喜欢吃火腿肠，每顿都得有，要是没有就不吃饭，目不转睛地盯着你，你没反应就一边叫一边用头指指自己的饭碗。“十月”每天都要在小区里跑，很活跃，看到其他狗跳来跳去，看到人也跳来跳去，看到花开了也跳来跳去。

有一天，“十月”跳着跳着就不见了。它丢了，不知道跑到哪里去了，我们找了三个月也没有找到，周边墙上贴海报，网上发寻狗启事都没有反应，它就这样平白无故地消失了，就像当初平白无故地出现。

这也是我为什么带“小花猪”遛弯给它拴绳子的原因，也怕它像“十月”一样从我的世界里消失得无影无踪。我知道猫不喜欢束缚，但我更担心它流浪在外居无定所，食不果腹。

我没有回复梦姑娘的留言，主要是不知道说什么。我发现我已经对她没了怨怼，她总是提林怡，无理取闹，敏感多疑，还有奇葩的分手理由等等我曾认为无法接受的地方，我已不再放在心上。我现在觉得她是一个很好的女朋友，她善良，心细，笑起来很好看，督促我改变熬夜的习惯，收拾屋子，让我们住在干净舒适的房间里，清洗掉我做饭后满厨房的狼藉。

我虽然有些开始怀念梦姑娘的好，但我并没有和她说话，就像我前面说的，和“小花猪”一起生活很舒服，对于感情，我已经不再强求。

但我和“小花猪”的美好日子并没有一直维持下去。有一天我牵着它在小区里散步，它似乎看到了什么有趣的东西，挣脱开我手上的绳子，疯了一样向前跑去。我在后面猛追，它脖子上的绳子在地上飞速地刮着，带起了一层薄薄的灰尘和小石子颗粒，刚长出来脆弱的小草也被压弯。

我心里跳得厉害，总感觉要出什么事情。果然，“小花猪”在冲过一条车道的时候，迎面开来了一辆没有减速的小汽车。它当然没有被撞到，只是那条拴在它脖子上的绳子被车轮压住并搅进了轮毂里，疾驰的小花猪就这样被疾驰的汽车拽了好几米，我声嘶力竭地大声叫骂汽车才停住。

我朝“小花猪”跑过去，刚才还生龙活虎的它躺在地上喘着粗气，肚子起伏不停，奄奄一息。车里走出来的中年人模样很像网上流行的那种“油腻男”，他挺着大肚子说：“我还以为是什么名贵的品种呢，这就是一只土猫，我的车轮子好像还被你绳子弄坏了，你是不是反倒得赔钱给我？”

我冲上去，给了他脸一拳。

五

我抱着“小花猪”往宠物医院跑，一边跑一边呼唤它的名字。我心里现在的难受和痛苦我想只有梦姑娘能懂。

“十月”走丢以后，每个周末每个晚上，梦姑娘都会带着寻狗启事一个小区一个小区、一家店一家店、一个行人一个行人地去问，边问边哭。后来她不哭了，冷静地形容“十月”的样子，描述它的大小，人们摇头说不知道后她再去往下一个小区或下一家店询问下一个陌生的行人。

一个月后，我已经放弃了，梦姑娘还在找，我安慰她说：“‘十月’那么聪明，应该是找到了更好的人家不愿意回来了。”梦姑娘不管我，又找了两个月才彻底死心。

我的眼眶被泪水打湿，如果早知道把“小花猪”带回家它会遭受这样的厄运，我宁愿一辈子也不遇到它。

医生在检查“小花猪”的时候，我坐在医院的椅子上心神不宁。我心里很难受，想找人述说，发现唯一想到的人是梦姑娘，我身边没有人养宠物，我怕找他们倾诉只会得到漫不经心的安慰。可我要的是感同身受。

我给梦姑娘发微信：“‘小花猪’出事了，在医院。”

梦姑娘简短问了事故原因后，说道：“给个定位，我马上过去。”

我没有丝毫犹豫，告诉她地方。

梦姑娘来了之后，“小花猪”还在手术室没有出来。她坐在我身边，摸着我的肩膀，拉住我的手安慰我。她没再说话，我们握住彼此的手，坐在椅子上静静地等着。

医生总算出来了，我们迎上前，他说：“猫咪喉咙伤得不轻，肚子也刮破了，缝了好几针，但好在没有大的危险，之后一段时间好好照顾它，按时来打针和换药，会很快好起来的。”

“小花猪”已经醒过来了，我抱着它往家走的时候，它睁开了眼睛，眼珠转来转去望着周围驶过的车和亮着灯的建筑。梦姑娘凑上前逗它的时候，它饶有兴趣地看着她，张大嘴巴，打了个哈欠，舌头还卷了一下。

梦姑娘兴奋地说：“你看，它喜欢我，一直盯着我看。”

我笑着说：“我知道了。”

快到家的时候，梦姑娘说：“我以前那些在你看来幼稚奇葩无理取闹的行为，是因为我爱你，怕失去你。我总觉得自己不够好，配不上你。”

我没说话。

梦姑娘说：“我最近发现，我还是爱着你的。”

我依旧沉默，过了一会儿说：“搬回来住吧，我一个人照顾不好‘小花猪’。”

阿基的熊猫姑娘

一

阿基的女朋友叫赖媛媛，但我们都叫她熊猫姑娘，这个名字不是来源于她的形象，而是她的血型。熊猫姑娘的血型是 Rh 阴性血，这个血型因为弥足珍贵被称为熊猫血。熊猫姑娘因此而得名。

熊猫姑娘是阿基在成都上学的时候认识的，她在一所小学当老师，个子不高，看起来很瘦弱，实则体内蕴藏着巨大的能量。

阿基毕业后，在成都上了两年班，越上越躁动，越上越不安，觉得再这样一直不温不火地上班，人生会完蛋，百分之八十的梦想都无法实现。

熊猫姑娘对阿基说："你别这么幼稚，你的人生不会完蛋的，不上班的话你哪里有钱娶我啊？不上班你能做什么啊？"

阿基说："我想创业，想赌个大的。"

熊猫姑娘想了想说："年轻人拼一拼是可以的，我支持你。"

因为有了女朋友的支持，阿基信心满满，他打算做一个关于梦的互动式 App。每个人几乎每天都会做梦，这些梦大多在第二天醒来后就被遗忘了，鲜有人会把自己的梦记录下来。阿基计划开发的 App，每个人都可以在上面分享自己的梦，还可以和陌生人交换自己的梦。

这个创意点子让阿基兴奋了一晚上，他带上做好的方案到处去找投资机构，大多数打完一个电话就没下文了，小部分投资老板仔细地听完了阿基头头是道的讲述，会夸一句好玩。但当他们问出“那么，这个产品的盈利模式是什么”的时候，阿基傻眼了。这个问题他确实还没有想清楚。

每个投资人都希望自己的投资能换回来两倍甚至数倍的回报，对于一个盈利模式不清晰的项目，他们是不会投资的。所谓的“好玩”只是叩开投资人大门的一块砖而已，想拿到钱就不是那么容易的事情了。

连续碰壁一段时间后，阿基决定自己干，他拿出所有的积蓄，还找父母、找亲戚、找朋友、找同学借了一圈，总算凑够了启动项目的资金。

阿基开始找办公地址，注册公司，招人，制订发展计划，忙得风风火火，焦头烂额。阿基很清楚，自己手上这些借来的钱是不可能长久撑下去的，只有尽快让产品上线，囊括一批用户，获得良好的市场口碑后，再去融资，才能做大、做强。

产品上线的时间算是在计划之内，但上线之后的市场反馈却离预计的相差太远，用户数很少，用户体验也很糟糕，差评很多。

更要命的是，阿基手上的钱快花光了，而他所期望的投资并没有来到，现在看来希望渺茫。年轻人的创业就像一阵风，来得快去也快。

公司解散之前，阿基把办公桌椅、电脑、打印机、饮水机等所有能卖的东西全卖了，可是能给员工的遣散费还差一大截。

熊猫姑娘递了一张银行卡给阿基，轻声地说：“这是我这几年存的钱，心想着你要是创业失败了，这些钱能让我们继续生活下去。我不是不支持你创业，只是我多做了一个后备计划……你不要哭，欠债不好，不要做失信的人，我们还这么年轻，没钱了继续挣就行。”

阿基抱着熊猫姑娘号啕大哭，泣不成声，创业以来，遇到再艰难的问题他也没有哭过。

二

休息了一个月，阿基开始老老实实上班挣钱还债，每个月的工资除了必要的花费全部存进了账户，积攒到一定数额后就打给当初某位借给他钱的人。

熊猫姑娘停止了买新衣服、新鞋子、新包包、新口红，连做头发都不去了。她以前总喜欢把直发拉卷，现在卷发已经变成了直发。她把省下来的所有钱都给了阿基，叫他拿去还债："欠债不好，不要做失信的人。"

阿基说："你别这样。"

熊猫姑娘说："我是你女朋友，你的事就是我的事，有难就该一起扛。"

那时候自媒体刚刚兴起，各大互联网公司的自媒体平台在一夜之间纷纷冒了出来。敏感的阿基觉得这可能是一个机会，想抓住。每天下班之后饭都没吃就坐在电脑前噼里啪啦敲着键盘，写各种文章，经常熬到凌晨一两点。

因为强大的债务负担，阿基和熊猫姑娘的休闲活动被过度简化，他搞了一辆单车，一有时间便载着她满世界转。熊猫姑娘坐在阿基单车后座，抓着他的腰，笑容灿烂，遇到没有见过的风景，两人会停下来静静地看。

他们喜欢去郊区玩儿，那里空气好，骑行过去有一些距离，长时间坐在办公桌前的阿基也借此锻炼了身体。春天的时候，沿途的花儿很多，开得绚烂，熊猫姑娘坐在阿基后座，手上抓着一把在路边采的野花，一边闻、一边打理，甜蜜得让所有人都羡慕。

阿基创业产生的债务还有很大一笔没有还清，熊猫姑娘不敢松懈，在外面如果遇到易拉罐和矿泉水瓶，她会捡起来，拿到小区门口的废品收购站去换钱。

这让阿基无比羞愧，痛恨自己毫无用处。但熊猫姑娘的笑容总是那么甜蜜，她告诉阿基："我相信你，也相信我们，我们能扛过这一切。"

两年之后，自媒体的金字塔差不多成型，因为抓住了机会，加之付出了常人难以想象的努力，阿基处在了金字塔上游的位置，赚到了不少钱，偿还了所有的债务，还存下来了一笔。

此时的阿基已经辞职做起了全职自媒体人，每天坐在电脑前的时间超过十个小时，三顿饭从来没按时吃过，不出门的话，不洗澡、不刮胡子。他把自己关在家里，成了一个赚钱的机器。

虽然挣到了钱，但阿基付出了健康上的代价，他的视力下降严重，肋骨和脊椎都出现了问题。

去看医生，医生听说阿基一天要坐十个小时，惊讶地叫出了声。出了医院，熊猫姑娘严肃地对阿基说："咱们现在已经没那么大压力，你别再拼死拼活地工作了。"

阿基和熊猫姑娘达成口头协议，未来两个月，每天只工作四个小时，剩余的时间休息和做健身运动。

阿基点头说："好好好，听你的，'老婆大人'。"

熊猫姑娘偷笑了一下，假装撇撇嘴说："我们还没结婚呢。"

三

安静地待了一段时间后，阿基的脑子又开始转动了，他觉得自己一个人做自媒体太累，计划以公司的模式来运营所有的自媒体平台，借助团队的力量，能减轻压力，提升效率，还能让收益更大化。

经历过这几年的磨炼，阿基已经变得成熟，做事不会凭意气和想象，懂得思考和规划。因此，熊猫姑娘还是支持他的，她知道自己深爱的男人已经从意气风发的少年变成了成熟稳重的男子汉。

阿基也不再单打独斗，找了一些熟悉靠谱的朋友合作，这其中包括我，他希望我能帮他负责把关所有的内容。经过团队的讨论，结合大家的实际情况，我们把公司定在了重庆。

重庆于我有很特殊的意义，我因为各种人、各种事无数次往返这座城市，每次离开我都知道我某一天肯定还会回来，每次回来我总感觉我某一天还会再次离开。

熊猫姑娘没有跟着阿基去重庆，留在成都继续和自己深爱的教育事业相伴。阿基和熊猫姑娘的感情已经很稳定，距离不会让他们的感情变淡，反而会让思念变得更浓。

公司启动以后，我们每天都很忙，不敢松懈，创业不像上班，那是两个量级的工作方式。还好，一切都挺顺利，虽然有些小挫折，但整体上还是在计划之内。

这其中工作最认真最忙的还属阿基，他又恢复到了一天工作十多个小时只睡几个小时的阶段。我们住在一起，晚上十二点我上床睡觉了，他的屋子里仍灯火通明，敲键盘的声音依旧噼里啪啦。

他的头发每天都很油，偶尔还沾着几片头皮屑，还好他是老板，不会有人说什么。他的每顿饭都没有准点过，经常下午两三点才开始吃午饭。出门在外不管去哪里都低着头看手机上的各种资讯和消息。

端午节前一天晚上，我们加完班走到公司楼下，有个女生悄悄地跟在阿基身后，他一边走路，一边看手机根本没有发现身后有人。女生一直跟着阿基，直到走出了大门，还过了马路。那时候我还没有见过熊猫姑娘，不知道她正跟在阿基身后。

阿基走路速度很快，离我越来越远，我见有可疑的陌生女子一直尾随他，准备叫他名字提醒他时，熊猫姑娘突然抓住了他的手。

阿基转身，愣了一下，确信面前就是女朋友后他笑得异常灿烂，那种笑容我很少见到，他的脸上平时多是面对公司事务的焦虑和愁容。

于是，那晚阿基离开了我们共同租住的房子，住进了熊猫姑娘短租的公寓里。熊猫姑娘买了菜，做了饭，让阿基体会到了家的温暖。

此后每隔一段时间，熊猫姑娘都会从成都来重庆看阿基。后来她不再在外面住短租公寓，和我们住到了一起，她给阿基做饭的时候我也就能蹭一顿了。

熊猫姑娘的手艺很棒，川菜做得极好吃，我一直做不好的回锅肉和辣子鸡就是她教会我的。她还很勤奋，每来一次都会把我和阿基乱糟糟的屋子收拾得整整齐齐。可惜我们不会保持，她下次一来屋子又乱了。

四

过年的时候，阿基去见了熊猫姑娘的父母，叔叔阿姨对阿基很满意，乐乐呵呵的。不问阿基任何刁钻的问题，也不说买车买房这些事情，只关心他们俩在外的工作和生活，还叫小两口有问题多沟通，千万不要吵架，即使吵架也不要过夜。阿基在心里想，难怪熊猫姑娘这么好，原来是因为有这么好的父母和家教啊。

阿基走的时候，熊猫姑娘的妈妈把他拉到一边悄悄问：“你们家几个孩子啊？”

阿基望着她有些过度发白的脸说：“就一个。”

阿基注意到，熊猫姑娘的妈妈神色有些恍惚。

从熊猫姑娘家离去后，阿基想带熊猫姑娘去见自己的父母，熊猫姑娘没有答应，她想等明年过年的时候再去。

想着马上要开工了，有一堆事情要处理，阿基没多想就同意了，他搂着熊猫姑娘说：“你又不会跑掉，再等等也无妨。”

熊猫姑娘笑笑，脸贴近阿基的胸口，没有回答他的话。

这是一个微妙的征兆，从那一刻起，熊猫姑娘就在做着离开阿基的心理准备。半年后，她终于准备好了，在一个周日悄无声息地消失在了阿基的生活中。

阿基想不通，给不知道在哪里的熊猫姑娘打电话，她已经离开了成都。不管阿基多么不解、多么痛心、多么歇斯底里，熊猫姑娘在电话那边都不说话，只是哭。

终于哭完了，熊猫姑娘声音嘶哑地说：“不要找我，即使我不在你身边了，你也要好好生活，你是一个很优秀的人，我知道你能跨过生活中所有的坎。我之前答应过要和你结婚，真不好意思，我要做个失信的人了。”

然后，熊猫姑娘的电话再也打不通了。

阿基又给熊猫姑娘的妈妈打电话，接起电话没说几句，老人也开始哭。从熊猫姑娘的妈妈那里，他知道了熊猫姑娘和自己分手的原因，而且她的父母也支持她这么做。

熊猫姑娘患有一种罕见的遗传性贫血病（珠蛋白生成障碍性贫血，建议不保留病名），如果发病严重会有生命危险。在生育上也会有风险，可能会大出血，加之她的血型为稀缺的 Rh 阴性血，是不会考虑生孩子的。

熊猫姑娘的妈妈说："你们家就你一个孩子，如果她不生孩子，你们家就绝后了。"

阿基都要哭了："阿姨，这都什么年代了，不能生孩子就不生孩子，实在不行咱们领养也可以啊。"

熊猫姑娘的妈妈哭得比阿基还要伤心："她的病情已经恶化，现在在医院里。她已经病得很严重了，开始脱发，人一天比一天瘦，脸上也失去了光泽。她告诉我，不要你去见她，不想你见到她现在这个样子，她只愿意你记得她最美时候的模样。"

阿基蹲下，捂住头，一边哭一边用拳头捶打自己脑袋，他恨，恨自己什么都做不了，恨自己和熊猫姑娘在一起这么多年，居然不知道她患有这么严重的病。

其实是熊猫姑娘刻意隐藏了自己，她每次都等到自己状态最好的时候才从成都去重庆见阿基。这么多年的体检报告她也从来没有给阿基看过，她总是笑容满面，一举一动里都充满着能量。她陪着阿基跨过了所有的坎，自己人生最大的危机却选择独自一人面对。

阿基最终找到了熊猫姑娘住院的医院，可惜他还是晚了一步，只见到了一张笑容灿烂的遗像。

五

阿基把公司的事务扔给我们，只身回到了成都和熊猫姑娘住的房子。房子里收拾得干干净净，一尘不染，像熊猫姑娘从未离去过一般。

阿基在屋子里到处走，到处闻，他说："我能闻到，空气里还有她的味道。"

去重庆以后，阿基偶尔也回成都去见熊猫姑娘，几次之后，熊猫姑娘心疼阿基那么忙还总是跑来跑去，便告诉他，以后她定期去重庆看他，他等她就可以了。

熊猫姑娘和阿基分手那天，他们已经两个月没有见面了，阿基想见她，她总以各种理由延期见面。

最后一次来重庆，熊猫姑娘在一个下午突然空降公司，手上抱着一个大大的蛋糕，招呼大家过去吃。这是熊猫姑娘第一次来公司，她以前总怕打扰到大家上班，不愿意来。

在大庭广众之下见到女朋友，阿基有些不好意思："你怎么来了？"

熊猫姑娘看着我们问："你们知道今天是什么日子吗？"

我们答不出。

她指着我们说："你们这些直男啊，只知道工作，今天是你们公司成立一周年的日子。"

我们恍然大悟，开始嘻嘻哈哈分食蛋糕。

熊猫姑娘在公司转了一圈，在四个房间里走了走，看了看会议室和接近二十个工位，满意地拍着阿基的肩膀，像一个视察领导般竖了竖大拇指："小伙子，不错哦，继续好好干哦。"

她的模样把我们都逗笑了，没人知道，那是她和我们的最后一面。

阿基收到了熊猫姑娘留给他的遗书，是她生前拜托妈妈邮寄的。她洋洋洒洒写了五页，阿基一边看一边哭。

熊猫姑娘说，她从小就知道自己的遗传病可能会有恶化的风险，一直不和阿基说，是不知道怎么开口，不是怕他接受不了，是怕自己接受不了。一想到和阿基这么好的人只能短暂地在一起这么几年时间，她就难过得要窒息。

熊猫姑娘说，这辈子最幸福的事情就是遇见阿基，并和他在一起，两个人经历的所有一切，是她生命里最美好的东西。

熊猫姑娘还说，阿基一定要好好照顾自己，不要一忙起来就忘了吃饭和休息，要劳逸结合，多运动，多去看看外面的世界。熊猫姑娘列了一张单子，是她一直想去但一直没有机会去的地方，她对阿基说要是不知道去哪里，就去这些地方看看，她查过靠谱的旅行游记，这些都是一生至少值得去看一次的地方。

熊猫姑娘最后说："我最大的心愿是希望你能幸福，我知道从咱们俩这段感情中走出来需要时间。但无论如何请将这个时间尽量缩短，我的路已经到了尽头，你的路还有很长，请勇敢地走下去。"

三个月后，阿基退出了公司，我们剩下的人带着各自负责的项目去往其他城市。我重新回了北京，有个项目负责人把其中一个项目留在重庆继续运营，不久后他便带去了杭州。

我觉得阿基需要安静，很少联系他，他在满世界跑。刷朋友圈的时候，我看到他更新了动态，是一张沙漠腹地的照片，漫漫黄沙路往前延伸，看不到尽头。

他写道："路真长啊，但我记得你说的话，会勇敢地走下去。"

苏律师的爱情

一

苏青是我少数几个学法律的朋友之一，我其实很意外，从和她多年的相处中，她已经坐实了“苏不靠谱”的名声。几乎每次聚会她都是最后一个到的，有时候甚至能晚一个小时。往往临到点了人没到，我们轮番打电话也不接，等她到了被一群人质问，她点头哈腰：“对不起，路上电话坏了。”

这么蹩脚的理由都说得出口，很难让人相信在法庭上打官司时她会怎么表现。但苏青拍着胸脯说：“你们只是看到了我不靠谱的一面，我其他事情都很靠谱，对法律我是十二分认真的。你们可以嘲笑我迟到，但不能嘲笑我的正义感。”

我们笑了：“我们没嘲笑你的正义感，嘲笑的只是你的不靠谱。”

据苏青自己说，她学法律的原因是上幼儿园时被小男生抢去了一颗糖，向老师告状的时候她拿不出合理的证据，急得哭了起来。那个男生在无人的情况下抢了她的糖并立即塞到嘴里，面对老师的问询他硬说自己冤枉，老师最后大事化小小事化了，苏青伤心了一晚上。后来她知道了一种职业叫律师，便发誓长大以后一定要学法律成为律师，不再让自己受这种窝囊气。

高考之后苏青去了江苏一所大学，学习十分认真，几乎能用悬梁刺股闻鸡起舞来形容，她放弃了所有玩乐的时间，睡醒之后想到的第一件事是学习，晚上睡觉前做的最后一件事也是学习。

苏青的学习成绩是班上最好的，每科考试分数都名列前茅，大三开始就在律所实习了，每天穿着黑西装、黑皮鞋到处跑，往返于律所和法院之间。

毕业之后，苏青才意识到一件事，她还没有谈过恋爱！但她只是憨笑几声又不了了之了，因为她决定继续读研。

苏青读研究生的学校离家很近，有课的时候去学校，没课的时候就回家。苏青的妈妈已退休在家，每天把所有的精力放在苏青身上，她有两件大事：一件是照顾她的吃喝，另一件是给她物色对象。

苏妈妈让苏青在三个月时间里胖得像一个小肉球，每次聚会一起玩儿的时候，如果有人说她胖了，她便会捏捏肚子上的赘肉："哎呀，那怎么办啊，我也想减肥啊。"刚说完又立马夹了一块红烧肉吃。此后，没有人再说她胖这个问题，我们都很确信，她会在发福这条路上一往无前。

苏妈妈一直催着苏青赶紧找个男朋友："我像你这么大的时候你都能满世界爬了，你要是没有喜欢的，我就给你安排相亲，你可别排斥，我和你爸爸就是相亲认识的，不照样过得也很好。"

苏青每两周要去见一次相亲对象，但没一个能看对眼的，还有很多各式各样的奇葩男。后来她倦了，回家和妈妈说："我不想去相亲了，那感觉就跟菜市场买萝卜白菜一样，我一生的幸福不想靠这种方式来决定。"

妈妈认真地看着苏青："哎呀，那就好，我以为你找不到男朋友才帮你去相亲呢。那你一定要找一个你喜欢也喜欢你的啊。"

苏青以为妈妈会责怪她，不曾想这么开明，她有些激动，眼里有泪花闪烁："放心吧，我不会将就的。"

转眼，苏青到了二十七岁，她依旧单身，连男生的手都没有牵过。

二

苏青研究生毕业后，进了一家律所工作，每天忙得焦头烂额，无精力再去开辟新的社交圈，我们这几个固定的朋友都有了对象。加之，也太熟了，不适合成为恋人。

李庆周的出现纯属偶然，他是我的一个同事。那天我们去玩密室逃脱的时候在商场里遇到了他，他刚从书店里出来，一副无所事事的样子。聊了几句，他就加入了我们的圈子。

李庆周是个很能聊的人，什么话题都能插上几句，且充满包容心，同一个话题如果有人持不同的观点，他会认真地听完，不反驳，并诚恳地表示理解。这一点让苏青很有好感，在她的工作中，甚至我们这一群朋友中，她遇到的多是因为观点不符合便会针锋相对争执起来的人。

玩密室的时候有一关需要从一个巷道里弯着腰爬过去，我们每个人小心翼翼充满好奇地慢慢爬，苏青落在了最后面。因为吃了太多妈妈做的好吃的，她已经变得非常胖，我们这一群损友站在另一头贱兮兮地看着她笑，全然忘了还有一个不怎么熟的李庆周在。

苏青涨红了脸："哎呀，我太胖了，你们玩吧，我要走了。"

李庆周说："现在是冬天，你衣服穿太多，把你外面的羽绒服脱掉吧，它太大太重了。"

苏青把羽绒服脱下来递给了李庆周，小心翼翼地爬了过来。钻出巷道后，她用眼睛朝我们每个人狠狠地瞪了一眼。

吃饭的时候我们聊起了北漂的故事，李庆周北漂四年了，他说：

“刚毕业的时候就来了，当时很迷茫啊，也很兴奋，以为能闯出一片天。我觉得最不容易的地方就是租房子搬家，最开始我和一个公司前辈在知春路住过一段时间，一室一厅，前辈睡卧室，我睡客厅。然后又去房山住了半年，那时候房山人不是很多，房子也相对便宜一些。有一段时间失业，还住了几个月地下室。不过现在稳定了，在传媒大学附近租了个一居室，住得舒心，也不用再搬来搬去。”

这些大多数北漂经历过的事情苏青是理解不了的，因为她从小在北京长大，生活很稳定，没有搬过家。她发出了很怜惜的声音：“哎呀，想不到你这么辛苦，真不容易。下次如果租房子你问问我，我朋友要是有房子我帮你问问，租金便宜，还不要押金。”

这次轮到我们用眼睛狠狠瞪她一眼了，不管是不是故意的，但在我们看来就是炫富！李庆周的笑容很客套：“好啊，下次再租房子我找你。”

李庆周加入了我们的吃货群，之后我们又组织了几次聚会，苏青每次见到李庆周都会特别兴奋，笑嘻嘻地和他聊各种话题。

傻子都看得出来，苏青喜欢李庆周，但李庆周明显是不喜欢苏青的。不管她说什么，他都是一副客套笑容歪着头认真听的模样，不时点下头或随声附和一下，他在工作时听领导意见就是这个模样。

按理说，李庆周的态度已经很明显了，但是苏青不谙男女之事，甚至还在家里举行聚会把李庆周邀请了去。

苏妈妈也在，忙上忙下乐呵呵地为我们准备各种吃的。因为有家长在，我们表现得非常拘谨，但当我们发现李庆周才是苏妈妈的目标后，我们又肆无忌惮地开始嘻嘻哈哈了。

苏妈妈问李庆周是哪里人，做什么工作，月薪多少，存了多少钱，家里几口人，父母做什么的，有独立的房子没有，车子计划买什么牌子的。

我们停止了嘻嘻哈哈，埋着头安静地夹菜，筷子碰击餐具和咀嚼食物的声音被自动屏蔽，每个人都竖起耳朵听着李庆周和苏妈妈的对话。

李庆周面色紧张外加赤红，他声音尴尬地回答着苏妈妈的话："我是湖北人，在互联网公司当产品经理，工资……还可以，存款……家里就我一个孩子……"

苏妈妈站起来给李庆周夹了一块鸡肉："来，别光顾着说话，吃菜。"

李庆周被苏妈妈突然站起来的举动吓了一跳，他身子往后退了一下，动作幅度有点大，腿撞到了桌角，桌上的红烧肉和汤晃了晃。苏青涨红了脸，拼命给妈妈使眼色。

后来李庆周再也不参加有苏青的聚会了，每次提到苏青的妈妈他浑身都会不自觉地颤抖一下："好吓人，我从没有被那么刨根问底过，现在想起来还感觉憋得慌。"

苏青和妈妈吵了一架，苏青说："李庆周不理我了，就是你上次把他吓到了。"

苏妈妈说："我不是想替你把把关嘛，你叫来家里做客不就是让我看看的吗？"

苏青说："正常的妈妈都不会那么问问题！"

三

在苏青看来，李庆周是把自己甩了，她觉得自己失恋了，每天都很难过，沉醉在失恋的阴霾里。我们告诉她许多次，你这还没开始就结束了，不算恋爱，更别提失恋了。

她嗯啊嗯啊地回答着，不知道听没听进去，反正后来没有再提过这个事情了，仍旧和我们嘻嘻哈哈打成一片。

钱立学是一位工作好几年的律师，比苏青大两岁，有自己独立的小律所，事业比较稳定。钱立学在追苏青的时候花了很多心思，又是送花又是开车送她上下班，苏青遇到工作上的问题还会给她答疑解惑。

一来二去苏青对钱立学也产生了好感，和他确定关系两个月后才把他介绍给我们认识。钱立学戴着一副黑框眼镜，剪着寸头，他郑重其事地挨个和我们握手，脸上的笑容很真挚，言谈举止也十分稳重。

苏青已经带钱律师见过自己的父母了，我脑海里还是上次苏妈妈对李庆周那让他“憋得慌”的问话方式，悄悄问苏青，钱立学见家长感觉怎么样。

苏青说，她妈妈吸取了上次的教训，聊的都是一些轻松的话题，对钱立学也很满意，还经常叫他去家里吃饭，苏妈妈对钱立学就像对自己孩子一样。

很自然的，苏青和钱立学慢慢地到了谈婚论嫁的地步，其他物质上的东西没啥争执的地方。但苏青对钱立学开始感到膈应，因为在她之前，钱立学谈过三个女朋友。

苏青非常受不了这个，来我家煮火锅，她说着说着居然哭了起来，用双手的大拇指和食指比成一个心的形状，流着泪说：“每个人的心就这么点大，怎么能分给好几个人呢？一人分一点就没了啊。我的心就没动过，还是和以前一样大。”

损友们在一旁笑着看热闹，还有人掏出手机来拍照，钱立学木木地坐在一边，静静地看着苏青哭，想伸手去安慰她，但连着两次都被苏青挡开了。

钱立学很没底气地说出一句话：“你妈妈和我说，你之前还带过一个人回家……”

苏青打断他：“那个怎么能算呢？那个不算的，什么都没有开始就结束了，我甚至都没有真正地喜欢过他。”

钱立学这下彻底不敢发声了。

没一会儿话题转变了方向，大家开始玩有趣好玩儿的游戏，一堆人又嬉嬉闹闹张牙舞爪开了。苏青笑了起来，乐得跟傻子一样。

钱立学没有笑，他拿出纸巾轻轻地擦着苏青脸上的泪水。

四

苏青的膈应让钱立学很苦恼，他在微信上问我有什么好的办法让苏青不再在意这个事情。我说，这种已经发生的事情没有办法改变，你只能和她好好沟通，她很在乎你，早晚会理解并接受的。

后来我才知道，他也问了其他人，几乎苏青的每个朋友他都加上微信问了一圈，想知道该怎么解决苏青对自己过去情感经历的膈应。

钱立学说 ：“该说的我都说了，但她就是过不了心里那个坎。”

我们会遇到一个什么样的人是不可控的，也是无法预见的。这种像命运一样难以捉摸的事情怎么能强求呢？我想，苏青的在意，更多的应该是怪钱立学没有早一点出现，她没有早一点遇见他。

用逻辑能梳理很多复杂的东西，也能想清楚很多难以捉摸的问题。但爱情是不能靠逻辑的顺序去看待的，何时出现，转角遇见，还是邂逅在下一个路口，都是没有逻辑和顺序可言的，即使是思维缜密最懂得讲逻辑的律师也无法给出答案。

有天晚上我正在看书，接到了苏妈妈的电话，她的声音很轻，想来是背着苏青给我打的电话。

苏妈妈说 ：“小程啊，我看你平时嘴巴很利索，懂得很多道理的样子，你帮我劝劝苏青啊，我和她爸都觉得钱立学挺好的，人也踏实，也很惯着她的各种小脾气。但她总接受不了钱立学之前有过女朋友的事情，我和她说，这怎么能怪他呢，怪只能怪你们都没有早点出现在彼此的生活里。这种事情没有理，更不能到处去找理，因为找不到。遇到了，处得来，就一直处下去吧，爱情不就是这个样子的吗？”

我觉得苏妈妈说得对，还给我上了一课，我向她保证，一定会好好和苏青沟通的。

我刚给苏青发了个表情，她就质问我："是不是我妈也给你打电话了，最近你们挨个给我进行车轮战，烦不烦啊。"

我说："各种各样的道理你肯定都懂，那你为啥还这么纠结呢？"

苏青说："我就是有点不甘心，如果我多谈几次恋爱，会不会遇到更好的人呢？"

我说："你和钱立学在一起开心吗？觉得幸福吗？如果这些答案都是肯定的，那么你所顾虑的一切都不必介怀。"

谈恋爱无非就两种结果，分手和结婚，苏青和钱立学两位律师的爱情是后者，苏青心里的膈应最终也消失了。

苏青家就她一个孩子，一想到嫁人就要远离父母，她很伤心。钱立学说："如果你不愿意去我的城市生活，我们就定居在你父母身边。你们家就你一个孩子，要是你去我老家，你父母得多孤独，离得近，我们也能时常回去照看两位老人家。"

苏青看着钱立学没有任何瑕疵的眼睛，她确信，这个人是爱自己的，也是值得自己爱的。

苏青说："谁先出现谁后出现都不重要，能留在你身边的才是适合你的。留不下来的即使再灿烂也是昙花。"

苏青还说："我快三十岁的人了，在这次之前还没牵过男孩子的手，而我的男朋友却谈了三四次恋爱，牵了无数次别人的人手，一想起来我就特别不服气，觉得很亏。可是爱情是不能像算律师费那样去算的，它会试错很多次，只为寻找到最后那个结果。很多人一直在寻找和失去，一直在试错，至今还在路上。我觉得我是幸福的，也是幸运的，我几乎是一锤定音。我的心那么完整，它能从一而终地给到一个人，我很荣幸。”

坐在旁边的钱立学，摘了眼镜，哭得跟个傻子一样，嘴巴嗫嚅了很久，只说出一句话：“要是早一点遇见你就好了。”

获得幸福的路有长有短，过程不重要，走了多远也不重要，最后遇见你才重要。

我的名字

一

孙子姗脸上的青春痘从初中一直到大学毕业都没有消下去，最开始只有几颗，后来两边脸颊和额头上也被痘痘占领。高中的时候，有个调皮的男生满世界叫孙子姗丑痘妹，连着叫了两天，她实在忍不下去了，指着他鼻子说："你再叫一声，我就撕烂你的嘴。"

男生嬉皮笑脸："你看你那弱不禁风的样子，我不信。"

孙子姗一巴掌打在他脸上，不待他反应，又用手揪着他嘴往两边拉扯，男生哇哇大叫，嘴里的声音像含着石头："我错了，以后再也不这样叫你了。"

孙子姗从此威名远播，再没有人叫她丑痘妹。我站在一边，乐不可支地看着刚为自己挽回尊严的孙子姗，她摊开双手，耸耸肩，朝我吐了吐舌头。

放学后，我和孙子姗在校门口遇到了陈湘，他举起手朝我们打招呼。他们打小就是邻居，两家几乎每天都串门，两人从幼儿园开始就读同一个班，高中时才分开。

陈湘对孙子姗说："听说你今天打人了？"

孙子姗的笑容有些不好意思："是啊，他一直叫我丑痘妹，你别告诉我妈。”

陈湘说：“我最讨厌欺负女生的人了……丑痘妹？这名字好像很适合你耶，哈哈哈。”

孙子姗气得嘟起了嘴巴，见我也笑得跟个傻子一样，作势要踢我，我捂住嘴巴控制住了笑声。

上大学的时候，孙子姗和陈湘去了西安，我一个人去了北京。填报志愿之前，孙子姗问我要不要一起去西安，我说为什么突然想去西安，以前都没听你说过啊。

她说：“陈湘想去西安啊，我觉得你也应该和我们一起去，陌生的地方，我们能相互照应。”

孙子姗喜欢陈湘，这句不知是梗还是玩笑的话我每次和孙子姗小时候的朋友一起玩儿的时候，他们都会拿出来说。我只是个高中转到这个学校来的外地生，不明就里傻兮兮地看着欢闹的人群和红着脸解释的孙子姗。

孙子姗小时候的朋友说：“我和你讲，读幼儿园的时候，陈湘和其他小朋友打架，饭给撒了，她二话不说就把自己的饭拿出来给他吃，还抱着他，叫他别哭别哭，当时我们都乐了。”

孙子姗的模样看起来像解释过许多次：“我们是朋友、是邻居好吗？老师也说，同学之间要互帮互助，哪像你们，当时只站在一旁看热闹。”

孙子姗当时喜欢陈湘与否未知，但她后来是肯定喜欢上了陈湘，不然也不会跟着他大老远跑到西安。

因为我记得很清楚，她曾经和我说过，想考北京的大学。

二

毕业之后，孙子姗和陈湘留在了西安工作。陈湘说：“我太喜欢西安了，我觉得西安是这个世界上最美的城市。”孙子姗默默地说：“我也挺喜欢西安的，打算在这里再待几年。”

我和一个陕西的朋友打算创业，为了节省成本，我们暂时离开北京，把公司开在了西安。多亏孙子姗和陈湘的帮助，公司前期筹备的相关工作省去了很多不必要的奔波。

我请孙子姗和陈湘吃饭，完了又去 KTV 唱歌。我已经好几年没有见到孙子姗了，她的脸上还是那么多痘痘，我说：“你有机会去医院看看啊，这样下去，男朋友都找不到。”她笑骂着我：“闭上你的乌鸦嘴。”

陈湘喝得有些多，加之一直唱个不停，嗓子有些嘶哑。他酷爱音乐，是我认识的人里唱歌最好听的，他大学的时候去参加过一个选秀节目，过了地区初赛海选，在进复赛时主动退了出来，痛斥选秀节目的黑暗与各种交易，并打定主意以后只把唱歌当爱好。

从 KTV 出来时，孙子姗对陈湘说：“我送你回去吧。”

陈湘摆摆手：“不用，我女朋友一会儿来接我。”

孙子姗嘴里呼出了一口气，没再说话，但我感觉出了一丝失落。

过了一会儿，陈湘的女朋友开着车来了，摇开车窗朝我们挥手打招呼，她穿着汉服，化着古代女子的妆容，笑得很甜。陈湘坐进副驾驶，车子扬长而去。

我说：“我记得陈湘上一次在朋友圈晒的女朋友好像不是这一个啊？”

孙子姗说：“他换了多少个女朋友估计自己都不知道。”

当时西安已经进入初秋，晚上冷风飕飕，穿着裙子的孙子姗冷不防打了个寒噤，我把外套脱下来披在她身上，她想拒绝，见我的态度坚决，动作行云流水便很快默认。

陈湘从大一开始只要有时间就会去西安各个酒吧驻场，他在话筒边挂上了两个二维码，一个收打赏，一个是自己的微信。几年下来，他在酒吧认识了很多女孩子，那些女孩子中有好些变成了他的女朋友，后来又变成了前女友。

我冷不防问出一句话："你打算什么时候告诉陈湘你喜欢他？"

孙子姗的情绪没有任何波动，沉默良久，她轻声说道："我不知道。"

我们继续在街上走着，孙子姗掏出耳机对我说："我最近迷上了一首歌，你要不要听。"

我说："你把耳机取了外放吧。"

孙子姗说："大庭广众之下，这样好傻啊，还很没有公德心。"

我只好接过她递给我的右耳机，里面有个男声在唱：

有些话你选择不对他说
你说某种脆弱 我才感同身受
我永远都愿意当个听众
安慰你的痛 保护着你从始至终
就算你的爱属于他了
就算你的手 他还牵着
就算你累了 我会在这
一人留 两人疚 三人游
悄悄的 远远的 或许舍不得
默默的 静静的 或许很值得
我还在某处守候着
说不定这也是一种 幸福的资格
至少我们中还有人能快乐

这样就已足够了

我平时多听纯音乐，不知道这首歌谁唱的，孙子姗笑我 ：“你很老土啊，这是方大同的《三人游》，多么出名的曲子。”

我们静静听着这首歌，孙子姗说 ：“你说我像不像歌里唱的这个人？”

三

陈湘对孙子姗说 ：“你是我在整个西安最好的朋友，只要想到你在我身边，我心里就会很踏实。”

陈湘胃疼，疼到都无法直起腰来，一个人去不了医院，他滑了一圈电话簿里的联系人，给孙子姗打了电话。

孙子姗心急火燎地赶过来，第一句话就是 ：“吓死我了，我以为你要死了。”

孙子姗把陈湘送到医院，倒腾了好一会儿，陈湘才渐渐恢复。他手上挂着点滴，对孙子姗说 ：“多亏有你，不然我还真怕自己会死了。”

孙子姗笑着说 ：“这有什么，我们是从小玩到大的老朋友嘛。”

陈湘心血来潮，去租音响设备要在广场上开演唱会，临时组了个乐队，三个人拖着一堆乐器往广场走。演唱引起了很多人的围观，拍照的人不少，打赏的人没几个，离租设备的钱还差好多。

更不凑巧的是，音响还坏了，争执了一番，老板叫他们赔偿，另外两个人不愿意给钱，说是陈湘邀请他们的，他得自己负责。

陈湘问老板 ：“这个音响多少钱？”老板伸开五指，陈湘说 ：“五百块？”

老板叫道 ：“五千块，你们眼光好，挑了个好货。”

陈湘拿不出这么多钱，去找孙子姗，孙子姗问："你要几千？"

陈湘说："我有两千，还差三千。"

孙子姗说："你等等，晚上给你。"

孙子姗她们宿舍有个富二代室友，花钱像喝水一样随意，但不怎么看得起人，孙子姗平常不愿意搭理她，这次只得去找她了。

富二代室友说："我还以为你一直这么心高气傲呢，借钱给你没问题，但有个条件，你要给我洗一个星期袜子，还要去自习室占座和买奶茶。"

孙子姗闭着眼睛，深呼吸一口气，微笑着说："没问题，我要全款，马上。"

陈湘拿着孙子姗的钱，很高兴："孙子姗，你简直太厉害了，要是没有你，我都不知道去找谁。"他没有问她的钱是怎么借来的。

孙子姗笑着说："这有什么，我们是从小玩到大的老朋友嘛。"

我们三人偶尔出去聚餐时，聊着聊着陈湘总是会像哥们一样拍着孙子姗的肩膀："对，我们是老朋友，等我回头红了，我就请你来给我当经纪人。"

陈湘之前说选秀太多黑幕，只把唱歌当爱好，但毕业后找工作，他发现自己除了唱歌什么都不会。于是他开始靠唱歌挣钱，他在几个视频社交平台注册了账号，不是直播就是发自己唱歌和拍摄各种好玩儿的小视频，俘获了一批粉丝，靠接广告和带货挣了一些小钱。于是陈湘改变了人生目标，打算好好运营自己，向大网红甚至演艺圈发展。

我对陈湘的这些计划没有兴趣，我更关心的是孙子姗，我希望她能快乐和幸福。

我对她说："你至少得让他知道你对他的喜欢吧，总得表个白吧。"

孙子姗说："自古表白多白表，他那么多前女友，我不想成为其中的任何一个。更重要的是，随着时间不断往前推进，我发现我越来越难以开口说出对他的喜欢。很奇怪，我觉得自己很满意现在这种状态——像老朋友一样相处的状态。它就像一个舒适区，明知道一直待下去可能不好，但就是不愿意走出来。总感觉一走出来，很多东西就会变得面目全非。”

我想起了她那晚给我听的歌曲里的一句歌词：

我还在某处守候着

说不定这也是一种 幸福的资格

至少我们中还有人能快乐

我能懂孙子姗的心情，我也明白她所担心的那些事情，因为我也像她喜欢陈湘一样喜欢着她。

四

孙子姗是我见过满脸长满痘痘还依旧光彩照人的女生，笑起来有两个酒窝，她也是我刚转校来第一个冲我笑，邀请我一起去食堂吃午饭的人。

但我到现在也未曾和她开口说过喜欢她，我知道她的心里一直住着的是陈湘，我只能在一旁安静地看着她。

很久以前看《仙剑奇侠传》，有一首关于林月如的背景音乐，歌词很多，但只记住了一句：“明明是三个人的电影，我却始终不能有姓名。”

那时候很小，不懂爱，但冥冥之中觉得这句歌词很特别，不曾想在若干年以后应验到了自己身上。

那句歌词出自阿桑唱的《一直很安静》，就像是为林月如量身准备的：

我们的爱情像你路过的风景
一直在进行
脚步却从来不会为我而停
给你的爱一直很安静
来交换你偶尔给的关心
明明是三个人的电影
我却始终不能有姓名

林月如是一个高傲的女子，她深深喜欢着李逍遥，明明知道没有结果也不愿意放手，安静地陪在他身边，最终的命运是成全李逍遥和赵灵儿。

我不惧怕这样的命运，我惧怕的是孙子姗不会幸福、不会快乐。

高中的时候她打了那个叫她丑痘妹的男生，男生只是嘴上认输，隔天和几个人密谋找孙子姗复仇，被我撞见。我和他们进行谈判，经过漫长的纠缠，他们最终决定放过孙子姗，虽然我的眼睛肿了一只，眼镜全碎了，腹部疼了一个月，但他们不再欺负孙子姗，我觉得这一切都值得。

大学去北京，虽然一直是我的人生计划之一，但孙子姗说也想去北京给了我很大的动力。尽管她后来跟着陈湘去了西安，我偶尔还是会想象和她漫步在校园林荫道上的样子。

陈湘需要赔偿音响，孙子姗的富二代室友最终没有借给她，当孙子姗答应帮她洗袜子，自习室占座买奶茶后，她笑着说："我只是想看你低眉顺眼的样子，我不会借钱给你的。"

孙子姗给我打电话，声音很无助，说当天晚上就得要，有急用。我找遍宿舍所有室友和认识的人，每人一百两百这样子凑给了她，还顺带给我们宿舍另外五个室友洗了半个月臭袜子。

这次来西安创业，那位朋友用了渠道、市场、环境等一大堆硬性理由想说服我把公司弄到成都去，我也找了一堆理由想说服他把公司定在西安，最后让出了一部分股权他才答应。

事业对于一个人来说很重要，但我也知道，有些事可以从头再来，有些事一辈子只能有一次。漫长的一生中，我可以经历无数次跌倒和爬起来，但孙子姗只有一个。

五

陈湘这次和她的新女朋友感情似乎挺稳定，孙子姗说："他们在一起六个月了，以前他和每一任女朋友在一起都不会超过四个月。他每次分手了都会来找我哭诉，说自己也想好好恋爱的，但总遇不到对的人。"

我不知道说什么。

孙子姗说："和他认识了这么多年，他的所有故事里从来就没有我的名字。"

我一惊，心乱如麻。

我再次催促道："如果你再不表白，可能就会永远失去机会了。"

孙子姗说："以我和他从小玩到大的经验，我知道如果我那样说了他会有什么反应。他会哈哈一笑，说你在说什么，别闹。然后就再不会理我了，你说这样是不是代价太大了。而且只要我说了，三个人都不会快乐。"

"三个人？"我眼中泛起了一丝光。

孙子姗说："他，我，他的汉服女朋友。"

我说："哦。"

我又说："你可以试一下啊，没准现实和你预想的不一样呢？"

她笑："这就像一场赌博，但只有一次机会，我输不起。"

陈湘的汉服女朋友也是一个小网红，两人经常一起直播拍视频，网上有不少他们的粉丝。最近有一些艺人经纪公司在和他们接触，打算和他们签约。

陈湘拉着她女朋友的手对我和孙子姗说：“他们有一大堆计划，说等我们足够红了，粉丝足够多了，就给我们出唱片还有拍戏什么的。而且，过几天我们就要去北京了。”

孙子姗笑着说：“好啊好啊，恭喜你，你很快就要红了。”她还记得，陈湘说过要让她当经纪人的话。原来只是一句戏言。

然后陈湘就坐上他女朋友的车走了，孙子姗有一种感觉，以后很难再见到他了。

我不关心陈湘的未来，我只在乎孙子姗。

喜欢一个人就像爬一座山，尝试了许多次爬不上去，但我们依旧站在山底下看着山，以为只要足够有恒心，总有一天能得偿所愿。可是人会变啊，看起来在眼前，其实早已渐渐地离你越来越远。

于是终于有一天我们明白了，什么叫高不可攀。

陈湘走了几天之后，孙子姗脸上的痘痘突然变得特别红，有些痘痘还破了，用纸巾轻轻一擦，会沾上血迹。我陪孙子姗去医院检查，结果让人很意外，陪伴了她这么多年的痘痘不是普通的青春痘，而是严重的毛囊炎，她的淋巴系统有问题，导致毒素无法排出毛孔，需要进行手术才能根治。

手术疗程很漫长，每次手术出来，孙子姗的脸上都会特别疼，像针在刺一样。但她坚持了下来，每周都按时去治疗。

两个月后，她的脸上变得光光净净，像换了一个人。

孙子姗对着镜子看了又看：“我不知道我还能这么漂亮，以前都没有发现。”她突然的自恋把我逗笑了：“对对对，你是天下第一美人。”

陈湘去了北京之后特别忙，几个月也说不上一句话。

有一天孙子姗说：“我想了很多，发现，他的生活，我此后再无缘参与了。”

每日为了梦想和琐事忙忙碌碌，时间流逝的速度快得就像没有存在过。转年秋天，我们搬进新的大办公楼，在阳台上能看到延平门地铁站，它旁边有一条很长的一眼望不到头的马路，视野很好，远处秦岭若隐若现在雾霭中。我经常会站在这里远眺和思考。

孙子姗来公司找我，她站到了阳台上，没一会儿把我也叫了出去：“你看到那条超长马路的两边了吗？树叶都黄了，金灿灿的，好美啊。”

我说：“是啊，我几乎每天都要站在这里看。”

孙子姗扬起双手，抬起头，做了一个拥抱天空的姿势，满脸笑容，怕吵到办公的人，她压低兴奋的声音说：“好美啊，我真快乐。”

我也笑了：“你真的很快乐吗？”

孙子姗十分肯定地点点头。

我说：“我也很快乐。”

我们默默地看了一会儿马路、汽车、树叶、行人、远山、天空。

孙子姗转头对我说：“我觉得我要开始新生活了。”

有些想念就是用来断掉的

一

工作第一年，我有个叫雯雅婷的同事，她坐在我对面。我们说话比较少，她给我的是两个非常深刻的印象：沉默和努力。

她几乎不和同事说工作之外的话，即使领导不在，大多数人摸鱼聊天，她也是安静地在工位前噼里啪啦地敲着键盘，目不斜视。

雯雅婷从不点外卖，也从不参与团建之外的一切聚餐，她每天都带饭。一个钢化玻璃的方形小饭盒，粉色的盖子，到了饭点拿去微波炉加热，默默坐在工位上戴着耳机边听音乐边吃。

雯雅婷是很清秀的那类女生，要是稍微化个妆，走在大街上的回头率是很高的，但她无心如此，每天素面朝天。但即使这样，也比很多化精致妆容的人耐看。她也不像其他女同事跟潮流买新上线的各种款式的衣服，她的着装很简单，以单色的衣服为主，却别有一番极简气质。

特立独行的雯雅婷并没有被同事们孤立，反而很受欢迎，大家都知道她和大多数人不一样，而且这种不一样反倒成了她的闪光点。

后来我才知道，雯雅婷努力工作只是为了升职加薪，不去聚餐、不买衣服、不买化妆品只是为了省钱。

而她这样做的目的是因为有一个还在读博的男朋友，她想让他心无旁骛地学习。

雯雅婷的男朋友叫周文，两人靠着她的工资生活，租住在一个老式小区的主卧里，小区没有电梯，雯雅婷每天上下班要爬六层楼梯。

每天早上，雯雅婷出发去上班时会和周文接个吻，鼓励他好好加油。周文在屋子里埋着头努力学习，需要去学校时才会踏出房门。他的博士还有一年才毕业，他心想到时候会找到一份工资很高的工作，让雯雅婷不再这么辛苦。

周文在雯雅婷二十五岁生日那天对她说：“以后我会把你宠成公主，让你每天都像住在宫殿里一样开心。”雯雅婷后来还把这句话贴到了朋友圈里。

比较辛苦的日子周文和雯雅婷也不是没经历过，本科毕业那会儿，两人商量了一下，决定继续深造考研。在复习的那段时间里，一直是周文在照顾着雯雅婷的生活，为了不影响学习，他没有找固定的工作，接了很多兼职做，帮人做设计，去补习班代课等。

周文的成绩一直很不错，对于考研他是胸有成竹的，但是雯雅婷总觉得自己底子不好，还有一些患得患失，半点也不敢松懈。

周文对她说：“别那么紧张，大不了再考一次。”

雯雅婷嘟着嘴巴说：“不行，我要一次就考上。”

为了赚取房租和生活所需，除了做兼职，周文甚至摆起了地摊，在地铁站的出站口卖各种小饰品，笑脸相迎地接待每一个顾客，饿了就去旁边的小摊买一份烤冷面吃。

晚上回来之后，周文还要给雯雅婷做饭，有时候雯雅婷学得兴起，叫半天都不出来，周文便会把饭端过去一口一口喂。

雯雅婷说：“我不能输，我一定要考上研究生！”

二

这么努力的两人后来当然是考上了，读完研究生后，雯雅婷开始工作，周文则考上了博士，开始往更高处的地方走。

雯雅婷说："以前我考研的时候是你照顾我的生活，现在你读博士了换我来照顾你。"

雯雅婷是深爱周文的，她骨子里应该把他当成了要一起生活一辈子的人，才会为了两人的未来这么辛苦。

雯雅婷的这些情感细节，我是从和她走得比较近的女同事外加偶尔的几句聊天得来的。她几乎很少在朋友圈分享自己的生活和感情，寥寥的一些动态也是一些工作上的内容，或分享的几篇优质公众号发布的文章。

她把一切都深深放在了心里，默默地经营着自己的感情。她倾注所有力量，期待着一个早已认定的结果。

"但我最后还是想错了，只得到了一个最差劲的结果。"雯雅婷在朋友圈说道。

她发朋友圈的时间是晚上十点多，第二天请了一天假，没有来上班。我听同事说，她此前从未迟到早退过，也没有请过一天假。

周文博士毕业各项事宜都很顺利，只是他并没有得到自己期待的那份高薪工作，又去各种公司转了一圈，薪资待遇都没有达到他的要求。他很气愤，转而变得自负。他觉得自己学了这么多东西，读了这么多年的书，不应该做一份普通的工作。

而那时候雯雅婷已经升职了，工资也涨了不少。这一点让周文很紧张，工作和待遇不如女朋友让他感到难为情。

雯雅婷说："他们也不是不看好你的学历，只是觉得你没有足够的职场工作经验，路得一步一步走啊，凡事都有一个过程，咋可能一步登天。”

雯雅婷的话让周文很生气，其实他也知道她说得对，只是有些不那么情愿听到这种话是从女朋友的嘴里说出来的。

周文的自负和不成熟让雯雅婷有些失望，两人因此陷入了冷战。归根结底，也不是什么重要的事情。但两人僵持不下，都不愿意做第一个向对方妥协的那个人。

感情有时候就是这么奇妙，一个转角，一个偶然的事件，就会产生一系列连锁反应。

雯雅婷早晨出门上班不再和周文接吻，周文躺在床上装睡着，等门锁上后他才翻身起来洗漱，穿好衣服继续满北京面试。

晚上回来后，雯雅婷对周文说："我们公司最近在招人，你要不要去试一下，可以走个内部推荐。"

周文说："你们公司不是不允许情侣在一起工作吗？我不去，你别费心了，我自己能找到工作。"

雯雅婷被堵得话都说不出来，她也不想再解释，招人的是公司另外一个新成立的子公司，机会挺多，各种岗位短缺。

蒙在被子里的雯雅婷很委屈，她不知道为什么和周文会变成现在这个样子，明明两人之前很恩爱的啊。

第二天下班回到家，雯雅婷看到的是狼藉不堪的屋子，周文已经把自己的东西搬走了。他留下了一张纸条，上面的正楷字非常漂亮，但落入雯雅婷眼里却是字字如针。

周文说："我走了，不用来找我。能和你在一起这么多年，我很开心。但我们终究要天各一方，好聚好散吧。"

三

雯雅婷生了三天闷气，满以为周文会回心转意，当确定他是真的走了后，雯雅婷才开始紧张。

周文没有删除雯雅婷的各项联系方式，只是不管雯雅婷发多少条微信，弹多少次语音和视频，打多少次电话，他就是没有反应。

雯雅婷深信自己没有做错什么，不愿意再低声下气去求周文回来。她收拾好心情，把全部精力放到工作中去，她刚升职不久，有很多新的挑战需要面对。她也相信，世界那么丰富，还有很多比爱重要的事可以做。

但曾扎根记忆的那个人不会轻易消失，与他有关的一切浮浮沉沉就像流水，用手捂得再严实，也会有细流从指缝中漏出，掉在地上，四散蔓延开来，想念就此拉长。

半年后的一个深夜，雯雅婷被肚子疼醒，有一种肝肠寸断的感觉，本想忍到天亮再去医院，但越疼越难受，只好艰难地爬起来下楼打车去医院。

挂号，问诊，缴费，坐在椅子上打点滴。面对空荡荡的医院，只有自己一个人孤苦地坐在这里，四周是冬天冰冷的风，窗外细雪肆无忌惮地飞舞着。

雯雅婷突然好想哭，她很想周文，没有多思考掏出手机就给他打电话。

电话很快就通了，但响了至少半分钟周文才接起，他喂了一声，雯雅婷沉默了几秒，鼓起勇气说："我一个人在医院看急诊。"

周文说："要我来陪你吗？"

雯雅婷无声地在心里做着挣扎，轻轻地说了个"嗯"。

周文赶来了，和半年前相比，他健壮了许多，换了副更显成熟的眼镜，身着休闲的皮鞋和裤子，风衣里面是白色的衬衫衣领，头发梳得一丝不苟，身上沾着一些细雪。

雯雅婷有些难为情，她没想到和周文时隔半年之后的见面会是这样的情景。

她现在的形象简直太糟糕了，甚至可以用奇怪来形容。出门的时候因为着急，粉色的睡衣外面披上一件外套，脚上套着黑色的靴子就直接来医院了。凌乱的头发也没有来得及整理，雯雅婷赶紧用外套上的帽子把脑袋罩住。

四

周文走过来坐在雯雅婷旁边，掏出从便利店买的热饮和一些吃的，他拧开瓶盖，雯雅婷接过瓶子轻轻地喝着。

周文询问了一些病情相关的情况，雯雅婷说是急性肠胃炎，打完点滴就不会有大碍了。

两人无声地坐了一会儿。

周文问道："你现在过得还好吗？"

雯雅婷点点头："嗯。"那一瞬间，她有想哭的冲动，周文的这句话里充满熟悉的温柔，她很想扑到他怀里。但当她仔细看着周文的眼睛时，她又觉得，刚才那样想可能是错觉。因为，周文盯着她的眼里，她看到的只有陌生和疏离。

雯雅婷开始思考一个问题：我为什么要叫他来呢？没有他我还是来看了医生，现在身体没啥问题了，我打完点滴就可以回去了啊。

周文说起了往事："我很抱歉当初的不辞而别，之所以选择离开是因为我不确定自己要什么，想着，是不是换一个环境就会好一些。另外，我也觉得很对不起你，我读博的时候是你在照顾我的生活，我却连一份像样的工作都找不到，怕继续待在你身边会拖累你。你那么优秀，如果没有我你或许会过得更好……”

“这就是你的分手理由吗？不爱了就是不爱了，干吗找这么多借口？”雯雅婷打断周文不明所以的絮絮叨叨，想起当初的事情她有些烦。

周文怔了怔：“或许你说的是对的，我就是不爱了。感情就是这么奇妙和难以捉摸……但事情已经过去这么久了，我们还是得向前看啊。”

雯雅婷越听越刺耳，皱起了眉。

周文的手机响了起来，他拿起走到一边去接。手机里发出的声音虽然不是特别清晰，但雯雅婷很肯定，那是一个女人的声音。

周文挂断电话之前的最后一句话是：“别等我了，你先睡吧，还有一些事情需要和同事商量。放心吧，我会回来的……我的乖乖小公主……”

雯雅婷在心里重复了“同事”“小公主”这两个词，笑着对周文说：“你现在就回去吧，别让女朋友等太久。”

周文说：“没关系，等你打完点滴我送你回去吧。”

雯雅婷顿了顿，还是忍不住问道：“你们现在就住在一起了？什么时候在一起的？”

周文看了一眼雯雅婷说：“有几个月了……我刚才已经说了，感情是一件奇妙和难以捉摸……”

雯雅婷再次打断周文：“我知道了，你回去吧，我会删掉你所有的联系方式，再也不会出现在你的世界中了。”

或许刚才打电话的时候雯雅婷对周文还有一些想念，但现在已经完全没有了。她很确信。

点滴已经打完了，雯雅婷把护士叫了过来，两人说着话，无人搭理站在一旁的周文。

周文不知道什么时候离开的，当雯雅婷拿完药在医院里四处张望时，已经看不到他的影子了。

雯雅婷走出医院，外面的细雪已经变大了，她抬头望了望天，雪片不规则地飞舞着，悄无声息地落在树上、屋顶上、马路上、行走的车上，还有她的身上。

她四处望了望，才发现雪夜中的风景是这么美丽。过了一会儿她又想起，这是今年的第一场雪。

雯雅婷裹紧衣服，挺直腰杆，步伐矫健地往家的方向走去。

消　失

一

毕业后一段时间了，我仍旧没有找到心仪的工作，便离开北京回了重庆，想着亲戚多，没准能帮忙找个什么不错的工作之类的。

兜兜转转半个月，亲戚们都躲着我，我只好自己到处投简历和面试。过了两个星期，我入职了一家教育公司，岗位名称听起来很高大上，叫课程顾问，实际做的工作是拿着宣传单在街上到处找人搭讪，寻找需要补习的人。

“请问您家孩子要补课吗？”“请问您要学英语吗？”“数理化成绩独家提升秘籍，名师一对一，成绩无法提高退全款。”这对于性格内向的我来说是一种巨大的考验，但如果连房租都无法按时缴纳，也只能硬着头皮上了。

有一天我逛到了石桥铺的一个小区，小区寂静无人，我有些累，坐到一处花坛边歇息。

一位带着小孙女的老奶奶走了过来，她们饶有兴致地玩起了旁边的小木马雕塑。我喝着水，静静地看着她们。小孙女发现了我，张开双手，朝我扑过来，我赶紧蹲下去接住她。她在我脸上蹭了蹭，嘻嘻笑了起来。

小女孩莫名的友好让我心情大好，我也跟着笑了起来。旁边突然响起了一个女人的声音："哎呀，真有爱啊你们俩，这小孩好喜欢你。"

我转头，是一位留着长头发，斜背着包，手里还拿着一支签字笔和一个笔记本的女生，她正冲我笑。后来我才知道，因为我逗小孩的这个举动，她深信我是一个很好、很有爱心的人。

女孩子叫丹丹，但因为她说身边的人都叫她蛋蛋，后来我也就叫她蛋蛋了。蛋蛋还没毕业，正上大三，但想多挣点钱便时常出来做做兼职。

我说："你是在帮培训机构找客户啊？那太好了，你每天应该也有任务量，我们相互留个电话吧，到时候彼此的机构会有人回访，我们随便应付一下就行。"

蛋蛋拒绝："那可不行，我是兼职，电话必须有效，如果随便写一个人的电话号码，我是拿不到钱的。"

然后她一本正经地去找那位奶奶说话："您好，请问你家孩子要上国学班吗？"奶奶一脸懵圈，狐疑地看了我们一眼，牵着孩子走了。

蛋蛋最后还是给了我联系方式，下班之后，我们通过短信聊了很久。除了帮培训机构找客户之外，蛋蛋还有很多兼职，发传单，超市做促销，肯德基麦当劳打工，甚至在学校里的小饭店也有兼职，帮忙招呼客人和收拾桌子，按小时拿钱。

我很好奇她为何这么辛苦，她说，家里有三个孩子，父亲在外打工，母亲一个人在老家照顾上高中的妹妹和上初中的弟弟，她想减轻家里的负担，自己赚取每个月的生活费甚至学费。这个行为从大一一直延续到现在。

二

后来我和蛋蛋成了朋友，但彼此在网上联系比较多，现实中见面的次数很少，因为她很忙，不是在做兼职，就是在做兼职的路上。

我们交谈的话题很少深入到彼此生活和过往中去，无非是聊聊最近发生的趣事和最近在做什么。有天晚上十点多，蛋蛋给我打电话，我有些犹豫地拿起手机，这是她第一次给我打电话。

蛋蛋在那边不说话，只是沉默，有抽泣的声音，我担心地问她是不是出了什么事情，她哽咽了一会儿，说："我爸爸在工地上干活，腿被钢筋压断了。现在还住在医院，不知道什么时候才能好。"

我啊了一声，不知道如何安慰她，好像说什么都不对，不说什么也不对。

蛋蛋说："你别说话，我只想找一个人哭一会儿。"

我静静地拿着电话保持着沉默，那边是她轻轻抽泣的声音。

夜晚的风很凉，窗外的夜景很美，灯红酒绿，车水马龙，高不可攀广告牌一闪一闪的大厦。但真正入我眼里的，是孤独地立在路边，被风吹得树叶轻轻摇晃的一棵行道树。

蛋蛋抽泣的声音很克制，很轻，时有时无，过了十多分钟的样子，她悄无声息地挂断了电话。

蛋蛋不再像以前那么活跃，聊天时我会小心翼翼地问起她父亲的情况，她总是简短地回一句"比以前好多了"。

直到她给我发了一张和一个外国大叔的自拍，我才不再那么担心她。照片上的她笑得很灿烂，长发梳在脑后，身着肯德基店员的服装。

她语气里很开心："今天认识了一个德国人，和他聊了很多，他普通话真好啊。"

我突然很想见见她，打算约她出来玩儿："最近你有时间吗？我请你看电影啊。"

她想了一会儿说："我下周六没有安排，我们到时候见啊。"

这是我们第二次见面，第一次见面很仓促，我甚至都没有仔细地看过她。蛋蛋化着淡妆，长头发扎了起来，挽成一个发髻的模样，见到我时朝我挥手："嗨，好久不见。"我也才发现，她笑起来脸上会出现两个好看的酒窝。

当时新海诚的《你的名字》很火，我买了电影票后她非要把她那张的钱给我，我拒绝，蛋蛋很不好意思。后来我请她吃饭喝饮料她也抢着要给钱，我给了之后她似乎有一些生气，表情有些冷。

我说："你要是过意不去，下次请我吃回来就行。"

她点点头，脸上有了笑容："我不喜欢欠人东西，人情更不行。"我能感觉出来，她是一个好强又独立的女孩子，她也不会那么轻易被生活打败。

蛋蛋说她知道不远处有一条废弃的铁轨，带着我往那边去。她站在铁轨上，张开双手保持平衡慢慢地往前走，我骗她说："我好像听到了火车的声音，它马上就要开过来啦。"

蛋蛋不回应，继续往前走："我喜欢这样小心翼翼的感觉，能让我头脑保持清醒。"

我也走上了铁轨，学着她的样子慢慢地往前走。走了一段距离，前面出现了一片荒地，长满一地的草已经变黄。我们从铁轨上下来，往荒草地走去。

我从密密麻麻的黄色中窥探到了一朵红色的小花，我叫蛋蛋等我一下，小跑往前，摘下那朵花送给了她。

我脸一阵发红，本意只是觉得这样好玩儿，没意识到这其实是一个非常烂漫外加很暧昧的举动。

蛋蛋接过花，在手上把玩了一会儿，看着远方说道："我其实很迷茫，我不知道未来应该怎么办，路怎么走。毕业后我想去远的地方工作，见识一些更大世界。但我得照顾家里，我父亲现在卧病在床，即使最后好了也干不了重活，还有弟弟妹妹要读书。家里全靠我妈妈一个人是撑不下去的。”

这么伤感的话题我不知道该如何接下去，想起她上次给我打电话说的那句“你别说话，我只想找一个人哭一会儿”，便沉默着不发言，安静地听着她讲。

我其实想着要不要抱一下她，但我仅仅只是这样想了一下。

告别的时候我对蛋蛋说：“生活就是一条坑坑洼洼的路，只要想着一直向前，我们早晚能见到自己期待的风景。”

她的声音很轻：“谢谢你。”

三

蛋蛋邀请我去她的学校里玩，她就读的是一所师范学校，给我打电话的时候笑得贼兮兮：“我们学校里美女很多哦。”

蛋蛋的学校不大，我们走走停停转了两圈也没有到晚饭时间。她执意要请我去外面吃饭，我说我想吃你们学校的食堂，她说你别刻意给我省钱，我说我没有，我毕生梦想之一就是吃遍所有大学的食堂。她捂着嘴笑了，说你这人真好玩儿啊。

我已经强调过自己的饭量了，但蛋蛋还是点了五个菜，其中有三个是肉菜，她说：“第一次请你吃饭，得吃好才行。”

那好吧，我只能勉为其难地全吃下去了。

冬天的夜晚来得早，我们从食堂出来时天已经黑了，她送我去车站时，我对她说：“我想回北京了。”

“啊？”蛋蛋的反应非常意外，“为什么突然又想去北京了，我以为你回了重庆就不走了。”

我说：“我不知道啥时候走，但我想回去的意念特别强。”

把我送到公交车站，蛋蛋头也不回地往一个和她学校相反的方向走去，我在后面问她去哪里，她不回答，我又问了一次。

她转过头，声音很大：“我去买卫生巾，你别问了。”周围候车的人群不明就里地看着我们俩，我闭上了嘴巴。

到家后身体有些不舒服，我洗完澡便早早睡了。早上起来看到了蛋蛋的两条短信，一条是夜里十二点多发的：怎样才会让你留在重庆呢？另一条是凌晨两点多发的：算了，当我没说，每个人都有自己的路要走。

我很快定了去北京的时间，蛋蛋执意要来送我，但她超市里的兼职因为活动的关系加了一会儿班。我对她说不用来送我，以后还有机会能见到。她说必须要来，说好了要来就一定要来。

直到我要出发去车站了她才赶来，蛋蛋做完兼职后回到学校，放了书包就冲向了车站。从南岸区四公里到我这里车程至少得一个小时，她走到我面前时喘着粗气，想来是下车后跑过来的。

蛋蛋拿出一个水杯送给我，我很意外，我从未想过她会送我礼物，她说：“送你一个水杯，在车上可以接水喝。”

水杯拿起来沉甸甸的，我说：“谢谢你啊，我正好缺一个水杯。”

蛋蛋还在喘气，好像过来这一趟花光了很多力气，她盯着我说：“你难道没有什么话要和我说吗？”

这个问题让我心里一颤，我半天才说出一句话：“希望你能好好的，早日得到自己想要的一切。”

蛋蛋还在喘气，她伴着喘息声笑了一下，这声笑很轻，不仔细听根本听不出来。

我去旁边的小卖部买了一瓶水给她喝，她拧开咕噜咕噜灌了半瓶，才渐渐平复下来。她说：“好吧，那祝你一路顺风，在北京好好工作，你会得到自己想要的一切的。”

这最后一次见面只有简短的几分钟，我向地铁站走去时，蛋蛋一直在后面看着我，直到我消失在地铁进站口，她依旧是那个姿势。

上了地铁，我才反应过来，杯子作为礼物，有不一般的寓意。

可她也说过一句话：“每个人都有自己的路要走。”

四

因为朋友的帮助，我回北京没多久就找到了一份工作。在北京的生活就像一个新的世界，我在这里畅游，开辟自己的路。

半个月后，我正在收拾刚搬进来的房子，蛋蛋在微信上问我：“杯子好用吗？”

我想起来还没有用过她送的杯子，一时间也想不起来放在了哪里，又觉得说实话会显得太没智商，便说道：“还可以，保温效果很好。”

晚上的时候，蛋蛋才回复我：“我很失望，你走的那天什么都没有说，也都什么也没有做。我很喜欢你，虽然我知道你不喜欢我。我总觉得好不容易我们遇见，就这样匆匆而别显得非常草率。”

我不置可否，胡乱地“敲”了很多话，又立马删除，最后我选择保持沉默。

后来我和蛋蛋的联系变得越来越少，这个世界上没有永远的相聚，别离是人生常态。每个人都有自己的路要走，每个人也都有自己的世界要构建，找到一个人和自己一起上路，这概率比买彩票中五百万元还要低。

某个夜里十一点多，我接到了一个陌生的电话，是蛋蛋的室友打来的。她说蛋蛋今天出去面试，到现在还没回来，手机也打不通，室友从她的日记本里找到了我的电话，室友想，这一定是个男人的电话，只要能打通对方一定知道她去了哪里。

我们刚聊了没几分钟，电话那边就传来了宿舍门打开的声音，蛋蛋走进来，她的室友们呼喊 :“哎呀，你去哪里了？我们都急死了。”蛋蛋说 :“我去做兼职了，手机没电了啊。”

然后我的电话就被挂断了。那是我最后一次听到蛋蛋的声音。

过了一年多，有一个新的微信加我，她说自己是蛋蛋，我通过申请后，没有说一句话，她也没有说一句话。我去翻看她的朋友圈，发现她已经结婚了，男方是个厨师，两人好像计划要开一个火锅店。

又过了一段时间，蛋蛋在朋友圈晒了一组挺着大肚子的照片，她素面朝天，笑着捂住肚子里的孩子，背景是一畦畦菜地，我想，她应该是在老家。

去年，我收拾屋子倒腾出来一堆书，打算卖掉，便在朋友圈发了消息，一堆人找我买书，这其中就有蛋蛋。

蛋蛋说 :“一直忙着挣钱，好长时间都没有看过书了。”

她挑了几本，我说可以送给她，她说 :“不能白要，要给钱。”

我们便聊了起来，我问她现在在哪里，她说在广东和老公开了家小饭店，请了一个师傅，其他工作都是自己做，非常非常累。但附近有一个工地，来吃饭的人不少，因此生意还过得去。她有两个孩子，一儿一女，都留在老家让妈妈带着。她说 :“不管多累，晚上和孩子视频，想着所做的一切都是为了他们的成长和未来，心里就很甜。”

我突然想起了她当年送给我的那个水杯，我满屋子开始找，发现怎么也找不到。

我已经想不起来我到底用没用它喝过水，我甚至都不确定它大致在什么时候遗失的，我甚至还神经质地想，它可能就没有被我带着上过开往北京的列车。

做饭这件爱情小事

一

和梦姑娘在一起两个月后，我们就合住到了一起，这样做的目的非常单纯：省房租。对于两个刚毕业的年轻人来说，一个月能省下一千多块甚至接近两千块的房租是一笔不小的开销。

刚开始我们住在传媒大学旁边的一个老小区，小区共有六层，我们住在最顶层，因为比其他楼层便宜两百块。可惜搬家的时候就麻烦了，搬着东西上上下下来回六层，搬完后都差点要虚脱了。

不过，在北京能有一个可以安心居住的小窝，我还是打心底里开心的。

吃了几顿外卖后，梦姑娘开始有些不开心，我知道她是心疼钱，现在工资不多，每天花销还不断。我安慰她说，毕业生都会经历这些，吃饭是必要花销，不能省不该省的，我还说："如果你实在不愿意吃外卖，我给你做饭好了。"

她喜上眉头："你会做饭？可别骗我。"我举起手做发誓状："天地良心，绝不说谎，但是我非常不喜欢洗碗。"

梦姑娘笑了："我就很喜欢洗碗，小时候我经常帮妈妈洗碗，那些洗涤精泡泡摸起来特别舒服，我很喜欢玩。"于是，我们的组合就这么定了，我做饭她洗碗，一直很多年都没有变过。

周末，我们去菜市场买了锅碗瓢盆等一系列做饭的装备，当天晚上洗刷刷之后我就开始做饭了。上初中之后我就在学着做饭，有时候父母下班晚，我放学后会先做好饭再写作业，常年的试错和经验累积，虽然谈不上非常厉害，但做几个家常菜还是可以的。

因为第一顿饭，我觉得需要一些仪式感，就做了好几个拿手菜，回锅肉、木耳肉片、鸡翅根烧豆角、清炒上海青等。

这些菜在出锅前我都会让梦姑娘先尝一下，咸淡没问题后我才会出锅，我做饭是因为她，如果一个人住我是会选择凑合过的。梦姑娘不停地夸我做的菜好吃，一边大快朵颐一边不停地说好吃好吃超好吃，虽然言行略显夸张，但我知道她是真喜欢的。

晚上吃完之后，我们把剩饭剩菜装到饭盒里放进冰箱，第二天再提着饭盒去公司，中午用微波炉加热后再吃。此后，上班自己带饭的习惯就保持了下来，直到现在。

自己做饭带饭省钱是其次，吃得健康和让生活有仪式感才是最重要的。做饭是一件非常平凡的小事，但它蕴含着很强大的生活意义，这种感觉很难用语言表达出来，但做饭的人相比不做饭总是在外面吃和点外卖的人，幸福感还是会多那么一点点的。

我公司的男同事比较多，中午吃什么怎么吃没几个人会关注，但梦姑娘上班的公司女同事特别多，一个大部门60个人，有50个人是女生，而她是部门里为数不多自己中午带饭的人之一。

于是，梦姑娘经常会在晚上下班后向我兴奋地表示，今天又有几个同事夸我做的饭好吃了，她又觉得多么多么幸福了。我倒没什么感觉，做饭嘛，不难，不过看她这么开心，我也觉得非常幸福。

二

我所在的公司是一家创业公司，难免有加班的时候，但不管多晚，我回家后梦姑娘都已经洗好了菜，等着我切菜和做饭。她除了洗碗之外，洗菜、择菜、削皮这种做饭的前端工作她也会承包。

她不会用菜刀，刀被她拿着的时候我总感觉下一秒就会飞出来，为了不伤害到她，我一般不允许她用刀。

她也特别怕菜下锅的那一瞬间，当菜和热油接触的那一刻发出滋滋滋的声音的时候，她总错误地以为油会溅出来，跑到她脸上，继而脑补成自己会毁容，我在下锅的时候她总会跑得远远的。

六一儿童节那天，我加班到比较晚，到家的时候已经晚上8点多了，我知道梦姑娘依旧会准备好食材，但怕她动菜刀我就特意在微信上嘱咐她需要切的放在一边，等我回来再弄。

我回到家的时候，发现厨房动静非常大，抽油烟机在呼啦呼啦地响，还有锅铲相互碰撞的声音，我有些紧张，冲进厨房，梦姑娘正在非常认真但笨拙地翻着锅里的青菜，她满头大汗，额前的刘海粘成一团。

她冲我笑："回来了啊，再等一会儿就能吃饭了，今天是六一儿童节，我给你做饭。"

我看了下她做好的那份清炒西葫芦，画面我至今还记忆犹新，刀工非常好玩，厚的有小拇指那么厚，薄的有指甲盖那么薄，因此薄的都炒煳了厚的还是西葫芦原色，味道嘛，不必多说，可想而知。

梦姑娘还在菜上面用辣条摆了"六一"两个字，意思这是我们六一儿童节的晚餐。

我不知道是该生气还是该笑，但毕竟是她第一次做饭，我应该给些鼓励才对，但我怕说昧心话她又觉得像讽刺，就没有发表意见，她倒敏感起来了，有些不开心地说道：“啊，我知道没你做得好，但我想给你个惊喜啊，送你儿童节礼物，你不要生气好不好。”

我过去拿着她的手看，没有受伤我才放心：“没关系，我没有怪你，下次还是让我来做好了。”

她居然快哭出来了，我赶紧安慰她：“你别哭啊，这有什么，第一次做饭都这样，你没让厨房烧起来就已经非常棒了。”因为后半句话，她又笑了起来。虽然记不清那天晚上到底怎么吃的晚饭，但现在想起来还是非常开心的。

之后梦姑娘就没再做过饭，但我能感觉到，她努力想在做饭这件事情上获得一些主动权，虽然这方面的知识储备不够，但她很喜欢对我指手画脚，菜该怎么做，什么菜该和什么菜一起炒，啥时候出锅最合适。

有两次我实在不想和她再争辩，就让她按照自己的想法去做，面对结果她才会明白，做饭这件小事其实不简单。

有次熬银耳红枣汤，银耳因为泡发时间不足就被她催着下锅，我想那也行，泡发不足多熬一会儿也可以，但是熬了还不到半个小时她就嚷着说可以喝了。

我解释了好几次，说银耳这个东西先用水泡发一段时间再熬才好喝，根本没泡多久熬这么一会儿是无法入口的。

她突然声音大了起来：“我觉得可以喝了！”我也有点来气，把手一挥：“那你去吧！”她就颠颠地去厨房关了火，并盛出一碗来。

我看了看里面，红枣都没完全软化不说，银耳还泛着坚硬的惨白色呢，我叫她喝了一口尝下味道，她就不说话了，把碗推给我装作若无其事的样子去看美剧。

过年的时候外婆给我拿了一袋青杠木耳，带回北京后放了几个月都没有想起来要吃。有个周末梦姑娘收拾屋子翻了出来，就咋呼开了：“啊，这都几个月了，还能吃吗？”我说可以的，时不时放在太阳底下晒晒就可以了，没那么容易坏。

她说："那也得赶紧吃啊。"

我说："那你去泡一点吧，木耳一小把泡发之后就够吃一顿的了。"

她没有回应我的叮嘱，提着那一袋木耳就朝厨房走去。

过了一会儿，她再去厨房的时候哈哈大笑了起来，端着那碗"木耳花"让我看。

原来她没有听我的叮嘱，把木耳全部倒在了一个大碗里，经过热水的泡发，木耳渐渐膨胀了起来，到了碗盛不下的地步，全冒了出来，变成了一束花的形状，"花朵"并用肉眼可见的程度持续膨胀着。

梦姑娘笑得合不拢嘴，我也哈哈大笑，并用手机给这束奇怪的花拍照。

为了让泡发的木耳不至于溢出来掉在地上，我把它们全都换到了一个盆里。我问梦姑娘为什么不听我说的，泡一小把就够吃一顿了，多余的不赶紧吃掉会坏的。

她说倒在碗里的时候看起来就那么点，哪知道泡发之后会这么多。我告诉她说，木耳摘下来的时候都很饱满，水分很足，但为了能保存长久，就晒得特别干，体积就变小了，等需要吃的时候，就抓一把出来，用水泡一泡，它们就会恢复到原来的大小。

因为全部泡发了，我一时想不到保存的方法，就全部给做成了菜，什么木耳肉片、清炒木耳、凉拌木耳之类的做了好几份，吃不完的就用保鲜膜包起来放在冰箱冷藏。

之后接近一周的时间，我们顿顿都是木耳，吃完后我一年都没有再碰过木耳，即使现在看到木耳也没有啥食欲。

过了几个月聊起这个事情，梦姑娘有些难过，她表情略显哀伤地问我："我连做饭这种小事都不会，你以后还会爱我吗？"

我赶紧抱住她："这有什么啊，你不会做饭没什么，会吃饭就行。"

三

梦姑娘是北方人，几乎很少吃辣，自从跟我在一起之后，吃惯了我做的川菜，就爱上了吃辣，她经常说要感谢我给她开启了一个全新的饮食大门。除了日常的做饭之外，有时候我们还会自己煮火锅烤肉吃，小日子过得蛮滋润。但这种滋润并没有一直长久下去。

梦姑娘在公司的领导拿到了一笔投资，打算出去创业，并叫上了梦姑娘，这是一个很好的机会，除了丰厚的薪资待遇之外，还能学到不少东西。

但投资人想把公司安排在天津，这就意味着梦姑娘如果要去的话我们就得异地恋。我倒觉得没什么，天津和北京离得很近，高铁半小时就能到达，梦姑娘却陷入了两难，她不想放弃这么好的机会，但也不想离我太远把我们的感情变成异地恋。但经过最终抉择，她还是选择了去天津，周末的时候再回北京和我一起度过。

后面的日子，每周五下班后梦姑娘就坐半个小时高铁回北京，周末过完以后周一再早起赶早班高铁回天津上班。

虽然北京和天津是两座不同的城市，但便捷的城际交通拉近了距离，甚至有时候梦姑娘都到天津的公司了我还堵在北京地铁的人群里，但她这样跑来跑去还是让人非常心疼。

为了犒劳她，周末的时候我会做好吃的给她吃，虽然都是一些家常菜，也没有多大的技术含量，梦姑娘却很喜欢。她不止一次表示过，我做的饭比外面很多饭店的都要好吃。可能有夸张的成分，但她脸上流露出的幸福感却是真真切切的。

可惜平时工作日我不在她身边，我叫她可以点外卖吃，方便也简单，她吃了几次之后觉得不好吃，就想着要自己做饭，可惜又不会用菜刀，还惧怕油锅。

她的解决办法是买了一个比较安静的电炒锅，油烧烫之后把菜倒进去发出的声音不会那么响。至于切菜的问题，她专挑那种用手就能解决的蔬菜和豆角之类的不需要涉及用刀的菜，如果买肉会直接让摊贩切好，拿回来处理一下就能下锅。

一个人住的梦姑娘在做饭这件事情上突然成长了不少，她和我视频的时候表示，现在觉得做饭越来越有意思了，各种菜做之前会想一下我之前怎么做的，毕竟看着我做饭了那么几年，如果还是不确定就会查一下教程。

我吃了梦姑娘做的菜，虽然不是特别好，但还是能吃得下去，没有半生不熟和缺油少盐这种情况出现。而且她还在慢慢地学着用刀，切出来的东西厚薄也比较均匀了。

我相信，慢慢地她对做饭这件事将会驾轻就熟。

四

后来梦姑娘回到了北京，经历短暂的异地恋之后，我们又能时时都相聚在一起了。这个时候，我和朋友也开启了创业计划，打算在而立之前好好拼一把。

不像上班，创业是非常忙碌的，没有周末，没有假期，我经常早上7点多就起床工作，忙到晚上9点才有点私人时间。这个时候，我几乎就没有做饭的时间，而梦姑娘正好填补上了我们两人之间的这个空缺。

说来也奇怪，自从我开始创业之后，在做饭这件事情上，梦姑娘就完全变了样，不再对油锅恐惧，当菜和热油碰到一起发出滋滋滋的声音的时候她不再躲闪，而是面不改色地用铲子在锅里翻炒。

刀工也变得非常娴熟，不管是切丝切片切块还是砍骨头，都不在话下。当梦姑娘在厨房里忙碌的时候，样子特别亲切，有点像我童年时期见母亲做饭一样。

细细想来，梦姑娘的变化过程非常简单，也没有什么奇迹可言，说得通俗点，就是待在我身边的潜移默化，她终于学会了。而这个过程背后是她对我的爱的体现方式，所有的轰轰烈烈到最后都会归于平凡和琐碎，融入一件又一件日常“小事”当中，也正是这些小事，串联起了生活本身的样子。

现在，梦姑娘每天下班之后的第一件事情就是准备食材，我在公司加完班回到家之前和她说一声，她就开火做菜，等她把所有的菜都做好之后，我也就差不多到家了。

我们一边吃一边聊天，她总是问我：“是不是有你做的那种味道？”我总是一边吃一边告诉她：“嗯，不过比我做的好吃许多。”

尾行高手

一

大学毕业后，我在北京打拼，但没什么能拿得出手的成绩，这让我很慌，便跑回重庆打算安静地待一段时间再说。

有一天，和高中同学苏宏一起喝酒，两人边喝边吹，话题一下子就跑偏了。

我说："我们要不要做点大事什么的？感觉日子好无聊啊。"

苏宏红着脸一本正经地看着我："好啊，我也有此打算。"

我说："那我们做什么呢？"

苏宏想了想，一拍桌子道："不如我们开个饭店吧？"

我兴奋不已："好！我也曾经这么想过！"

然后我们哈哈大笑，又叫了一箱啤酒。

我是被耳光拍醒的。

我睁开惺忪的睡眼，看到一个光着膀子的男人一边拍我的脸一边叫我："快醒醒，快醒醒，吃了饭还没给钱呢！"

我头重脚轻，肚子里翻江倒海，甩开他的手："你再打我试试？"

光膀男一脸挑衅："吃霸王餐还想打人？"

我没有理他，站起来，苏宏趴在桌子上一动不动，睡死过去了一般。我去冰箱里拿了一瓶冰矿泉水从头顶上淋了下来，很快人就清醒了不少。

我抹了抹头发，问光膀男：“多少钱？”

光膀男说：“305块，就收你300吧。”

我摸了摸口袋，只掏出来245块。我又去摸苏宏的口袋，空空如也。

光膀男叉着手站在我面前。我正在想怎么才能付清剩下的饭钱，这时候身后响起了一个女人的声音：“程沙柳！”

我转身，看到一个有些面熟的女人。她走近了，我想了想，是顾红玮。

顾红玮付了饭钱后，二话不说，扶起苏宏就往家走。我跟在后面，对她说：“我来吧，他那么重。”

顾红玮说：“没关系，我总算能为他做点什么了。”

我看着顾红玮扶着苏宏步履蹒跚的背影，心里好难过，或许是酒精的作用，我有种想哭的冲动。

这么多年了，她还是没有放弃他，她依旧爱得那么小心翼翼，如履薄冰。

二

顾红玮第一次当众向苏宏表白，是在大一结束的那个夏天。

我的高中同学从全国各地回到重庆，吃着熟悉的红汤火锅，大口喝酒，大声疯笑，狂放不羁。没有了高中学业的紧张，刚步入大学的那股新鲜劲儿还在，每个人脸都涨得通红，高谈阔论在大学这个小社会中的所见所闻。

我听到有人在喊什么，但周围太吵，没有听清。我顿了顿神，眼睛到处瞄，看到了站在凳子上的顾红玮。她面对着苏宏，刚才的话好像就是她喊的。

说闹声停止了，顾红玮吸引了所有人的目光，大家都看着她。

顾红玮大声喊："苏宏，我喜欢你！我喜欢你！我喜欢你好久了！"

人群安静了几秒钟，刷地一下又变得喧闹起来，大家起哄地看着苏宏，等着他的答复。

然而，我们听到了意想不到的答案，苏宏说："滚！都说了不喜欢你！以后别再烦我了！"

人群又安静了下来。顾红玮一脸难以置信地看着苏宏，眼泪在3秒钟之后流了出来。

她跳下凳子，跑了出去。另外两个女生叫着她的名字也跟了出去。

有人开始责怪苏宏，苏宏说："别说了，喝酒！今夜不醉不归！"

人群又重新变得喧嚣起来。

三

顾红玮招了一辆出租车，她扶着苏宏进了后座，并叫我坐进副驾驶。

我头有些晕，但脑子还算清醒。我问顾红玮："去哪儿？"

顾红玮说："去你家吧，就不去我那里了。"

我对司机说："停在小龙坎立交桥就行。"

橙黄色出租车在无人的街头飞驰着，车内有一些忽明忽暗的光，我看不清后面顾红玮和苏宏的样子，也不知道该说什么话题。

倒是顾红玮先开口了："什么时候回来的？"

我说："前不久，回来待一段时间。"

苏宏嗫嚅了一声，动了动身子，我能感觉到，顾红玮在那一刻很紧张。

很快就到了目的地，我去后座把苏宏扶了出来："我住六楼，太高了，我背他上去吧。"

我把苏宏放到沙发上，顾红玮去卫生间拿了毛巾给他擦脸。

我在阳台站着吹风醒酒。过了一会儿，顾红玮也走了出来，和我一并站在阳台上。她说："别和他说今晚我出现了的事儿，不然他又会不开心。"

我点点头，问她："大学四年，毕业也快四年了，总共加起来接近八年，你还爱着他呢？"

"是深爱。"顾红玮纠正道。

四

顾红玮是在什么时候喜欢上苏宏的，她可能自己也搞不清。高中的时候，他们俩是同桌，苏宏家里很有钱，上下学都是车接车送，而顾红玮家只是普通的工薪阶层，父母忙着上班，每天都自己骑自行车上学。她有很多次看着苏宏家的车绝尘而去，都有一种海鱼望着飞鸟的遥远距离感。

顾红玮学习很好，考试常常是前三名，而苏宏却总是一副玩世不恭的样子，试卷上红叉叉特别多。顾红玮知道苏宏其实很聪明，不同于她的笨鸟先飞，苏宏只要稍微努努力，名次很快就能升上来。她下定决心帮助他，起初也是出于一种不希望他自甘堕落的好意。

苏宏开始对她的主动帮助极为排斥，她给他讲解错题，他就戴上 MP3的耳机听歌不理她。直到后来发生了那件事情，苏宏开始对顾红玮没有那么反感了。

那是一次期末考试后，下了晚自习，教室里人陆陆续续走光了，顾红玮正准备离开，无意中看到苏宏的桌斗里有一张揉烂的卷子，她犹豫了一下，还是掏出来展开了——那是一张被涂改得面目全非的数学卷子。

只要认真看过那上面的每一笔修正，就知道苏宏并不是脑袋笨，他只是在用自己独有的方法解题，但是这种方法过于偏执和钻牛角尖，最后几步往往不得要领。但他的自尊心很强，不愿意低下头去和老师请教，就自己改来改去，卷子上很多涂改字迹明显能看出焦虑与急躁，最终苏宏也是在极度抓狂的情况下，把整张卷子揉成一团的吧。

顾红玮轻轻地叹了一口气，将卷子铺平，拿出红笔，认认真真地将他每一步错误的方向都改了过来。她相信他看过后，一定能够看懂，他半开窍的脑袋就差用一点就通的小棒槌敲一敲，而顾红玮担任了敲棒槌的角色。

次日，顾红玮早早就来到了教室，她看到苏宏从桌斗里拿出卷子时，眼睛里闪出的亮光。那亮光多像昨晚她熬夜骑车回家的路上，漆黑的天空中闪烁的星光。

五

苏宏考上了西南大学，当他在校园的林荫道上遇到再次对他表白的顾红玮的时候，本来和同学笑嘻嘻的他瞬间就变得暴跳如雷，像一只发怒的野兽。他冲顾红玮吼道："神经病啊！我说了不喜欢你，你听不懂吗？你走啊，走啊！"

顾红玮站在那里，埋着头，她没有走，她愿意为了这份爱情付出所有，即使是自尊也没有关系。苏宏甩了一下手，自己走了。

大学里，苏宏每天和不同的女生去不同的地方约会，他没有固定的女朋友。我们差不多一周联系一次，他每次都会和我说他新认识的女朋友怎么怎么样。他玩乐，肆无忌惮地挥霍青春。他知道很多上层世界的下流生活方式，他知道这个社会运转的规则，却唯独不知道一个喜欢他的人究竟为了他都做了一些什么。

顾红玮跟着苏宏跑到了西南大学，尽管是在不同的院系。她本想和他一起经历人生最美好的一段时光，却只能悄悄地站在一旁，以他看不见的方式关注他的一举一动。

大学四年，顾红玮成了一个尾行高手，苏宏不管走到哪里，她就会跟到哪里，并让苏宏无法发现自己。她只能这样做，不然自己喜欢的人就会因为自己而动怒。

顾红玮说："我尝试过，想好好和他相处，以普通校友的身份也可以，但一直不成功。他一看到我就会特别生气，有一次还把咖啡砸到了我脚边。我已经很努力地在做自己了，我学会了化妆和打扮，也看了很多书，各科成绩名列前茅，我用尽全力想为了他而变好，只愿得到一个和他好好说话的机会。可我却什么都没有得到。我一直不知道他为什么那么讨厌我，我真的很差劲吗？可是我已经很用心地在让自己变好了啊，为什么都不给我一个机会呢？"

我的眼泪没有忍住，从眼眶里滚了出来，暗夜中她看不到。

我遇到过很多在爱情里伟大的人，他们姿态各异地诠释着爱情，有些人作茧自缚，有些人独善其身，有些人善始善终，却唯独没有顾红玮这种姿态卑微之人。她为了他，连自己都不要了，她舍弃的不仅仅是生活，还有人生的意义。

我也曾问过苏宏为什么会对顾红玮态度那么差，他总是摆摆手："不喜欢她。"然后就开始沉默，任我再怎么问都不开口，对于感情，他是一个绝对的封闭者，即使像我这么关系好的人都不会轻易提起，当然他那些玩乐除外。

六

大学毕业以后，我们都像小鲜肉被丢进现实的油锅中，反复煎熬。工作的忙碌，赚钱的焦虑，对未来的迷茫，几乎占据了我全部的生活。

除了苏宏这种关系好的，我和高中同学的联系渐渐少了。至于顾红玮，偶尔和她在微信上聊几句，知道她一直单身，心心念念的是苏宏，却没想到她还困在自己画的爱情圈圈里出不来。

我问顾红玮："你每天都跟着他？不管他做什么你都会跟着？即使毕业以后也这样？"

顾红玮说："大学时候是那样，但基本的生活还是要过的。我现在照常上班，只是住的地方离他特别近。他家里破产后，每天都喝得醉醺醺的，我很怕他出事。每天直到他回屋躺下了我才会睡觉。他以前不会喝这么多，或许是你回来的缘故吧。破产后，他基本上就没什么朋友了，之前那些喜欢围在他身边的人都不知道去了哪里。"

我明知故问："你做的这些，他都不知道？"

顾红玮说："是的。"

我一猜就是，四年的尾行经验，顾红玮已经堪比侦探。可她这么用力，依旧抵达不了自己想去的地方。

我继续问："你们上一次见面是什么时候？我指的是，你们两人面对面，而不是你单独站在一边看着他。"

顾红玮说："毕业典礼的时候。当时我想送他一张贺卡，可是他一发现是我就急匆匆地走了。那是他唯一一次没有吼我，可能是因为当时人太多的关系吧。”

大学毕业后的某一天，苏宏在街上偶然遇到顾红玮，他以为她还在跟着她，就警告说：“麻烦你不要再跟着我了！你也不看看自己，我怎么可能会喜欢上你？以后不要让我看到你！”

其实那天顾红玮刚和朋友从商场里逛街出来，手上还提着新衣服——那是她准备送给他的生日礼物，那一套成熟的职业西装，花了她一个月的工资。

苏宏不知道，他那无情的冷漠的话，是在践踏一颗多么纯粹美丽的心。

顾红玮的脸隐在黑暗里，我不知道她是否在流泪。或许已经习惯了强忍。

我点燃一支烟，不知道能说什么。东方渐渐明朗了起来，我掏出手机看了下时间，已经过了早上6点。

顾红玮说：“我要回去了，收拾一下去上班。有时间一起吃饭啊。”

我站在阳台上看着顾红玮离去的背影，漂亮，洒脱，却又是那么让人心疼。

她努力装出自己是一个幸福的人，仿佛内心强大到什么都不缺。实则，她除了一厢情愿什么都没有。

七

苏宏直到下午5点才起来，他去冲了个澡，喝了一口我给他煮的青菜粥，吧唧了一下嘴巴：“还是你好，之前那些狐朋狗友见我没钱后全都跑了。昨晚的饭钱我以后肯定会给你，说好了请你吃饭的。”

我在厨房摆弄着碗筷，没有作声。

苏宏吃完饭后对我说："沙柳，我们昨晚说的话你还记得不？"

我没想起来是什么："什么话？"

苏宏说："开饭店的事儿啊！"

我笑了出来："那不是喝多了后说的胡话吗？你还当真呢？"

苏宏一拍大腿："我说真的！"

我也一下子来了兴致："你家破产了，你爸妈躲债去了，你就剩下一套三居室的房子了，连饭都吃不起，我也穷得叮当响，哪有钱开饭店啊？"

苏宏两眼放光："卖房子啊！卖了就有钱了！"

我说："别啊，那是你爸妈给你留的唯一值钱的东西，你好好留着吧，饭店等以后有钱了再开也行。"

苏宏站了起来，表情有些激动："我不想再这样碌碌无为混吃等死下去了，我想好好做一件事情！"

我有些诧异："玩真的呢？如果失败了怎么办？"

苏宏说："我本一无所有，何惧回到从前。"

八

开饭店那件事，我没想到苏宏认真了。

过了一段时间，苏宏把一张银行卡扔到我面前："里面的钱足够我们大干一场了。"

听到"大干一场"这四个字的时候，我特别兴奋，既然苏宏都不在意，豁得出去，我还在意啥呢？就大刀阔斧地干一场吧！

我们拿着钱，财大气粗地找门面，找装修工人，招聘店长和服务员。苏宏担当大堂经理的角色，我负责采购、管理后厨等杂事，当然，我不做饭，有专门的厨师，我只负责管理。那段时间，我每晚激动得睡不着觉，蓄势待发准备做一番事业，升华一下人生。

顾红玮又找到我：“你们钱够吗？如果不够，我这儿还有三万多块钱，你们可以先拿去用。”

我告诉她，苏宏为了这个饭店，把房子卖了，钱够花。

顾红玮摇了摇头，有些无奈地说道：“好吧，希望他的选择没有错，如果失败了，他就真的什么都没有了。”

她明白和他这一辈子再不会有交集，更不可能有羁绊，但还是担心他的生活，怕他过得不好。

无论经历了什么，过了多久，她依旧是最初的模样。

九

一个月后，我们的饭店正式开业，主要做川菜和湘菜。

但是生意并不怎么好，竞争实在太激烈了，其他有口碑的饭店门庭若市，我们的生意却很惨淡，有时候一天进来的食客不超过五个。我们想了很多办法，又打折又送券，酒水全免，但生意仍旧不见起色。

我和苏宏这才明白，在这个繁杂的社会里，我们还是太嫩，除了一腔热血，我们再无他物。

苏宏最近几天总是愁眉苦脸，我知道他在担心什么。我安慰他：“这才多长时间，我听其他开饭店的人说，至少先赔两年才有可能赚钱，我们这才哪到哪啊。”

苏宏抽了根烟：“但这生意也实在太差了吧。”

有一天，一个右臂上文着一把匕首的满身横肉的胖子带着一个苗条的女人来吃饭，胖子一边吃一边跟女的乱侃，说当年自己多么多么厉害，从哪条街打到哪条街。本来店里就没多少人，加之生意不好导致心情也不好，他的那些话就更加刺耳和聒噪，我们心里直想他吃完快点走。

终于吃完了，这家伙却没钱付账。他走到柜台，满嘴酒气地对苏宏说："哥们，今天忘记带钱了，先欠着，回头一并给你。以后咱们就是朋友了，你有个什么事儿，打个招呼就行。"

苏宏早就被他搞得不爽，就没好气地说："我不想和你打招呼，也不是你哥们，你把饭钱给我就行。"

胖子感觉被驳了面子，冷笑了一下："不识抬举是吧？"

苏宏满脸怒气："赶紧给钱，然后滚蛋！"

胖子被激怒了，他拿起柜台上的笔盒朝苏宏的面门砸去。苏宏也不示弱，操起背后架子上的一瓶白酒就朝胖子的头挥去。酒瓶"啪"的一下就碎了，胖子"嗷嗷嗷"地叫了起来，捂着脑袋蹲在地上，血从指缝中流了出来。

旁边的苗条女人尖叫着掏出手机打算报警，我一把按住她的手："先打给医院，其他的我们回头再说，拜托你了。"

在医院的病床上，胖子睁开眼的第一句话就是："那砍脑壳的去哪里了？我要告得他，让他把牢底坐穿！"

我点头哈腰地道着歉，陪着不是，好不容易安抚好了他的情绪。我走出病房，掏出手机，看到了苏宏发来的微信："怎么样了？"

我回复："他说，十万私了。"

苏宏回复："这不是狮子大开口嘛！"

十

我不知道顾红玮是怎么知道这个事情的，当她走进饭店把银行卡放在苏宏面前的时候，我们惊呆了。

顾红玮说："我自己存的，再找朋友借了一点，总共五万，你拿去用吧。"

苏宏难以置信地看着顾红玮，他皱着眉头，一语不发。我一直在等着他的反应，不出所料，他没有接顾红玮的卡，他把卡推还到她面前："我不要你的钱。"然后看向大门的方向。

顾红玮勉强微笑了一下，转身走了出去。她低沉着脑袋，估计是不想让人看到她的眼泪。

"他让我走，那我就走，只要他喜欢就好，我无所谓，大不了继续在一旁看着他，继续当一个尾行者。我已经习惯了，没关系的。"当天晚上顾红玮在微信上和我这样说道。她是那么的善解人意，知道苏宏最近遇上事儿了，不开心。

顾红玮是一个坚强独立的人，她能爱一个不值得的人近八年之久，她的内心一定是丰富且滋润的。只是她的感情无法找到依附，也找不到归属，不管她怎么寻找她都是一个孤立的人。

顾红玮的身影消失之后，我问苏宏："你知道她是谁吗？"

苏宏岔开我的话题："你和那人沟通得怎么样了？还能少吗？"

我说："他说至少八万，不然就打官司。"

苏宏用力地拍了一下桌子："打官司就打，谁怕谁？"

我劝他："你冷静点，是你伤了人，都打进医院了……"

我们好不容易凑够了八万块，把钱给那个胖子打过去以后，账上能活动的钱就只剩下不到两万了，这个月厨师和服务员的工资都发不起。只能宣布破产，遣散所有的员工，并将饭店转出去。

我们贴了张"旺铺转让"的广告在关闭着的大门上。偶尔有人打电话来询问价钱，但都是没说几句对方就匆匆挂了。因此，直到租期结束，饭店也没有转让出去。

那段时间，消极的我和苏宏天天窝在家里混吃等死，什么都不干，只是睡觉和打游戏。我还好，除了浪费时间空欢喜了一场什么也没有失去，苏宏却失去了唯一的房子。我总是会为他感到可惜，他却没什么感觉，自嘲地说："什么都没有了，一身轻，这样多好。"

十一

三个月后，我开始醒悟，并有了好好生活的想法。我决定再回到北京折腾一番。走之前，我去见了顾红玮一次。在餐桌上，除了朋友之间的期许和祝福之外，聊得最多的还是苏宏。

顾红玮问我："上个礼拜四你知道是什么日子吗？"

我说："不知道，那天我看了一天电影，不是个很平常的日子吗？"

顾红玮说："对我来说不一样，那天是我喜欢上苏宏整整八年的日子。"

我微笑，无言以对。

顾红玮说："我家境一般，长得也不怎么好看，但我一直在努力，努力做一个体面好看优秀的人，只为了有一天够资格站在他的身旁，我不期望太久，10分钟就好。你知道吗？在之前的那八年中，我待在他身边最长的时间不超过3分钟，几乎我一走近，他就开始咆哮，我很害怕他会越来越讨厌我，便顺他的意赶紧跑开。我于他，是个永远也见不得光的人。我只能远远地看着他，看着他经历各种各样的变故，他伤心我会跟着伤心，他开心我会比他还开心，并在心里祝福他，希望他能变得越来越好，越来越幸福。我曾经想过，我可以野蛮一点，像韩剧里的野蛮女友一样，死皮赖脸地缠着他，直到他喜欢上我为止，可我没有勇气。在这场恋爱里，我是那么胆小，胆小得让人鄙视，我有时候都恨这样的自己，如果胆子大一些，如今或许就会是另一番模样。可是，时间已经再也回不去了。八年了，我依旧没有放下他，他也依旧没有把我放在眼里。”

在这场爱情里，她既伟大得让人心生敬意，又渺小得让人无比怜爱。她被爱情左右着人生，却永远也得不到爱情本该有的美好。但她内心是幸福的，这种幸福只属于她，也只有她愿意接受这种幸福。

我心如针扎：“红玮，以后的人生还很漫长，你不要太过用力，你要给自己留一些余地，生活还是要往前走的。你这么好，以后一定会找到对的人。”

顾红玮递给我一张银行卡：“里面还是之前那五万块，怕他认出来，我特意换了另一个银行的卡。你帮我以你的名义给他，你怎么说都行，就是别说是我给的。他过惯了优越的生活，没钱没房子的落魄日子我怕他不习惯。这是我能为他做的最后一件事情，希望他未来一切都好。就像你说的，人生还长，我要继续往前走。除了回忆，我什么都不想带走。虽然我一直在唱独角戏，但我还是很感谢在我的生命中他曾经来过，因为他的出现，我的人生有了不一样的体验。以后回忆起这段日子，我都会感到特别幸福，能这么炽热用力地爱过一个人，我此生也就够了。”

我噙住眼泪，咬着嘴唇，用力地点点头：“嗯，放心吧。”

顾红玮长吁了一口气，她无比轻松地说道：“我已经很久没有这么开心过了。”

我微笑，顾红玮也笑了起来，她的笑容特别美丽，我以前从未见到过。

十二

我信守诺言，将顾红玮的银行卡递给苏宏，没想到这个大男人竟然哇地一声哭了出来。他过滤了我所有的掩饰，一眼就看出来了银行卡的来历。

太突然了，我没想到他会崩溃得像个孩子。

“我配不上她，真的，配不上她……”苏宏抓起面前的啤酒瓶，又咕嘟咕嘟喝了很多，“我宁愿从一开始就一无所有，而不是从云端跌入谷底，人只有在失去一切的时候才明白谁最爱你……”

原来，隐藏真实情感这么久的苏宏，都是男人的自尊心在作祟。

高中的时候，因为自尊心强，甚至有些自负，宁可用不努力所以成绩不好来掩盖，没想到因为顾红玮的细心，他像是被戳破了真相一样难堪。他非常矛盾，一方面不愿意承认自己不如她，另一方面又感谢她为他付出的一切。于是叛逆的少年选择了逃避，只要看见她，就心生怨意，大学四年，他对她执意报考西南大学一事耿耿于怀，更是在她尾行他一段时间后，恨不得马上甩掉这个包袱。

他频繁地换女友，出入各种交际场所，都是想让她知难而退。

却没想到她坚持了整整八年。

直到他家道中落，身边所有的好友都离他远去，她依然站在原地。

“为什么不早点说出来……”我不理解，一个男人竟然能固执到这个地步。

“我没法给她幸福！之前也许还可以，但是我错过了，现在对她只是一种伤害！”苏宏将啤酒大口大口往喉咙里灌，“太晚了，太晚了，一切都来不及了……”

“如果你真的懂顾红玮，就不会觉得来不及，一切都不晚。”

是的，顾红玮什么也不求，纯粹到让人心疼，只要一个拥抱，就能拥有全世界。

“我把她弄丢了，再也找不回来了。”

我没有说话，在心里默念 :“不是你把她弄丢了，是她自己走了。”

人生很长，不能一直在冬天里待着，春天那么美，还是要去看看的。

你好，肖小姐

一

我的初恋发生在20岁那一年，对方比我大两岁，姓肖，我就叫她肖小姐好了。

刚步入大学时，我很羡慕室友们都有新款的触屏手机，而那时候我还在用老式的按键手机，穿得也土里土气，和周围人显得格格不入。所以当他们在宿舍里打游戏，出去与女生约会的时候，我在校外找了各种各样的兼职，努力赚取生活费，让自己的生活过得忙碌且充实。

大一结束那年的暑假，我从北京去了重庆姑姑家，想利用闲暇时间做个短期工。在姑姑的介绍下，我去了大渡口区的一家衣柜滑门厂当暑假小工，工资不高，但好在提供餐补，一起工作的同事也就比我大两三岁，能聊到一起，不至于感到无聊和乏味。

那时候我刚好用攒下的钱买了一款触屏手机，手指在屏幕上划来划去，我努力掌握触摸的力度，有时候划得使劲了，页面嗖的一下就到底了，比按键手机灵敏太多，感觉特别新鲜。

我工作的时候一边听音乐一边干活儿，上厕所蹲坑的时候也拿着手机玩，晚上睡觉都舍不得放下，关灯以后还捂在被子里玩好半天，和各种认识不认识的好友聊各种无关痛痒的话题。在那个不安分的年纪，只有通过这种方式才能释放内心的压抑和迷茫。

我就是在网上认识的肖小姐，她是我添加的陌生好友里面唯一和我说了半小时话而没有把我拉黑的女生。我心智成熟得比较晚，一向不懂得怎么和异性聊天，总爱问一些莫名其妙的傻问题，触碰到了别人隐私也浑然不觉。

肖小姐似乎对此并不在意，也没有表现出那么反感我的样子。于是在和她聊了一段时间后，我冒失地问她："你觉得我怎么样？"刚发完我就后悔了，心怦怦乱跳，但那时候还没有消息撤回功能，我只好硬着头皮等她的回答。

我以为肖小姐会骂完再礼貌地把我拉黑，没想到她竟说："我觉得你人很踏实，从你的话里能看出来，是个没有什么坏心眼的稳重的人。"

肖小姐这么高的评价顿时让我受宠若惊，那天晚上我兴奋到半夜也没有睡着，我第一次和一个女生走得这么近，也第一次拥有了一个女生的电话号码。我就是一个揣着秘密在夜晚不忍睡去的少年，我得到了一份美好，害怕一睡去隔日醒来这份美好就会消失。

二

我们很快就见面了。肖小姐离我不算远，她在石桥铺一家模具厂上班，那天我早早就到她公司门口等着她下班。

来之前，我特意脱下了灰色的工作服，换上了刚洗完的白 T 恤和牛仔裤，还把穿得发黄的帆布鞋擦得干干净净，更把发型好好捯饬了一番。印象中，我已经很久没有费心思打扮自己了，在去找肖小姐的公交车上，我心想，或许这才是生活应该有的样子。

未见其人先闻其声，我正在肖小姐公司楼下那棵大树旁四处环顾时，背后突然传来一声“嗨”，声音如我想象中一样温柔。

我转头，看到了肖小姐。她真是一个清秀的女孩，穿着一身浅蓝色的连衣裙，笑起来脸颊挂着两个小酒窝，额前的刘海儿整整齐齐，脑后梳着高高的马尾辫。

我有些不知所措，紧张地回复了一个“嗨”，就把头低下去，手不自觉地挠着头。

“咱们去哪儿啊？”肖小姐打破了沉默，笑着问我。

我一下子愣住了，我竟然没有想过这个问题！我强装镇定地说：“咱们去三峡广场逛逛怎么样？”

肖小姐撇撇嘴：“那里有啥好玩的，不如去磁器口吧，旁边正好有直达的公交车。”

我连忙点头，脸涨得通红。

等车的间隙，我一直保持沉默，虽然已经很努力地在想应该和肖小姐聊什么话题，但不知怎么的，就是开不了口。

肖小姐突然把脸凑到了我的面前，问我：“你怎么不说话？”

我红着脸说：“我不知道和你说什么。”

肖小姐扑哧一笑：“你好像第一次和女孩子接触一样。”

我不好意思地说：“是啊，的确是第一次呢。”

肖小姐笑得更欢腾了：“没想到你原来这么可爱。”

在磁器口游玩的人特别多，一条街堵得水泄不通，人山人海，摩肩接踵。我和肖小姐走在人群里，好几次差点被挤散。好不容易又走到了一起，肖小姐在我耳边小声地问我：“你想拉着我的手吗？”

我吓了一跳，以为自己幻听了，问了一句：“你说什么？”

“你想拉着我的手吗？”肖小姐又说了一次，马上解释道，“这里人实在太多了，我怕咱们会走散。”

我小心翼翼地问：“可以吗？”

肖小姐笑着说："你要是不想就算了。"

我一下子抓住肖小姐的手，她的手软绵绵的，摸起来特别舒服，有点像猫爪。我一直拉着她的手，不敢用力，也不敢松开，就保持一种僵硬怪异的姿势，走过了大半条街。

肖小姐问我："这么喜欢我的手啊？还抓着，都出汗了。"

我赶忙松开："不好意思，第一次抓女生的手。"

肖小姐一边用纸巾擦手心的汗，一边不相信地看着我："真的假的？"

我说："当然是真的。"

我和肖小姐愉快地逛着街，吃了冰激凌、烤羊肉、鱿鱼和鸡杂面，尽管比我平时的开销大，但我却没有感到心疼，反而觉得非常开心。

晚上我们坐车往回走，肖小姐显得很是疲惫，没一会儿就睡着了。看着她歪着的脑袋晃晃悠悠，我心想这时候是不是应该把肩膀靠过去，这样她能睡得舒服一些。

我在心里纠结了好半天，这时一个急刹车，肖小姐被惊醒，她睡眼惺忪地看着我问："我实在太困了，可以靠在你的肩膀上睡会儿吗？"我连忙点头如捣蒜。

到站后我把她叫醒，她就住在公司提供的宿舍里，我和她挥手告别，目送她安全进楼后我才离开。回去的路上，我一直在回想今天发生的一幕幕，不自觉地笑了起来。

到家后，我看到肖小姐发来的消息："到家没有？我的小傻瓜。"

"刚下车，"我回复她，继而又问道，"为什么叫我小傻瓜？"

她说："你觉得呢？不解风情的人。"

我笑了笑，我知道，生命中有些美好的故事要发生了。

三

我们几乎每天都见面，两人仿佛有说不完的话题。熟悉了以后，肖小姐主动向我提起了她的前任。

那天我们刚看完一场爱情电影，找了一家小饭店吃饭，在等菜的间隙，肖小姐突然皱起了眉，我忙问她怎么了。

“我之前谈过一场恋爱，你不会介意吧？”她开门见山。

说实话，不心存芥蒂肯定是假的，但能怪谁呢？命运没有安排我们早一点遇到。

我笑了笑：“这有啥，重要的是，现在我们在一起。”

“如果你愿意听，我想和你讲讲我和他的故事。”

肖小姐高中毕业后就听从父母的安排，直接上了老家的一所卫校，想着毕业后再找个离家近的医院工作，然后结婚生子，当时肖小姐对自己的未来并没有太多想法和规划。然而刚进学校安静地待了三个月后，肖小姐的内心就开始了波动，因为她恋爱了。

但是她的这段爱情并不被看好，周围的朋友们都反对，因为她爱上的是一个社会小青年，没有正经工作，整日在街头游手好闲。

一直扮演乖乖女的肖小姐变得固执起来，她想掌握自己的命运，跟随内心的方向走。她爱上了这个小青年，爱得无法自拔，愿意为了他做任何事。

有一次，小青年在当地惹了事儿，闹得很大，没法继续混下去了，就只好跑到了重庆。身无长技的小青年在重庆晃荡了几天，花光了所有的钱，连饭都吃不起，就给肖小姐打电话，叫她带着钱来找自己。被爱情冲昏了头脑的肖小姐，找身边的朋友借了一笔钱后，就直奔重庆而去。

到了重庆，肖小姐和小青年玩了能玩的所有地方，一天到晚吃吃喝喝，最后钱花光了，肖小姐和小青年才开始慌了。就在这时，肖小姐接到了学校的电话，校方表示如果她再继续旷课，就会被开除。

其实此前肖小姐也接到过学校的电话，她只是说家里有急事，来不及请假就走了，过几天就会回学校，叫老师不要担心。其实她这么做的最大原因，是因为小青年向她承诺，他会带着她挣大钱，给她更好的未来，她不必回学校，以后也不用辛苦地当护士。

肖小姐对此深信不疑，她甚至希望学校能主动开除她，小青年想了想说："开除这两个字实在是太难听了，你还不如主动回去办理退学，我在重庆打工挣钱养你。"

"那你会在重庆等我吧？"肖小姐问他。

"当然！"小青年拍着胸脯应道。

于是，肖小姐不顾父母和朋友的劝阻，毅然决然要退学，甚至以死相威胁，前后折腾了一个多月，才终于成功办理了退学手续。她觉得自己找到了生命的归属，她活着就是为了这一个目的。可当她到了重庆后，小青年却不见了踪影。

我内心五味杂陈，多重情绪混杂在一起，憋得难受至极。我努力克制住自己，问肖小姐："后来呢？"

肖小姐擦了擦眼角滴下的泪："没有后来了。我为他做了那么多，他却消失不见，不知道是故意躲着我，还是出了什么事。反正我是不会再去找他了，我现在拼命工作，就是为了还当初替他借的那些钱，虽然我现在特别怀念学校的日子，但也不能再回头了。我不敢把这些事情告诉父母，我怕他们受不了，我只能在他们面前装作我在重庆过得很幸福……"

看到肖小姐泣不成声的样子，我心疼得眼泪也差点落下，我抓住肖小姐的手，向她保证道："我以后绝对不会离开你，不让你受委屈，我会百分百对你好的，你要相信我！"

肖小姐没有回答我的问题，她摸了摸我的脸，亲昵地说："小傻瓜吃饭吧，菜都凉了。"

那天晚上，我们聊了很多，关于未来，关于生活。

"我没有想得过于长远，只想过简单平凡的生活，白天上班，晚上做饭，饭后一起看个电视剧或者到楼下散散步，偶尔出去旅旅游，就是我能期待的最美好的未来了，之前我以为我遇到了，后来发现并不是……"肖小姐顿了顿，问我，"你呢？你有梦想吗？"

"其实……我想当一个作家。"我犹豫了几秒钟，还是说出了口。

肖小姐的眼睛一下子瞪得又圆又大，难以置信地看着我："作家？你的梦想好伟大啊，这种事情我可是连想也不敢想的。"

我摇摇头："不，我的梦想不伟大，每个人都有对未来的期待，梦想也没有高低贵贱之分，成功只有一个，就是按照自己的方式度过一生。虽然现在看来作家梦仿佛离我很遥远，但我相信，只要我多读书，多写作，多经历，多感悟，就一定会离梦想越来越近的。"

肖小姐沉默了一会儿，用筷子戳着碗里剩余的米饭，突然问我："你暑假结束后，就要回北京上学了吧？"

我点点头："你在重庆等我，我毕业后就回来。"

肖小姐欲言又止，说："天不早了，咱们走吧。"

那个时候，我没有看到，她眼睛里的光在一点一点黯淡下去。

四

那个暑假，我和肖小姐度过了幸福的两个月，是我人生中非常美好的一段时光。

开学后，我投入到紧张的学业当中，业余时间还要做兼职，整个人从早忙到晚，与肖小姐的联系渐渐变得少了，但一有空闲，我还是会第一时间回复她的消息。

期末之前的某天，她发来一条消息："我想嫁给你，你如果准备好了，我们就可以结婚。"

那时我正在复习，突然一下子蒙了，我把书本丢在一边，拿起手机拨通了她的电话："发生了什么事？为什么突然要结婚？"

肖小姐说："我觉得你很适合我，你踏实、稳重、诚实、善良，我很期待和你一起生活。我想要的其实很简单，找一个对的人结婚，过柴米油盐相夫教子的日子，其他的对我都不重要。"

我突然有些不知所措，不知道该怎么回复她，是接受还是拒绝？我爱她，并不想放开她，但现在我没有能力娶她，我没房没车，连一场像样的婚礼都给不了，甚至拍婚纱照的钱都没有，我没有工作，还住在学校宿舍里，我拿什么和她结婚？

肖小姐说："只要能和你结婚，其他的都不重要，我一点儿也不介意。我相信，凭我们的双手，我们是能拥有我们想要的那种生活的。"

我几乎要咆哮起来了："可是我介意！真的，特别介意！"

肖小姐的声音突然变得哽咽："我不想错过你，你知道吗？我怕了，我怕会生变故，我不想之前发生过的事情换种方式在我身上再演一遍，我只有紧紧抓住才能安心。"

我脑子乱得一塌糊涂，说："你让我静静，让我缓缓。"

肖小姐说完"我给你时间"这句话后，就挂了电话。

之后一直到大二上半学期结束，我都没有和肖小姐有过多的联系，只是每天例行公事一般地睡前发句"晚安"，她有时候会回我，更多的时候是沉默。

寒假回到重庆，我和肖小姐再次见面，我们装作或者希望像什么事情也没有发生过一样相处着，我们聊天、牵手、说笑，努力不去想会让我们渐行渐远的将来。

但言谈举止间的刻意是掩饰不住的，毕竟两人已是那么熟悉。在我表示送肖小姐回去，她拒绝了我，转身就走了之后，我知道有些东西已经变了。这种改变不仅仅是因为她第一次拒绝我送她回家，还有我们对这份感情的重新思考。

最终，我还是和肖小姐分手了，是她提出来的。

“每个人都有自己的路要走，我不想成为你前进的障碍。”

我看着这个我第一次爱的人，她马上就要离我而去了，我悲痛欲绝，心如针扎，眼泪不自觉地滚了出来。

五

和肖小姐分手以后，我觉得我并没有太过消沉，生活还得继续，只是在上课的时候，看书的时候，吃饭的时候，半夜躺在床上的时候，会突然想起她，然后伤感和难过就迅速弥漫了上来。

肖小姐没有拉黑我，只是她从不回复我的消息，社交动态也停止了更新。她的电话我打过一次，能通，但是没有接听，后来我就没有再打了。

我不再肆无忌惮没心没肺地玩手机，我开始努力看书，看各种各样的书，我内心有一股渴望，我仿佛找到了未来的方向，那个成为作家的愿望越来越强烈，我得努力，只有拼命努力才能实现。

在学校里，我再次显得格格不入，我不再和室友们聊天吹牛，也不参与他们某些庸俗的游戏和讨论。当他们在一边夸夸其谈的时候，我则塞上耳塞看书。他们开始嫌弃我，觉得我装，我不想和他们争论。如果你坚持认定了一件事情，就努力去做，不要被周围的环境和人影响，只有那样，你所坚守的东西才有意义，付出的努力才会有回报。

书看得多了，开始有了表达的欲望，我想写一部小说。

我没有笔记本电脑，就用笔在本子上写，白天在图书馆写，晚上回宿舍写。男生宿舍环境很糟糕，八人间，没有独立的书桌，我就将折叠小桌支在床上，一笔一画地写。开始还比较顺手，但越往后越艰难，多少次都不知道该如何继续，拿着笔一直发呆。

第一次，我对自己是否能成为一个作家而产生怀疑。

经过一番痛苦的挣扎后，我将那些手稿全部焚毁。在一个漆黑的夜晚，我用打火机将它们点燃，看着它们在黑夜里燃尽，灰飞烟灭。我想，我应该还没有到下笔的时候吧，我需要沉淀，要读更多的书，去更多的地方，经历要更丰富一些才能写出好的作品。

大学毕业后，我留在北京，从事一份与文字相关的工作。我知道，这是一个好的开始，我将会离我的梦想更近一步。当我想要把这个好消息分享给别人时，我第一时间想到的是肖小姐。

重庆离北京很远，以后我不知道还会不会再见到她，我觉得我应该和她来一场告别，这样迈入人生下一个阶段时才会有仪式感。她不是一个普通的恋人，她是我的初恋，想过要嫁给我，想过和我过一生。

我踌躇半天，望着始终没有删除的熟悉的电话号码，久久没有按下拨号键。我内心在挣扎，我应该以什么语调用什么言辞和她说话。最后，我想到了一个我觉得还算不错的词语——老朋友。

于是，我拨通了肖小姐的电话号码。我忐忑不安地等了几秒钟，对面传来系统的提示音，肖小姐的号码已经变成了空号。

我吁了一口气，她或许已经开始了新的生活，和我一样，也迈入了新的人生阶段，而这个阶段，和我没有任何关系，连一个路人甲的角色也没得演。我心里有一丝丝难过，但细想，这样也蛮好的，我们都有了生活的方向，这个方向是我们各自认为的幸福的彼岸。

我最终还是给肖小姐的社交动态留了言："我在北京找到了一份

与文字相关的工作，我离我的梦想更近了，希望你也早日实现你的梦想。”

这条留言，我一直没有得到回复。

北京的生活比我想的要难很多，房租昂贵，交通也很堵，空气不好，也没有重庆火锅和重庆小面的味道。但我内心仍旧对未来充满希望。

北京的工作是繁忙的，公司的事情很多，我需要学习的东西也有很多。但即使再忙，我也会看书，或者写点什么东西，我已经有了独立的电脑，写东西方便多了。

再后来，我出版了人生的第一本书，这个梦想从最初萌芽到实现花了整整五年时间。这五年，我整个人都发生了从内到外的质的变化。我相信未来的路都在自己手上，会走成什么样子，全凭自己掌握。

六

结婚以后的第二年，我带着妻子去重庆姑姑家过年，在石桥铺闲逛的时候，偶遇了肖小姐。我们站定，相互对视了几秒钟，彼此认出了对方，像老朋友一样笑了笑。我对妻子说：“我可能要耽误一小会儿，你可以先去逛逛。”

我和肖小姐找了一个咖啡厅坐下。肖小姐一直打量着我：“不错啊，变得越来越帅气了，媳妇儿也那么漂亮。”

我问她：“你现在过得怎么样？”

肖小姐的笑容很满足：“我开了一家小火锅店，生意还行。我已经找到了那个我愿意嫁也愿意娶我的人，我们的儿子已经两岁了。”

我真心替她感到高兴。

肖小姐开起了玩笑：“你当初放弃了我，现在后悔吗？”

我说：“我并不后悔，如果我们当初就那么一直爱下去，你我应该是另一番模样，你或许没有现在这么幸福。”

见我一本正经，肖小姐也变得认真起来：“嗯，于我也一样，如果我当初执意强迫你，那未免有些太过自私。我选择离开，是经过深思熟虑的，我对你未来的路并没有帮助，可能还会成为你前进的障碍。不过，时间也证明，你我当初的选择是对的，你看，我们现在都过得挺好的，你实现了你的梦想和抱负，我也有了自己想要的生活。”

我沉默了一会儿：“那我们应该感谢彼此吗？”

肖小姐哈哈一笑：“当然，当然。”

咖啡厅的玻璃窗外，出现了一个长得踏实稳重的男人，他的怀里抱着一个孩子，孩子冲肖小姐招招手。

“我得走了，老公来接我了。”肖小姐递给我一张名片，“有空来吃火锅，回头见。”

肖小姐朝老公和孩子小跑而去，她抱起孩子，用嘴蹭了蹭他的脸，孩子乐得合不拢嘴，伸着小手去摸她的鼻子。

不知道什么时候，妻子出现在了我的身边，她看着窗外，嘟着嘴说：“老情人？”

我摸了摸她的头发：“不是，一个朋友，刚聊了几句。”

妻子说：“咱们赶紧回去吧，奶奶还在家等着咱们呢。”

我说：“好，咱们回家。”

清风中的你

一

毕业之后我并没有马上开始正式工作，和两个朋友凑了点钱，买了单车等一系列装备，打算潇洒地骑行一圈，释放青春尾巴最后一点激情。我们从重庆出发，出城区后凭感觉指定了一个方向，然后死命地踩着单车，一边猛骑一边大叫大笑。

阿城是我们三个人中性格比较内敛的，一路话不多，我和大李子谈笑时他偶尔会接个话茬，即使笑也露不出来几颗牙齿。

他最喜欢做的事情是在遇到一处好风景时，停下来找个地方坐着慢慢欣赏，有时一坐就是半天。我们则在一旁躺着聊对未来的焦虑和期许，然后去附近的人家买吃的，那些留守的爷爷奶奶很善良，以为我们是路过的穷学生，坚决不收钱要免费给我们吃，实在拗不过我们会帮忙干一些力所能及的农活以作回报。

我们没有具体的时间概念，也不知道骑行了多少天，直到到了一个不知名的小镇，我们才停止脚步。小镇周围有山有水，山上长满绿树，水清澈得能看见里面游来游去的鱼。小镇被这条清澈见底的小河环绕，小河倒映着一座用石板拼成的小桥，小桥真的很小，单车只能提着过去，当我从桥上走过的时候，我从水里看到了自己略显沧桑的影子。

小镇里有一所学校，里面有咿咿呀呀的读书声，我们没敢打扰里面的师生，把车停在一旁观察小镇，想在这里找到住的地方。

兴许是下课了，一帮孩子从教室里冲了出来，向各自的家跑去，有好奇的孩子冲我们投来了疑惑的目光。

在孩子们身后是一个个子不高的姑娘，素面朝天，但有一股让人忍不住多看几眼的气质。她应该是这所学校的老师，见到我们，她露出询问的笑意："你们找谁？"

擅长交际的大李子接话道："我们在骑行，路过这里，在找住的地方。"那个女老师笑了："这里没有酒店宾馆之类的地方，不过现在是午饭时间，学生们下午两点才开始上课，你们可以先在学校里休息一下。"

女老师把我们往学校里带，还关切地问道："你们吃午饭了吗？没吃的话可以去满姨家吃，她们家人很好的。"我们想装模作样先拒绝一下，阿城却开口了："好啊，早饭就没吃饱。"

二

女老师叫付可欣，是这里的支教老师，去年师范毕业，在融入灯红酒绿的城市生活之前，想在这个青山绿水的小镇先待一段时间。

和付可欣一起来支教的还有四个人，借住在不同的人家，她住在带我们去吃饭的满姨家。满姨对我们突然的造访没有多少疑惑，发现菜不够立马又生火做新的菜，搞得我们几个人非常不好意思，冲上去帮忙，烧火的烧火，择菜的择菜。

一个小女孩捧出来一堆糖果分给我们，我说谢谢不用，她咧着嘴非要我拿，我拿了一颗，她便满意地朝大李子还有阿城走去。

我说："这小女孩真可爱。"

付可欣一边盛饭一边说："可乖呢，今天你们刚来她有些不习惯，等熟悉了就会天天黏着你们。"

满姨也笑，她的普通话有些不流畅："她爸爸常年在外面打工，平时也没人陪她，付老师来了以后她可开心了，天天围着她转，睡觉都和她一起。"

我听见大李子在逗小女孩："告诉哥哥你几岁啦，叫什么名字？"小女孩说："我今年9岁啦，我叫晓敏。"

吃饭的时候，付可欣问坐在身旁的阿城我们下一步的计划，阿城说："我们想在这里待一段时间。"

付可欣放下筷子，态度很认真："你们可以在这里当一段时间老师，也不知道你们会什么，还有几门学科没人教呢。"

我说："我们想想吧，晚点再给你回复。"

这个小镇的确很迷人，几乎没有经过什么讨论我们就统一了意见，大李子教体育，阿城教历史，我觉得自已才疏学浅，选择打杂，在学校干一些力所能及的活或者帮满姨干一些农活。

我们住在教室里，学生放学以后把桌子移到一边在地上打地铺，条件简陋但那种心情比住总统套房还开心。

每天中午和下午放学，我总能从学校的方向看到付可欣牵着晓敏的手往回走的身影，晓敏蹦蹦跳跳，付可欣歪头看着她，不时露出笑脸，两人也不知道在说些什么。

几天之后，牵着晓敏手的人多了一位，是阿城。

阿城牵着晓敏的左手，付可欣牵着晓敏的右手，9岁的晓敏走在中间，一会儿扭头冲阿城说话，一会儿又扭头冲付可欣说话。

周五晚上的月亮非常圆，吃完饭后我们坐在院子里欣赏月亮。兴许是氛围太安静，晓敏要阿城讲笑话来听，阿城幽默细胞不足，讲了一个只把自己逗乐的冷笑话。晓敏不知道笑点在哪里，见阿城在笑也跟着哈哈哈地笑了起来。

我们其他人是被晓敏的行为逗笑的，阿城很尴尬："抱歉啊，我不怎么会讲笑话。"

付可欣捂着嘴笑："没关系呀，看你蠢蠢的样子就很好玩了啊。"

阿城挠挠头，对着付可欣嘿嘿傻笑。

晚上躺下以后，阿城翻来覆去好长时间都没有睡着。

他那颗平静的心起了波浪，汹涌得让他感到不安。

三

付可欣个子不高，一些过重的体力活不太擅长，因此她每次去河里提水洗衣服的时候都是阿城给她帮忙。

我和大李子带着晓敏在河的另一头抓鱼，抬起头的时候能看到走在付可欣前面的阿城，他提着水，腰杆挺拔，英姿飒爽，付可欣跟在他身后，有时候看向远方，有时候又像在偷偷看他。

晓敏冲她大喊一声："欣姐姐。"付可欣伸出手朝这边挥了挥，没有说话。

我和大李子继续低头在水里找鱼，他对我说："付可欣刚才的样子好像有些害羞，以前不管多远，晓敏叫她她都会口头回应的。"

衣服洗完前两次之后，污渍和洗衣粉沫差不多都干净了，但付可欣还是习惯用河里的水清洗第三遍，装满衣服的水桶还是阿城帮她提的，她依旧走在他后面。

付可欣光着脚丫站在清澈的水里，她弯下腰清洗衣服，阿城则蹲在一旁静静地看着她，神情无比专注，清风拂过，额前的头发被吹乱，她用湿润的手把吹乱的头发别在耳后，并没有发现旁边的人正在看她。

也许阿城那一刻正在观察他见过的最好看的姑娘，那清澈的眼睛就像她光着脚丫踩着的水一样，波光粼粼。

阿城兴致来了，挽起裤脚走到河中间，从石头下面摸出几只小螃蟹，蹑手蹑脚地走到付可欣的身后，趁她没有注意的时候，突然把张牙舞爪的螃蟹凑到她的面前，逗得她哇哇大叫，然后在她的责备声中把螃蟹放生。或撅着屁股从河里摸索出几个好看的贝壳，满脸羞涩地递到她的面前。

事情忙完以后，阿城和付可欣坐在河边的石头上聊天，我和大李子已经抓了好几条鱼，够晚上吃一顿了，便朝他们的方向走去。快临近时，晓敏小跑起来，阿城发现了她，怕她刹不住车冲到河里，张开怀抱准备迎接她，她却嬉嬉笑笑地扑到了付可欣的身上。

即使过了多年，我一直记得那些日子，几乎每个黄昏阿城、付可欣还有晓敏都会相约在河边散步，走一圈或者走半圈才会归家。

傍晚的红霞照在他们身上，周围的青山绿水都覆上了一层金边，就像一幅画一样。晓敏对这个世界很好奇，总会问各种各样的问题，阿城和付可欣都会极为耐心地给她解答。

晓敏玩累了，阿城会把她抱起来，这个时候，付可欣总会安静地跟在他的身后，微笑着打量阿城柔情的举动。清风飘过，吹起了她的长发，也吹乱了那个挺拔的男孩的心。

于是在那段日子里，付可欣、阿城、晓敏成了我们眼里最美丽的风景。

四

但我们终究会回城里，离开这个让我们留恋的地方。我们骑行回重庆的时候找了地图，回去的路上大家都很沉默，阿城也就变得更沉默了。当我们路过一条清澈见底的小溪时，阿城停了下来，看着淙淙流动的小溪，沉默几分钟后他才说："我们继续上路吧。"

回到城里后我们并没有按照预想的那样很快就投入工作，漫无目标地在出租屋里躺了好几天，我总是会想起那个小镇，那里的山那里的水，晓敏，还有付可欣。

大李子有记日记的习惯，他把这一路遇到的人和事还有风景都记录了下来，那段时间他总是默默地读日记，读到动情处就轻轻地叹息一声，很快，伤感就占领了整个房间。

阿城说："我们喝酒吧。"此时此刻也许只有酒精，才能让我们浮躁的心暂时安定下来。

离开的前一天晚上，为我们送别的人在学校的操场上燃起了篝火，我们围着篝火而坐，说着临别的赠言，晓敏问阿城："你们以后还会来吗？"

阿城说："有时间就会来。"我和大李子不说话，这句话就像在宣告诀别。

舍不得离开的阿城在拼命喝酒，他心里苦，也有千言万语，但不知如何释放。付可欣去取吃的了，但已经过了10分钟，她还没有回来。

阿城站了起来，想去找付可欣，他貌似喝得有点多，我和大李子怕他摔倒掉进河里，就跟在他后面陪他一起去。

房间里的灯光很暗，但我还是看清了付可欣脸上没有擦尽的泪痕。阿城从裤兜里掏出那串我们前几天去赶集买的项链，卖项链的阿姨说，如果你有喜欢的女孩子就可以送给她，她自然会明白你的心意，我们这儿的男孩子谈恋爱都是这样做的。

项链上的装饰物我叫不出来名字，只知道颜色很多，形状各异，确实很好看。

我和大李子向远处走出，站在黑暗中看着昏黄灯光下的阿城和付可欣。

阿城说了很多话，嘴巴一直在动，他的手里一直拿着那串项链，付可欣也一直没有接。

付可欣也说了很多话，当他说话的时候我确定阿城并没有怎么听进去，他只顾着看她，那些话仿佛都被风吹散了似的，让他听不真切。

付可欣转身走了之后，阿城还呆呆地站在那里，手里依旧拿着那串项链。他站了一会儿，蹲了下去，我和大李子小跑过去，发现他正在哭泣。

大李子拍着阿城的背安慰他，我向黝黑的四周望去，只有操场的篝火在微凉的夜色里静静地燃烧。渐渐地，我就看不见它了，它和黑夜融为了一体。

我们终究还是陷入了灯红酒绿和朝九晚五，放肆的时候也能抽个时间出去远行，但都是极速达的交通工具，来也匆匆去也匆匆，单车已经生锈落灰，躺在角落里走完了自己的生命。

阿城把自己的生活填得很满，想用充实的日常来阻挡自己的思念。

随着岁月的流逝，我们都以为阿城已经忘记了篝火燃烧的那个凉夜，还有她在清风里捂着嘴笑的样子，她给学生们上课的情形，她用脚撩拨飞跃而出的水花，她在河边奔跑的身影。

甚至有一天可能连她的名字也会忘记。

但我还是无意中在阿城的手机里发现了付可欣的照片，没有合影，只是她一个人的单人照，很多照片能看出来是阿城悄悄拍的，付可欣并不知道。

那是他手机里唯一一个女孩子的照片。

李木子

一

早已过了上午9点，我还四仰八叉地趴在床上神游太虚。姐姐在门外千呼万唤也拿我没辙，于是只好进来一把掀开了被子：“喂，你要睡到什么时候？不是说好今天和我一起去孤儿院的吗？”

“我……说的是下午，没说是……上午。”我迷迷糊糊地应道，说完翻了个身，继续呼呼大睡。

姐姐知道我又想耍赖，索性把被子往沙发上一扔：“我看你还怎么睡。”

大把大把的凉风直往睡衣里灌，我冷得两眼一睁，这才嘟囔着下床去卫生间。

洗了把脸，浑身清爽，我捧着一碗热粥，凑到姐姐面前：“姐，我可以不去吗？我想待在家里。”

正在整理东西的姐姐脸色马上就变了：“你整天大门不出二门不迈，养在深闺人不识，跟个小姑娘似的！今天必须和我一起出去，就当透气了！”

吃完饭后，姐姐跨上自行车载着我朝孤儿院的方向进发，看水果店的奶奶朝我姐弟俩喊道：“莉莉，沙柳，别太快了，注意安全！”

我抓着车垫，回头朝奶奶咧嘴一笑："放心吧，奶奶！"

此时的银城镇刚步入初秋，自行车在路上飞驰而过，我闻到了风中飘来的稻香味儿，这让我突然觉得，姐姐说得对，出来走走透透气也是一种不错的选择。

"姐，去孤儿院我需要做什么？"我想起了要去的目的地，才发现自己什么都不清楚，昨晚只是被逼无奈才答应姐姐的。

"你陪孩子们玩就可以了。"姐姐像个家长似的说道。

自行车停在孤儿院门口，姐姐利落地拿起水果走了进去，只留下我一个人傻呆呆地站在门口。

孤儿院门前是个菜园，为了排解无聊，我蹲下来装模作样地研究菜叶。身后响起了停自行车的声音，我转过头，看到一个扎着马尾的姑娘，她大方地冲我打招呼："你好呀！"

我有些木讷地回应道："哦，啊，你好。"马尾姑娘笑起来，露出了两个浅浅的酒窝，我的脸唰地一下红了个透。

我从小就是一个比较孤僻的人，如今已经读高二了，不上学的时候就一直窝在家里看书、看电视，从来不擅长与人交往。马尾姑娘很漂亮，尤其是那两个浅浅的酒窝，简直能和刘诗诗媲美。

姐姐的脑袋从门口伸了出来："沙柳，快进来一起帮忙啊！"余光扫到了马尾姑娘，立刻笑着和她打招呼："静香，你来了啊，韦博正在哭着找你呢！快进去吧！"

静香立马跑了进去，嘴里还一边喊着："韦博韦博，不哭，姐姐在这里。"

我被姐姐带到厨房帮忙择菜，路过客厅的时候偷偷向房间里面瞄了一眼，看到好几个婴幼儿在榻榻米上爬来爬去，那个叫静香的姑娘正在喂一个坐在婴儿椅上的孩子吃饭。

"那个孩子应该就是韦博了吧。"我这样想着。

我闷着头择菜，脑海里却在回味着马尾姑娘的一颦一笑，尤其是她喂韦博吃饭的那一刻，我觉得她很有爱心。

“静香，多好的名字啊！”我心里默念着，不由自主地笑了。

二

吃午饭的时候我故作开朗状，孤儿院的阿姨和我说话的时候，我装出一副很是健谈的模样，在心里默念着，可千万千万不要出丑。我时不时地偷看一眼静香。可静香只是埋着头吃饭，偶尔和阿姨们说两句话，没有过多地注意我。

姐姐看了一眼我，再看了一眼静香，暗自笑了。

午饭以后洗碗的工作交给了我，其他人都去给孩子们洗澡，哄他们睡午觉去了。

碗洗到一半，静香走了进来：“不错哦，经常做家务吗？”

我有些受宠若惊，努力克制住内心的激动和即将爬上脸的红晕：“还好啦。”

“需要我帮忙吗？”静香微笑着。

我又看到了那好看的酒窝，有些不自然地低下了头：“没事的，马上就完了，你去忙你自己的吧。”

“那我出去了，洗完了一起出来聊天吧。”静香说。

缓了半天，我才恢复平静。孩子们都已经睡下了，其他人都坐在客厅里面小声地聊着天。我走到姐姐身旁的空椅子上坐下，静香不知道去了哪里。

听姐姐和阿姨们聊了一会儿，我大体了解了这所孤儿院的情况。这所孤儿院是一个有钱的商人修建的，在孤儿院上班的阿姨们工资都很低，周末的时候这附近的一些学生会来孤儿院帮忙做一些事情，姐姐就是这儿的常客。

回家的路上，我问姐姐：“姐姐，你大学毕业后放弃城里的工作待在我们这个小镇里，就是因为那些孩子吗？”

姐姐想了想：“应该是吧，我不大喜欢城里的空气和生活节奏，还是咱们银城小镇好。”

姐姐毕业后回到银城镇开了一家水果店，但不管生意有多忙，她每周都会抽出两三天时间去孤儿院看看。

晚饭以后，我不再像往日一样早早地就窝在自己的房间里看小说，而是端了个小板凳坐在院子里和奶奶、姐姐一起聊天看星星。姐姐打趣道：“这是马上就要出太阳的节奏吗？”我没有理她。

今晚的星星很多，一眨一眨地，很美。我的脑海中装满了静香的影子，在心里默想：“这么美的星星，她在和我一起看吗？”

“姐姐，你和静香好像很熟的样子？”我终于问了出来。

姐姐哈哈笑了起来：“我就知道你丢了魂，你是不是喜欢上她了？”

我认真地说道：“你想多了，我觉得她很有爱心，是一个很好的人，我只是想知道她的故事而已。”

“我对她了解也不多，只知道她姓陈，叫李木子，在八中读书，周末的时候会来孤儿院陪孩子们玩，午饭之后就会回去，然后下周再来。”

“那你知道她住在哪里吗？”我继续问道。

“住在南城镇，不在咱们镇上。”

南城镇距离银城镇可不近，骑自行车至少要一个小时才能到达，距离这么远，为什么她却坚持每周来孤儿院呢？我在心里自问着。

那天晚上，我躺在床上望着黑黢黢的天花板，好一会儿都没有睡着，辗转反侧过后，终于打定了主意：明天去八中找她。

三

我就读的是一中，离八中只有五百米的距离。虽然心里想着去找她，但是又不知道真的见到了该做些什么，还有一节课就要放学了，之前信心满满的我却开始打起了退堂鼓。

我纠结了很长时间，回过神来的时候，蓦然发现自己竟然已经推着自行车不知不觉走到了八中的门口。

我吓得浑身一颤，正准备往回走，身后却响起了他一直在回味的声音："嗨，沙柳，你怎么在这里？"

我转头，瞬间，红晕又开始往脸上爬，静香手上提着一个塑料袋，里面装满踩扁了的矿泉水、饮料瓶，我看清了袋子里的东西，迅速淡定了下来。虽然我不清楚这究竟是这么一回事，但瞬间明白，和面前这个女孩子比起来，自己还很弱小，如果和人说话都要脸红，那自己还有什么用处呢？

"你也在八中上学吗？"静香问。

"不是，我在一中上学，放学路过，就顺便到这边来转转。"怯场的情绪现在一点都没有了，连我自己也感到不可思议，"你捡这么多瓶子干什么啊？"

"这个啊，"静香看了看手里提着的塑料袋，"在学校里收集的空瓶子，卖点零花钱。"

"这个主意不错哦，这些瓶子多少钱一个？"我好奇地问道。

静香有些不好意思了："这个啊，一角钱一个，嘿嘿。"

"你现在去哪里，回家吗？没有看到你的自行车啊，你家离学校很近吗？"

"我先去把瓶子卖了再回去，离家不远，所以我一直走路。"静香有点不敢相信地看着眼前这个话多的男生，我估计她内心的独白是这样的："这就是昨天在孤儿院见到的那个看起来不善言语的男生吗？"

"那好啊，我载你去废品收购站吧。"我拍了一下自行车后座。

"不好吧，还是我自己去吧，你回家吧，你离家也不近，回去晚了你家里人会担心的。"静香拒绝了我的好意。

"没事的，你上来吧。"我自己也不明白自己为什么突然之间变得固执。

静香只好坐上了我的自行车。

我把静香送到废品收购站，没有从自行车上下来，而是脚撑着地，打算等静香出来后就走。

不大一会儿，静香从废品收购站走了出来，她一脸微笑地看着我："谢谢你送我，我要回家了，再见。"

"我还打算送你到家呢。"我有些失望。

"不麻烦你啦，回去吧。"静香背对着我挥了挥手。

四

在回去的路上，我心里很高兴，觉得自己好像明白了什么。

走着走着，我突然想起：我们在县里读高中，姐姐说她住在南城镇，南城镇离县城至少有10公里，她没骑车，怎么回去呢?

想到这里，我立马转身，卖力地踩着自行车，朝南城镇的那条路骑去。

骑了一阵儿，我果然看到了背着书包往家走的静香。

听到我的喊声转过头来的静香惊讶地张大了嘴巴："你怎么又回来了啊？"

我看着她，头往后面偏了一下："快，上车，我送你回去！"静香犹豫了一会儿，最终还是坐上了我的自行车后座。

我没有去过南城镇，边用力蹬自行车边对身后的静香说："你指路啊，我不认识去你家的路。"

两人都很安静，偶尔静香会说一句"这里往右"或者"前面一个路口左转"之类的话。

天渐渐黑了下来，我已经听到了路边草丛中小动物们窃窃私语的声音。这个时候，姐姐和奶奶肯定在满世界找我。但我现在唯一要做的事情就是把自行车后座上的这个姑娘送回家，至于我自己，姐姐或者奶奶要杀要剐，回家再说吧。

自行车停在了一栋小屋门口，屋子很小，小得就像童话故事里的森林小屋似的。小屋里没有灯光，若不仔细看，路过的人在黑暗中可能注意不到它。

这里就是静香的家了。

静香对我说："谢谢你送我回来。"

我朝房子里面看了一眼："你家都没人吗？"

静香没有说话，我也没有多问："那再见吧。""你等等，"静香叫住了我，"我去给你拿个手电筒。"

我拿着静香送给我的手电筒若有所思地往家骑，到银城镇还有一段距离的时候就听到了呼喊我的声音，看来整个镇的人都出动来寻找我了，这下死定了！我心里打着鼓。

刚到镇口就有人发现了我，那人朝身后的某个方向喊道："人回来了，大家不要找了，快通知他家人！"

我低着头推着自行车往家走去，沿途不断地有人问我去了哪里，我只是不好意思地摇了摇头，没有作答。

还没到家姐姐就从旁边钻了出来，不由分说一把上来就揪住了我的耳朵："你野到哪里去了？不知道奶奶有多担心你吗！"

我大声叫着疼疼疼，但姐姐一直不松手，直把我拖到奶奶面前。

奶奶早就急了，腾地一下就站了起来，悲喜交加："我的孙子啊！你跑去哪里了？怎么也不和家里打个招呼呢？你不知道我和你姐姐多担心你啊！"

我满心愧疚地说："对不起，奶奶，下次我……再也不让你和姐姐担心了……"

五

深秋时节，满世界都是黄灿灿的，空气中也是清新的稻香味儿。我家的稻田都承包给了别人，当收割机在稻田里不知疲倦地收割稻谷的时候，我站在田埂边望着稻田里面忙忙碌碌的人们发呆。我很喜欢看收获的场景，对我来说，那预示着时光的流逝以及收获。

我又想起了静香，我已经很久没有见到她了。

我去过八中很多次，开始还装作路过的样子，生怕静香出来撞见自己。后来也不再隐藏了，直接站在八中门口看进进出出的学生，希望能看到她，或者让她看到自己。

可是，她再也没有出现过。

银城镇的第一场雪飘下来的时候，我突然想起，再过几天就是自己18岁的生日了。

从来没在乎过生日的我觉得，18岁的生日，一定要做点特别的事情。

我决定，去南城镇找静香，邀请她和其他的朋友一起庆祝这个特别的日子。

雪还没有停，而且越来越大，自行车已经无法骑了，只能走路去南城。茫茫雪白世界里，一个少年行走在银白色的大地上。

我呼着白气到了小房子面前，只见大门紧闭，时光久远的木门坑坑洼洼，斑驳不堪，两个门环在上面孤零零地挂着，风一吹，似乎还晃荡了两下。

我走上前去，敲了敲门，没有回音，再敲，依旧安静如肃立般。

我叹了口气，又待了一会儿，准备转身往回走时，一个苍老的声音从背后传来：“你是找静香的吗？”

我有些错愕：“是的，奶奶，我已经很久没有见到她了，你知道她哪里了吗？”

老奶奶从门后面走了出来：“不用找了，她已经走了。”说着，从衣服口袋里掏出一个信封交给我：“她叫我交给来找她的人。”

我打开信封，明信片似的信纸上用纤细的字体写着一段话：

“沙柳，虽然不确定你会不会来找我，但我还是写了封信给你，希望你能看到。这样，我就不再是孤独的了。请原谅我的不辞而别，我去找远方的父母了。我没有什么朋友，直到遇见你。很感谢你那晚送我回家，我将铭记于心。在这孤独苍白的十七年里，是你让我感受到了别样的温暖。

不知道我在你心里是怎样的一个人，你或许对我会有些疑惑，那就让那些疑惑留存在你的青春里吧，这样或许你会记得我时间更长一点。虽然我们彼此认识的时间很短暂，但你为我的青春添上的浓重的一笔，是我之前遇到的人和事都无法企及的……”

六

在还不更事的年纪，李木子是我遇到的唯一一位充满神秘感的女生，她身上发生的事情一直吸引着我的好奇心。虽不知具体细节如何，但我能感觉出来她过得不容易。

成年之后，我偶尔还是会想起曾经遇到的这个充满神秘感的女孩，她过得怎么样，找到远方的父母了吗？在哪里上的大学？大学生活如何？第一个爱上的人是什么样子的？毕业之后在做什么样的工作？诸如此类的和人生息息相关的问题我总是在想起她来时会特别想知道。

但自从她不辞而别后，我就失去了她所有的消息。

2018年9月，我去参加一部电影的首映典礼，电影放映结束以后，主创人员出来和观众们见面，台上坐着的人中间有一个比较眼熟，待主持人报到名字的时候，我才确定她就是李木子。

李木子和小时候的变化不大，脸部轮廓基本还是以前的样子，但她的气质已经完全成了另外一个人。

她留着恰到好处的长发，额前是好看的空气刘海，身着一条白色的长裙子，在我看来比旁边的女演员还吸引人。在与主持人互动时十分大方，言谈举止拿捏得恰到好处。

观众提问环节，我一直在拼命举手，但直到典礼结束我都没有获得一个提问的权利。走出电影院，我有些恍惚地走在街上，后来我转念一想，即使拿到话筒我也不知道该和她说什么。

就这样错过也未尝不是一件好事，就像当年她突然的不辞而别。如今她变得这么优秀，我应该替她感到开心，她早已不是我当初认为的那个模样，她过出了属于自己的优质人生。

异地恋十年

一

上周五，张小秋给我发微信，说今年十一假期要和薛怡在深圳办婚礼，邀请我去参加。还给我发了他和薛怡结婚证的照片，话里话外都透着一股甜蜜劲儿。

张小秋是我的学长，我刚进大学的时候他已经开始工作了，有一次他回学校打球，投篮时球飞出来砸到了我，我正准备捋袖子的时候他朝我慢跑了过来，双手合十，一边笑一边态度诚恳地说对不起。

我的愤怒小了很多，把篮球运几下朝篮筐砸去，狗屎运，居然是个三分球，人群里传来鼓掌和夸赞我好牛的赞誉声，我恬不知耻地也跟着一起笑。

张小秋拍着我的肩膀，笑得更灿烂了："学弟，一起打吧？"

我的眼睛瞟到了坐在一旁一直盯着这边的一个女孩，心想，应当好好表现一下才对，便点头答应。可惜没打几分钟，我才进五个球就有人闹着要去吃饭，我本也是下楼吃饭的，怕再打下去食堂的饭就被抢光了，况且那个女孩根本就没正视过我一眼，眼睛一直盯着张小秋，我有些泄气，把球放下后就朝食堂的方向走去。

张小秋在身后叫我："我请客吃饭啊，刚发了工资，刚才球砸到你了，好像差点打掉你眼镜，就当我赔罪好了。"人年轻的时候都喜欢免费的午餐，我也不能免俗。

一起吃饭的还有一个打球的人，是张小秋的朋友，一直坐在一旁的那个女孩走了过来，递给张小秋一张湿纸巾还有一瓶水。张小秋边拧瓶盖边向我介绍："我女朋友，薛怡。"

那个朋友笑得一脸贱兮兮："学姐好。"薛怡的笑容知性大方，搞得我都有点不好意思了，我想在她面前我肯定就是一副少年模样。薛怡朝我伸出手："你好，初次见面。"

我笑容腼腆，看了看浅黑的手："不好意思，不能和你握手了。"薛怡又笑了："给你一张纸巾。"

张小秋咕噜咕噜喝完了一瓶水，把手上的球朝空中一抛，我怕它又砸到我，做好姿势等它快落地的时候跳起来接住了它。

再看张小秋，他搂着薛怡头也不回地向前走了。

二

张小秋工作和住的地方离学校近，会偶尔来学校玩。深入聊了一会儿，听说我也来自重庆的时候，他笑得可欢腾了，伸手来拍我的肩膀，要不是桌子挡着我估计他会冲过来拥抱我。

我好不容易从蒜薹和辣椒堆里翻出来的鳝段被他一拍掉到了桌布上，心里很是不爽。薛怡轻拍了一下张小秋的肩膀："你别激动。"然后又把掉在桌布上的鳝段夹到了我的碗里："粒粒皆辛苦，还可以吃的。"

小时候就开始种地的我对薛怡这个举动很有好感，我边咬鳝段边问她："你也开始工作了吗？"

薛怡在蒜薹和辣椒堆里给张小秋翻找鳝段，发现我那是最后一块后才放弃："嗯，在深圳。"

我很惊讶："这么远？"

张小秋接过话："是啊，我们异地恋三年了，一年见不了几次，所以今天特别开心，就拉你一起吃饭了。"

张小秋和薛怡的相遇很简单。世界上所有珍贵的东西都是简单的。

大二那年夏天，张小秋去苏州玩儿，在火车上遇到了薛怡，当时薛怡背着一个很大的书包，火车上人很多，她一边喊"不好意思，借过一下"一边歪着身子往车厢里走，眼睛往两边看寻找着自己的座位。到了张小秋旁边，她对坐在他旁边座位上的大叔说："不好意思，这是我的座位。"大叔有些不情愿，但还是站了起来。

是张小秋开口说第一句话的，他冲薛怡扬起手："嗨。"

薛怡掏出纸巾擦汗，有些错愕，但很快也露出笑容："嗨。"

然后就是好几分钟的尴尬沉默，两人意识到了气氛的不对劲，某个不经意间，视线相交了，彼此盯着对方两秒，不约而同扑哧笑了。

两人聊了一路，发现都是来苏州旅行的，就相约一起走。他们把苏州好玩儿的地方都玩儿了，把好吃的都吃了。在苏州园林逛了一下午，临近傍晚时两人有些累，便找了椅子坐着休息。

张小秋内心躁动，装着不小心的样子碰到了薛怡的手，薛怡没有开口说什么，眼睛依旧看着远处。张小秋的手就继续挨着薛怡的手，不愿意再拿开。

不知过了多久，两人的手就牵到了一起。那天的夕阳很美，清风拂过，满世界都是鲜花的芬芳，头上白云缓缓流动，鸟儿发出悦耳的叫声，朝家的方向飞驰。

薛怡说："可是我在深圳呢。"

张小秋说："嗯，我在北京。"

薛怡沉默。

张小秋说："可那又有什么关系呢？"

薛怡说："我有些担心。"

张小秋搂住她："别害怕，我们两个人一起呢。"

相距两千多公里一南一北的爱情就这样开始了。

三

除了彼此不在身边之外，张小秋和薛怡的爱情和普通情侣没啥区别，但这又是最大的区别。两人靠着电话和网络维系着彼此的爱情，他们深深舍不得对方，经常超过12点也不愿意去睡觉。

他们会爱得很辛苦，距离会加深思念，而除了发消息打电话开视频之外，他们没有能触摸到对方的办法。那两年薛怡最渴望的事情是一转头就能看到张小秋。

但大多数时候，她收获的都是失望。

这些回忆对于薛怡来说仍心有余悸，她眼里泛着泪光，张小秋紧紧握着她的手，眼里有深情，但更多的是一种无奈。

红汤锅底翻滚着，不小心滑进去的毛肚已经煮老，我已经没有了食欲，他们答应我晚上请他们吃火锅时，我心里那种因为口欲引起的兴奋劲在这一刻消逝得干干净净。

大三暑假张小秋去深圳找薛怡，想陪伴她一整个夏天。张小秋找了一份实习工作，很辛苦，很累，公司补助也少得可怜，但能和薛怡在一起，再苦他也不怕。薛怡则在白天黑夜地做家教，很难有休息的时间，经常晚上10点才能回家。

有天晚上张小秋下班比较早，来了兴致，用电饭锅做了一桌菜，全凉了薛怡也没有回来。当11点半薛怡推开门鞋都来不及换就拼命吃冷菜时，张小秋哭了，哭得很伤心，那是两人恋爱他第一次哭。

薛怡安慰了张小秋10分钟，还没有好转的迹象，有些怒了：“你去一边哭好吗？老娘要吃饭。”

张小秋说：“我真没用，让你这么辛苦。”

薛怡复又抱住张小秋：“没关系，苦才是人生，甜吃多了牙要变黑，很丑。我们还没毕业就这么努力，毕业之后肯定会混得风生水起，过上好日子的。”

薛怡说话一套一套的，安慰张小秋不要哭，张小秋回北京那天她自己却哭得假睫毛都掉了，妆花得一塌糊涂，张小秋指着她说：“以后我们一定要养一只脸像你现在这么花的猫。”

毕业之后，张小秋和薛怡仍旧是异地恋状态。张小秋在北京一家大型互联网公司做产品经理，薛怡供职于深圳一家外企。

薛怡回深圳以后，张小秋偶尔会来学校里找我玩，他已经不打球了，他说：“薛怡不在，球打得再好也没有意思。”

他改成了喝酒，神情暗淡地望着从面前走过的学弟学妹们，沉思，喝一口，再沉思，再喝一口。和他相处一段时间后，我这么开朗的人都被搞得有些抑郁了。

张小秋说：“真不知道我们还要异地恋多久。”

我说：“你怎么不放下工作去找她呢？”

张小秋看着我语重心长地说：“老弟，你想得太简单了，我不只是和她谈恋爱，我要娶她，我要和她结婚，要和她过一辈子。所以我要挣钱，要让自己变得更强大，这样我们才能走更远的路，现在多吃点苦是为了未来更好地在彼此身边。”

很显然薛怡也是这么想的，她也在远离爱人两千公里的地方为了彼此的未来走得更远而努力着。

四

张小秋和薛怡把异地恋谈出了模范的味道，工作的忙碌、生活的琐碎让他们不能再像之前那样昏天黑地地聊语音、聊视频。距离的遥远也让他们有了更多属于自己的时间，除了更集中精力工作之外，还有无数时间用来充电学习，很多经典的书和影视剧集可以读可以看，还能抽时间学一门新技能。张小秋一直想学西班牙语，薛怡则想学着写小说。让自己变得优秀是一条很长的路，越往前走风景越好。

张小秋精通西班牙语后又开始专攻俄语和法语，薛怡文笔提升了许多，之前一直写散文和短篇小说，发表了不少，现在又打算写一部长篇小说。

我开始进入职场的时候，张小秋已经跳槽去一家新的公司当总监了，薛怡一直在外企，也做到了管理岗。在我这个职场小白面前，他们都很嘚瑟，向我发出了召唤："想来我公司工作吗？给你安排好职位哦。"看他们的笑容就像没安好心，于是果断拒绝。

不知道是哪位哲人说过一句话，人生下来的时候只有一半，最大的使命是找到另一半，这样才会有完美的人生。

这种鬼话我是不信的，张小秋当时没有感觉，他觉得自己找到了另一半无须再思考这种事情，后来他却信了："薛怡移情别恋了，她找她的另一半去了。"

我问："你不就是她的另一半吗？"

张小秋很沮丧："不在身边，不算。"

毕业旅行的时候我打算去香港转转，到了深圳才发现没有带证件，白跑了这么远，在深圳的街头徘徊了半天还是厚着脸皮给薛怡打了电话。她开着车来接我的时候，从摇下的车窗里一边摘墨镜一边冲我笑：

“沙柳，好久不见。”

她那笑让我觉得在她眼中我已经不是少年了，变成了小孩。

我不好意思坐进副驾驶，猫在后座不说话，悄悄盯着反光镜里的薛怡看。她的卷发很利落，化着精致的妆容，口红的色号很诱人，身着职场丽人装，看起来高冷又专业，但她开口的一句话又让我觉得这人好没正经。

她说：“干吗一直盯着你学姐看？觊觎我？”

我切了一声：“你这车不错啊，啥时候买的？”

她说：“领导的，接你借来开开。”

我不置可否地笑了笑，想起张小秋告诉我说，薛怡的公司有个领导一直缠着她，各种甜言蜜语，各种送礼物，各种嘘寒问暖，在需要的时候各种帮助。

这么优秀的两个人，身边肯定都不缺乏示好者。当连续一周薛怡和张小秋的联系可有可无的时候，张小秋觉得，她的防线被突破了。

张小秋喝了很多酒，醉了又像是没醉，嘴里一直絮絮叨叨地说个不停：“我家里条件一般，我想和薛怡在一起，首先需要挣很多钱，跳槽的时候我本来想去深圳的，但是有一家资本雄厚的创业公司找到我，承诺给股份，给高薪。我想，再忍忍也无妨。可是我错了，生病无法照顾，下雨无法送伞，半夜想吃宵夜了无法帮忙做，这样的男朋友拿来做什么？”

我想说什么都被他的絮絮叨叨打断，索性只陪着他喝，等他喝醉了我就送他回家。

晚上12点多的时候，我收到了薛怡的微信消息：“你们在哪里，发定位给我。”

我给了定位，几十分钟后薛怡就打车过来了，她当天晚上加班到8点，然后坐9点多的红眼航班直接飞来了北京。

薛怡结了账，扶着喝醉的张小秋要带他回家，并执意给我打车回去的钱，我摆摆手："最近一直没找到房子，是学长收留了我。"

我和薛怡把张小秋扶到床上躺下后，她就没再和我说过一句话，悉心照顾着张小秋，张小秋酒品不错，喝醉之后只是酣睡，做不出奇葩行为。

次日张小秋起床后看到整洁的房间和摆好的早餐，正欲夸我时看到了从厨房走出来的薛怡。他嘴巴一张一合，薛怡朝他走过来，他也没有说出什么，一把冲上去抱住她，哇的一声哭了出来。

我的完美人生是和你做伴，如果没有你，我的人生将会黯淡落魄，如河流干涸，如草木枯萎，如飞驰的鸟儿找不到归家的路，如大醉不醒。

薛怡拍着张小秋的后背，像哄小孩子般："说了我这段时间参加了新项目，很忙，连饭都顾不上吃，还期望和你聊天？叫你别胡思乱想，你就是不听。"

张小秋抽泣着："我以为你要离开我了。"

薛怡说："如果连选择爱一个对的人都不敢，还敢做什么其他事情呢？"

十年恋爱纪念日那天，张小秋飞到深圳向薛怡求婚，张小秋说："嫁给我吧，我等不及要娶你了。"

薛怡说："我等得比你久。"

张小秋问："等了多久？"

薛怡说："十年。"

异地恋十年，除了大三那年相处了一个夏天之外，张小秋和薛怡见面的次数加起来不到四十次。

薛怡问："你还会离我而去吗？"

张小秋说："再也不会了，我会一直和你在一起。"

薛怡哭了，哇哇大哭，她等这一刻等得太久了。

初恋是万里无云的蓝天

一

宿舍里八个人，阿迪是第一个谈恋爱的，对象是小学同学杨崇阳。阿迪第一次见杨崇阳是小学五年级时从内蒙古转学回山东老家，暑假过后学校里组织学生给操场拔草，阿迪把眼睛埋低和草的高度保持齐平想看看太阳，她在草原的时候经常这么做，那感觉很奇妙，但这次却有一个高大的身影挡在了她面前，阳光从他的头顶倾泻而下，他像从光中走来。

若干年后阿迪还记得这个场景。但当时的阿迪只觉得很不爽，杨崇阳太高，她打不赢他，只好在心里告诉自己以后不要再理这个讨厌鬼了。

杨崇阳发育得很好，进入青春期之后，他从一个毛头小子变成了白衣少年，在很多女生眼里他就像青春小说里的校草，所以有了很多干妹妹，还有很多好兄弟，他也因此获得了多数票当选为班长。

阿迪的个子没怎么长，每天顶着娃娃头一样的短发和那三两个好朋友在学校里跑来跑去，一心扑在学习上。有时候去完小卖部路过走廊里以杨崇阳为中心的人群，她会像看珍稀动物一样盯着杨崇阳看几眼，杨崇阳则一脸不明所以盯着她似笑非笑。阿迪觉得，他那个样子像在学青春小说里的男主装酷，既无聊又傻。

初三时阿迪从山东转回了内蒙古，她在那里参加中考上高中并拥有了新的朋友和生活，偶尔会从初中同学那里听说杨崇阳的干妹妹团队又换了一拨，她没啥感觉，完全就是两个世界的人嘛，难不成要找一群干哥哥向他看齐？

高考结束解除压力之后的阿迪疯狂地释放着青春的激情和躁动，骑着单车满世界跑，放肆尖叫，大声哭泣。我亲爱的青春啊，你就要这样离我而去了吗？

阿迪的青春没有离她而去，还把杨崇阳送到了她面前。阿迪不知道杨崇阳是怎么加到她 QQ 的，反正两人刚一接触就聊个不停，把青春里彼此缺席的这几年发生的大事小事都补充上了。在和他聊天时，她的脑子里回荡着的是小学时在操场上挡住她看太阳的那个小男生。

阿迪本想填报浙江的学校，当杨崇阳说自己考虑的是济南、青岛或者烟台的学校时，立马又改主意选了山东的学校。

录取结果让阿迪和杨崇阳很满意，两人都被烟台的大学录取，且学校之间坐公交车只要十多分钟的路程。

还单身的七个室友听完阿迪和杨崇阳的故事，都很羡慕地祝福道："你们一定要一直在一起啊。"

阿迪心里美滋滋，傲娇地望着窗外湛蓝的天空回答道："那是肯定的啊。"

初恋就像万里无云的蓝天，没有杂质，纯净，充满希望和生机，能包容下所有的肆意和翱翔。

二

我们坐在单车上飞驰；我们在林荫道上散步；我们在食堂里边大口吃东西边大笑；我们去看零点场的电影。我们做兼职赚钱去看周杰伦的演唱会。我们临考时一起抱佛脚。我们去海边捡贝壳。我们去爬山。我们写寄给彼此五年后的明信片。我们肆无忌惮不计回报地爱着彼此。

大学四年，阿迪和杨崇阳平稳无忧无虑地走过。每次见面，不管多晚杨崇阳都会把阿迪平安送到宿舍才回去，然后小跑着去赶末班车，没车了就走着回宿舍。

阿迪也赋予了这份爱情很大的尊严，她从来没有让杨崇阳一个人在某件事情上独自花过钱，所有与爱情相关的消费她都会承担下自己的那一份。杨崇阳送自己的礼物，她也会在下次回赠同等价位甚至更好的礼物给他。

阿迪珍惜这份感情，也完全信任杨崇阳，即使他依旧有一打干妹妹也不在乎。

杨崇阳在大学里也像以前那么受欢迎，在学生会担任要职，混得风生水起，有了一群好兄弟也又有了一批新的干妹妹。

杨崇阳很殷勤，对他们很好，能做的事情都会为他们做，能处理的问题都会帮他们处理。在面对干妹妹们时，他表现得很像暖男，但暖男一过度就是中央空调了，干妹妹会错意也是常事。

因为此，阿迪和杨崇阳吵了很多次架，但杨崇阳让阿迪别担心，那些人只是他的朋友，她才是他的唯一。杨崇阳说自己需要很多朋友，有了朋友离开学校的路才会好走。

望着杨崇阳认真严肃的脸，阿迪泛起了一股柔情，选择原谅了他。她想起了他悲惨的过去。杨崇阳8岁的时候，和人合伙做生意的父亲和合伙人的老婆搞在了一起，事情败露后抛妻弃子，这么多年一直是母亲在抚养杨崇阳。虽然他平时看起来阳光幽默，但内心一直很自卑，有点讨好型人格，需要很多朋友才会有安全感。

阿迪相信杨崇阳是爱自己的，他给她写了很多信，上面全是莎士比亚式夸张的情话，当时阿迪看到直想笑，现在发现还是有很强的提神和定心作用。

杨崇阳说："我要爱你一辈子，宠你一辈子，两辈子、好多辈子，我还要和你结婚，走到地老天荒。"

阿迪又想，他虽然对其他人那么好，但自己在他心中肯定是不一样的，即使对别人最好也只会是八分好九分好，自己才是获得他十分好的那个。

但她对爱情想得还是太少了。

三

大学毕业后，杨崇阳去了广州一家国企工作。阿迪选择考研，第一年没考上，第二年在学校里又专门准备了一年才考上北京的一所学校。

一个在职场，一个在学校，一个在广州，一个在北京。联系频率的锐减和半年也见不到一次面的异地状态让阿迪很没有安全感。

阿迪总是担心，两个人的关系靠的就是一根电话线和一根网线在维系，电话微信拉黑，两人会不会就这样完了？

杨崇阳似乎一点也不担心和阿迪的感情，他有工作上的事情要忙，只要阿迪的关心和问候被他认定成了骚扰，便会对阿迪恶语相向。

爱情中最丑陋的嘴脸就是对爱人的关心报以不屑和冰冷。

在杨崇阳眼中，阿迪变成了一个不懂事的幼稚女生，并开始讨厌她，日常性冷暴力，即使阿迪低声下气表示两人应该好好沟通他也选择三缄其口。

阿迪害怕，她不知道杨崇阳为什么会变成这样。

至今没谈过恋爱的一个室友分析说："圈子不同，难以相容。"

但这和爱情有什么关系？

2018年年底，杨崇阳在没有任何征兆的情况下来到了北京，对阿迪说："我放下了广州的一切，以后就在北京陪在你身边，为了我们的未来努力。"

阿迪喜极而泣，小巧的个子扑在杨崇阳怀里哭个不停，杨崇阳对她说："以前不该那样对你，因为过得不顺才会那样冲你发脾气，生活太难了，我们只有彼此鼓励才能开拓出自己的路。"

阿迪其实知道杨崇阳离开广州的理由，他和领导关系不好，让他出国的承诺一直不兑现，他气不过想辞职，领导挽留他说可以马上出国，但杨崇阳脾气上来了，不打算再回头。

这个理由可能比杨崇阳说出来的那个原因更真实一些，但阿迪不在乎孰真孰假，最重要的是杨崇阳回到了自己身边，她又重新看到了感情的希望。

阿迪所期望的爱情生活很简单，两个人一砖一瓦创造出想要的一切，从一而终，从青丝到白头，从少年到暮年。

但杨崇阳在北京找的第一份工作是房屋租赁中介，职业没有好坏贵贱之分，只是阿迪觉得，一个理工科专业的毕业生，还有国企工作的经验，应该找一份更有挑战性的工作。

杨崇阳说："我有个初中同学做中介已经做到了经理岗，每个月挣好多钱，我为什么不可以呢？"

最开始杨崇阳还挺有干劲，销售行业，多劳多得，但没多久，杨崇阳所在的房产经纪公司出了一个闻名全国的甲醛事件，殃及了全国所有门店，杨崇阳的业绩一度下滑严重，即使省吃俭用，每个月也只能勉强维持，没有多余的收入。

阿迪和杨崇阳的爱情状态又变成了一个在北京一个在广州时的模样。阿迪每天小心翼翼，如履薄冰，不敢在杨崇阳面前大声说话，生怕哪一句话不对又惹到了他。她甚至能从杨崇阳的眼里看到一种神色，自己只要一出现在他面前，就会给他无穷无尽的压力。

她心好累，实在无法接受两个相爱的人无休止的争吵，她望着回来半个小时一句话都没有和她说过只顾埋头打游戏的杨崇阳，心里生出一股悲凉，想起了他曾经对她说的话："我要爱你一辈子，宠你一辈子，两辈子，好多辈子，我还要和你结婚，走到地老天荒。"

阿迪眼睛望向窗外，已经很久没有看到蓝天了，天空散发出的是阴冷的肃杀和灰色的暗淡。

四

杨崇阳在北京上班的某个干妹妹给他提供了一个工作机会，她们教育公司在密云开了一个新的分部，邀请杨崇阳过去工作。

杨崇阳新的工作地点离阿迪学校需要两个小时路程，他的工作很忙，同时阿迪也面临硕士毕业，需要准备论文答辩还要考虑下一步的规划，两个人相处了一段各自安好的时光，同在一个城市的两个人把恋爱活生生谈成了异地恋。

阿迪的压力很大，焦虑又烦躁，考公务员考事业单位均铩羽而归，各种面试找工作也没有眉目，还有找房子租房子的压力。几乎每天都在外面马不停蹄地跑。

自始至终，都是阿迪在独自面对这一切。

当时我正想把在草房的房子转租出去，为了照顾可能会出现的应届生房客，我表示房子合同到期之前可以直接住，不用走转租手续，这样能省下来至少一个月房租的中介费和肯定会涨的房租。

通过强大的朋友圈扩散，阿迪联系上了我，她来看房子的时候背着小包，齐肩的短发梳得整整齐齐，学生味很足。她对房子很满意，除了房租不高之外，这里离她上班的常营也非常近，走路就能到达。

房子看完后，她突然问我能不能在这里吃饭，她饿了。我这时才注意到她的手上提着刚买的午饭。

她坐在桌子上认真地啃着馒头，脑袋一晃一晃的，样子很可爱。我问她啥时候搬过来，要是我在的话可以帮忙，她说自己搬就行，我问她你男朋友不帮你吗？她说他没空，在密云上班。

那时候我并不知道她和杨崇阳的事情，还纳闷这男朋友是不是有点不合格，后来阿迪偶然间看到了我之前出的书，就借着发了工资请我吃饭感谢我的契机把自己和杨崇阳的故事讲给了我听。

刚进入职场的阿迪过得不怎么顺心，工资低，人际关系也比较复杂，她也不知道怎么拒绝公司和老同事的无理要求。她唯一期望的就是杨崇阳能给自己一些安慰甚至一起吐槽，或者一些处理这些事情的办法。

可杨崇阳没有给她任何安慰，要么不管不问，要么就指责她，说她应该从自己身上找原因，而不是总怪到别人身上，态度之恶劣比公司欺软怕硬的老同事还要让人讨厌。

终于有一天，阿迪受不了了，自己怎么会有一个这样的男朋友呢？她找杨崇阳闹，找他吵，甚至有些无理取闹，她唯一的期望就是想杨崇阳能关心一下自己，两人能回到在校园里时那样。

杨崇阳却说着莫名其妙的话："你现在明白了吧？在学校里和学校外是两种不同的生活？你如果不明白我也不知道和你说什么。"

阿迪无助地躺倒在床上，她几乎确定了一件事情，她们再也回不到以前了。

五

阿迪不想和杨崇阳就这样结束，她坐地铁倒公交，用了两个小时到杨崇阳那里，她想和杨崇阳好好地面对面聊一次，找到所有的问题和所有的症结。

那位干妹妹也在，劝两人有问题要多沟通，阿迪想沟通的态度很诚恳，杨崇阳一脸漠然，全程沉默。饭桌上，阿迪喝了很多酒，杨崇阳明知她酒量不行，但未曾拦着她。

阿迪喝多了，蹲在路边一边吐一边哭，杨崇阳还是一副不屑搭理的态度，就那么腰杆笔直地挺在那里。姿势和小学五年级时操场上的样子差不多，只是世事无常，躲不过物是人非。

阿迪说我们聊聊吧，杨崇阳说你聊吧，我听着呢，然后各种点头："你说得对。"

阿迪想摊开了说，掏心掏肺地和杨崇阳开诚布公地聊一聊，但杨崇阳即使就站在面前也选择了"屏蔽"她，他把自己"裹"起来，堵住了七窍，不让面前的人"跑进"自己内心一丝一毫。

第二天还要上班，哭完之后阿迪打道回府。回去没多久就收到了杨崇阳分手的微信："我们就这样结束吧。"然后用很短的时间里拉黑了阿迪的各种联系方式。

阿迪成了一个"盲人"，她再也找不到杨崇阳了，那几天她把前二十多年没有流的泪全流光了。她不甘心，疯狂地给杨崇阳发短信，短信也被拦截了，可能他根本不关心发过来的是什么内容。阿迪发了很多又长又深情的短信，她认错，虽然不知道自己哪里错了，说分手了没关系，我再追你一次，我们重新在一起吧。

石沉大海，杳无音信。

杨崇阳有那么多朋友和干妹妹，她想通过他们联系上他，那些朋友们似乎都提前接到了杨崇阳分手的消息，当阿迪去找他们的时候，他们都异口同声地指责阿迪，表示两人分手是阿迪的错，她不够爱他，给他的爱没有他给她的多。

那位把杨崇阳叫到密云去的干妹妹也说是阿迪的问题，说她天天在学校里待着，不知道生活的艰难，心气儿高，考虑事情不切实际。不够关心杨崇阳，在爱情里只顾着索取。

胡说八道，毫无道理的强词夺理，想分手的人能信手拈来成千上万个莫须有的理由，刻意寻求对方在爱情里的瑕疵，仅仅是为了逃避主动提分手这个“罪名”。

阿迪晕了头，千错万错都是我的错，我立马就改，只要你能回到我身边来。

爱情里的弱势一方往往都是低声下气的，强势的一方高高在上，给人高不可攀的感觉。

阿迪给杨崇阳叠了一大瓶几百颗桃心，每颗桃心上还写了深情的话，记录着两人过去的点点滴滴，还用自己所剩无几的钱买了一台电脑，杨崇阳以前也给自己买了电脑，她要回报他给予自己的爱。

阿迪把自己打扮了一番，化了妆，还专门买了新衣服，这段时间没胃口她瘦了至少10斤，从形象来上说，她相信自己是体面的。

在杨崇阳公司楼下见到他的时候，她露出的笑容是灿烂的，即使杨崇阳一脸冷漠，她也装作无所谓。

杨崇阳有一瞬间是惊讶的，不过也只是一瞬。

阿迪内心冰凉，从杨崇阳看自己暗淡的眼神里她已经窥透了他的心：那里真的没有自己的位置了。

但她还是想再努力一次。

六

杨崇阳收下了阿迪的电脑，对那几百颗桃心露出的是轻视的态度。

阿迪心平气和地和杨崇阳聊了很多，向他道歉，向他认错，承诺以后会包容和理解他。

在阿迪看来，两个人这么多年的感情，只要还聊得下去重新和好是没有问题的。但杨崇阳只剩下沉默。

当天晚上阿迪没有回去，在旁边找了家酒店住，准备第二天再争取一下。在酒店里，阿迪拼命给杨崇阳发短信，她知道所有短信最终都会被拦截，杨崇阳只要不想看，动动手指就能全部清除，但还是拼命地发着。那晚阿迪和往日一样依靠酒精入眠，分手之后，天天喝酒的她，酒量已经练出来了。

阿迪知道杨崇阳在上课，没有上去找他，担心发生拉扯让学生和其他老师看到对他影响不好，只能一直在他公司楼下对面的麦当劳等着他。

等了很久也没有看到杨崇阳，阿迪豁出去了，做好了不要脸的准备，不见到杨崇阳不走。她不想就这样放弃，不想自己的初恋就这样结束。

终于看到了杨崇阳，阿迪步子优雅地向他走过去，脸上保持着暖心的笑容，杨崇阳慢悠悠地走过来对阿迪说："我对我们的感情已经没有任何留恋了，你对我爱也好恨也好都没有关系，希望你能早点走出来，你把男人都想成大猪蹄子就好了。"

阿迪是无法接受这个答案的："八年了，怎么可能一下子断得这么干干净净，哪怕是断舍离，止损也没这么快的啊？我们在一起这么久了，马上就能修成正果了，你别闹了行不行？"

杨崇阳说："我不爱你了，你放手吧。"

阿迪以为他要走，情急之下一把揪住杨崇阳的衣服，她本来是想抱住他的，但怕他挣脱跑了。街上行人很多，北京也已进入深秋，瑟瑟凉风不断窜入衣袖。阿迪死死抱住杨崇阳，一边哭一边用乞求的声调说："不要分手好不好？你不喜欢我的地方我以后都会改，我什么都不要，我们不用买房子也不要那么辛苦挣钱，我们现在就回家结婚。"

杨崇阳不回答阿迪的问题，使劲掰她的手指让她松开："你别这样，我都已经和你说清楚了，让我的学生和家长看到不好。"

阿迪不松手，抓得越来越紧，哭声也更撕心裂肺："你能不能别和我分手，我什么都听你的，你想怎样就怎样。"

杨崇阳沉默，头偏向别处。

阿迪的手还没有松："你看着我的眼睛，你为什么不敢看着我的眼睛？你如果爱上了别人就和我说，我以前和你说过，如果你爱上了别人我会放你走。你一直沉默是几个意思？给我一个能说服我的分手理由，我就放你走。"

杨崇阳转头看着阿迪，阿迪以为会从他眼里看到哪怕一丝丝心疼和苦衷，迎接她的却只有冷酷和无情，杨崇阳的眼神就像一块从未被阳光照射过的史前坚冰，坚硬，冰冷。

一切都结束了。

七

之后是漫长的创伤恢复期，阿迪觉得好难熬，日子按秒钟在过，过一秒难受一秒，在昏睡突然的惊醒中，她看着窗帘精神恍惚："我这是在哪儿呢？我怎么会在这儿呢？我为什么在这儿哭呢？"

阿迪辞去了那份并不是很好的工作，出远门旅行了一趟，但一回到曾经洒下过无数眼泪的房间里，她又开始难过。

但生活还是要继续的啊，没有任何一座城市会允许一个受过伤的人自暴自弃。

去年12月我从西安回北京，和阿迪在长楹天街吃饭，她的状态已经好了许多，她半带调侃地问我："你写过那么多人的故事，你怎么看初恋的啊？"

我认真地想了想说："大多数人的初恋都无法善终。两个人中一个人总想着要不要再坚持一下，另一个人总觉得还有更好的。若干年后才幡然悔悟，那时候什么都来不及了。"

阿迪说："我觉得初恋像万里无云的蓝天空，我记得刚和他在一起的时候，总喜欢看窗外的蓝天空，那种蓝好干净，看不到一点瑕疵，我老想着在这样的蓝色下肆无忌惮地奔跑。后来我就很少见到这种蓝了，可能天空还是有那种蓝的，只是人变了，心被挖走了一块，看东西也就不那么单纯了。"

我笑："蓝天少了，不应该是雾霾的原因吗？"

阿迪也笑，问我："你知道杨崇阳和我分手的原因吗？"

我说："不用猜，移情别恋啊。"

阿迪点头，眼里还能看到一丝愤怒："虽然早知道可能是这个原因，但确定的那一刻还是有点难以接受。"

阿迪从一个初中同学那里得知，杨崇阳去了密云的培训学校之后，其中一个教化学的女老师看上了他，对他穷追不舍，他的心里那时早就没有了阿迪，基本上没有怎么坚守道德防线就被攻破，并很快进入谈婚论嫁买房的阶段。

不爱就是不爱，出轨就是出轨，什么原因都不说，还给自己扣一堆莫须有的"罪名"，把分手责任都推卸到自己身上。也是这一刻阿迪才明白，这个自己爱了八年的人竟然是如此陌生和毫无担当。

我说："人是会变的，爱也是会变的。"

阿迪表示认同："我以前真的很相信他信誓旦旦说的那些爱我一辈子宠我两辈子的话，后来我想了想，不像是假的，可能时间能冲淡和改变很多东西，他当时是那么想的，后来连自己都给忘记了吧。"

我说："还是有那种一成不变的爱的，每个人最终都会找到合适的落脚地。"

阿迪笑，点了点头。

那个被错过的人

一

看到韩静微晒的和男朋友的婚纱照时，我替她感到开心，看来和姚初分手以后，她过得还不错。具体在什么场合下加的韩静微的微信我已经忘记了，她和姚初在一起的时候我们吃过几次饭，我对她的印象挺好的，大方得体还实在。她和姚初分手以后我们几乎未再说过话，只是偶尔看到了彼此朋友圈的动态点个赞。

韩静微被男朋友公主抱抱起，她手上拿着一束薰衣草，笑得美丽动人。我给她的照片点了一个赞，还留言说："美丽啊。"她则在微信上和我说话了："好久不见啊，你现在过得怎么样？"

我和她简单地聊了几句，说了下自己最近的状态，但我更想知道的是她这几年过得如何。

韩静微说："我早就离开北京了，现在在天津工作，很稳定，我和男朋友还买了房子，首付是他给的，我们一起还贷款，房产证上的名字他只写了我一个人。我们定于明年5月20日举行婚礼，邀请你来参加啊。"

韩静微的字里行间都透着一种掩藏不住的幸福，她和姚初曾聊起未来的时候，以半开玩笑的口吻表示过，她只想过安定平常的小日子，两人好好努力奋斗追求生活所需要的一切，养一只猫一条狗，再生一个孩子。

那时候姚初只是沉默地夹菜，脸上也看不出什么表情，刚毕业的他有些郁郁不得志，一心想做大事，做出一些能让人引以为傲的成绩。但他连一份像样的工作都没有，住在堂哥的客厅里，生活费、水电费都要蹭堂哥的。虽然堂哥不说什么，但孤傲的姚初心里很苦，急于想改变目前的状态，却又没有清晰的目标。

韩静微和姚初在一起那年19岁，她高考成绩挺好，可是家里经济条件不宽裕，下面还有弟弟和妹妹也要读书，为了减轻父母的压力，她果断选择放弃上大学的机会，外出打工挣钱减轻父母的负担。

父母不支持韩静微的决定，苦苦哀劝，说即使再难也会让她好好读完大学，可韩静微心意已决："先把眼前的坎迈过吧，读书的机会还有很多，我会在未来寻求继续上学的机会。"

放弃学业的韩静微来到了北京，在国贸附近一家商场的服装店做导购，工作非常认真负责，业绩是门店里最好的，晚上的时间用来学习，她的计划是等家里的经济条件有所好转之后就去报读自考，继续未完的学业。

姚初也正是因为韩静微这点才被她吸引的，在姚初看来，韩静微是一个很励志、很有决心的姑娘，这样的韩静微在他眼里散发着光芒。

还没有在一起之前，韩静微和姚初去了蓝调庄园看薰衣草，是姚初主动约的韩静微。两人在一个无聊的社交场合相识，礼节性加了微信后就聊了起来，一来二去互生了好感。韩静微无意间说起了自己最喜欢的花是薰衣草，姚初记在了心上。

两人住的地方离蓝调庄园比较远，起了大早往约定的地方赶，到了之后没聊几句就哈欠连天，两人不约而同相视一笑。姚初说要去买咖啡，韩静微拦住了他："挺贵的啊，我一会儿洗把脸就清醒了。"

姚初对韩静微的好印象又加了一分，在男生眼中，自己喜欢的女孩子勤俭节约是很让人自豪的，不过他还是给韩静微买了咖啡：“提提神，该花的还是要花，过度节俭就不好啦。”

薰衣草6月开花，7月和8月是花期正盛的时候，韩静微和姚初看花的时间是8月中旬，满园的薰衣草非常漂亮，两人在紫色的花海中奔跑徜徉，就像两个无忧无虑的少年。

姚初问韩静微：“你知道薰衣草的花语是什么吗？”姚初摇摇头，他没有想过这个问题，不仅是薰衣草，他对很多花的花语也不了解。

韩静微说：“薰衣草的花语是等待爱情。”

姚初问：“你在等待爱情吗？”

韩静微点点头。

姚初说：“我也在等。”

韩静微的脸瞬间绯红，低着头不再看姚初的脸。

姚初嗫嚅了一会儿，牵住了韩静微的手，她很顺从。

二

韩静微和姚初相距地铁单程一个小时，在北京来说这个距离不算远，但两人很难见一次面。韩静微工作很忙，有时候夜里八九点才下班，一周只有一天休息时间，为了多挣钱，她往往会把这一天拿来加班，加班工资会比平时多出两三倍。

姚初在一家非常小的广告公司做文案，收入少不说，还经常被无理的上司挑刺，甚至还有一些鸡蛋里挑骨头的味道，姚初知道他这样只是为了扣一些自己的业绩奖金，就越发觉得待下去没有前途。他有一番雄心壮志，一心想做出一些傲人的成绩，韩静微对他说：

想在什么领域发展就朝着什么领域迈进，姚初摇摇头，他不知道自己的方向在哪里。

姚初不得志的状态经常表露在脸上，即使一个月难得和韩静微见几次，阴郁的状态还是会爬上脸庞，韩静微安慰他说："没关系，人年轻的时候容易迷茫，暂时找不到方向也没有关系，那就先做好眼前的事情，没准在做这些的时候就能找到方向了呢。"

类似的话姚初听到过许多次，从韩静微嘴里再说出来他莫名有些愤怒，想发火的时候眼睛瞟到了韩静微裤子兜边上的一根刮掉的线，韩静微往自己的裤兜里塞的时候摸到了一个很大的窟窿，装什么会漏什么的那种。

姚初一下没了脾气，有些爱怜地看着韩静微："咱们去吃点好吃的吧。"韩静微一下子雀跃了起来，从包里掏出两百块钱："我也是这么想的，今天特意取了两百块钱，你想吃什么我请你啊。"

姚初的心里很难受，但也有一股暖流，他知道韩静微是在乎自己的。不过抱着省钱的目的，两人并没有去吃什么大餐，在路边一家小店点了两个菜，一荤一素，吃得非常开心。

饭后两人牵手散步，韩静微打了一个饱嗝，忍不住捂着嘴笑了起来。姚初突然有些恍惚，他在心里想，韩静微失去了上学的机会，每个月的工资有一半要寄回家，连休息日也要加班，在同龄人中是过得非常辛苦的，为什么还能笑得这么开心呢？

他向韩静微问出了这个问题，韩静微歪着脑袋想了想："我还没有想过这个问题呢，我也不觉得自己辛苦啊，每个人的生活都不一样，走怎样的路都是自己选择的。不过我知道自己想要什么，就是努力工作挣钱，以后有机会了再上学。"

姚初问："那你打算努力到什么时候？"韩静微显然也是有计划的："明年我妹妹就高考了，弟弟也已经高二，等他们上了大学我就会轻松一些，他们都很懂事，知道怎么为家里减轻负担。"

姚初陷入了沉默，他心情很复杂，他知道自己没有韩静微通透，可惜自尊心又无法让他承认这一点。

三

那天晚上回去姚初失眠了很久，一方面是觉得自己不如韩静微，一方面是看不清未来的路在哪里。后者的问题他纠结了快一年，和很多人包括我在内都讨论过，我们的规劝和安慰貌似都没作用，那些简简单单的大道理他也十分清楚，只是他不懂得如何放弃和抉择。

我和姚初认识快三年了，知道他有一个不幸福的童年，小学还没毕业父母就离婚了，他跟着父亲还有继母一起生活，少年时代是在父亲和继母的谩骂和嘲笑中度过的，这导致了他非常压抑的性格和自卑的心理，遇事不果断踌躇不前。

姚初大学学的是管理专业，他觉得这是一个很抽象的专业，也并不喜欢，只是为了离家远远的才随便选择了一个北京的学校和一个专业。

姚初给我打电话说了他的烦恼和韩静微的事情，从他的嘴里我听到了倾诉欲和索求安慰的味道，但我对于这老生常谈的话题已经失去了兴趣，我对他说："韩静微和你的过去无关，她不应该承担这一切。重要的是往前看，以前你一个人，现在多了一个人和你一起向前走，你应该感到庆幸。"

姚初一直没有回应我的话，不知道是否在生我的气，但我当他是兄弟才说了这样的话。

姚初和韩静微一个月能见两到三次，平时的大多时间两人都是通过电话和微信联系，即使线上联系也是韩静微说话比较多，姚初多是静静听她讲，偶尔附和一下。

在爱情里没话讲，这是非常糟糕的问题。韩静微问姚初：“为什么你和我说话那么少？是没有话讲吗？”

姚初说：“我是想听你讲，我过得很无聊，没什么好玩儿的趣事。”

那时姚初终于忍不了公司领导，一气之下辞了职，可是辞职没多久就后悔了，后来的职场经验告诉他，如果没有找到下家辞职一定要慎重。新的工作短时间找不到，姚初便和堂哥做起了自由职业，他堂哥是一位自由职业者，外包了两家公司的内刊主编工作，正好缺个帮手。

最开始姚初还兴致勃勃，但没多久他又觉得这样很无聊很没有前途，开始懈怠工作并数次给堂哥造成了工作上的麻烦。堂哥对他挺上心，他和姚初开诚布公地聊了一次：“我刚毕业的时候也很迷茫，同样有很多压力，找不到方向，甚至还想过放弃自己。事后我想起这段日子，那简直就是在荒废时间浪费生命，我替自己的愚蠢和不自知感到后悔，我不想你也经历这样的阶段。你需要一个方向，知道自己到底想要什么。”

姚初叹息一声，这些道理他何尝又不懂，可惜他找不到和自己和解的方式。

我们都看得出来，和韩静微比起来，姚初过得是很轻松的，一人吃饱全家不饿，他甚至都没有怎么投资过自己的爱情，后来我得知他给韩静微送的最贵的礼物不超过100块。韩静微一般早上7点起床，简单洗漱和吃完早饭后就开始看书学习，10点之前到达门店开始上班，虽然规定的是晚上7点就能下班，但她经常需要忙到晚上八九点才下班，工资有一半要寄回家作为弟弟妹妹上学的花费和补贴家用。

对于一个19岁的女孩子来说，这些压力是很大的，但她从未有过迷茫和烦恼，我每次见到她，都是一副积极乐观的心态，她的头发梳得很利索，有时候是一个马尾，有时候是一个漂亮的发髻，脸上的笑容充满善意和温馨，有一种充满治愈的力量。

韩静微就是命运赐予姚初的礼物，但他未曾正视，也未曾珍惜。如果说好的爱情是遇到一个让自己变得更好的人，那韩静微就是那个能让姚初变得更好的人。

四

有一次两人在散步，韩静微接到了妈妈的电话，她用方言回应了几句就挂断了。姚初听不懂安徽话，但“相亲”一词还是钻入了他的脑海，韩静微脸上的表情也告诉他，她对妈妈的这种行为感到很无奈。

姚初问：“你才19岁呢，你妈妈就叫你去相亲。”

韩静微说：“她总觉得我一个人在北京过得不好，想找个人陪着我。”

姚初沉默了几分钟，之后他鬼使神差地问了一个问题：“咱们以后会结婚吗？结婚需要些什么东西啊？”

韩静微对第二个问题表现很积极，也算回答了他第一个问题：“肯定需要一个房子吧，不过我们那里房价非常便宜，环境也很好，地处南方，春天的时候非常美。”韩静微期待地看着姚初，但姚初什么都没有说。

接下来直到约会结束姚初都没有再说话，韩静微以为他在生气便主动解释道：“我说买房那个事情是随口一说，开玩笑的，即使最后真的需要买房子，也是我们两个人一起承担，你不要担心，我们这么年轻，我也相信努力一定有所回报。我还没有和妈妈说咱们的事情，我是觉得还不到时候，等时机成熟我会和她说的，毕竟对于父母来说，孩子恋爱结婚不是一件小事。”

姚初说：“我没有生气，与你无关。”

韩静微一时无言，直到回到家她心里还非常忐忑，她给姚初发了一条消息：“我希望你能过得开心一点，哪怕不是为了我也不是为了我们，只是为了你自己。”

姚初没有回她消息，她以为姚初睡了，实际是姚初不知道说什么，也不知怎么开口。

第二天姚初没有和韩静微说话，晚上的时候韩静微给姚初打电话问他为什么没有回自己的消息，姚初只说了一个字：“忙。”态度很冷，坐在另一个房间的堂哥探出脑袋看了一眼姚初，轻轻地摇了摇头。

韩静微很懂事，她没有吵也没有闹，甚至还笑了笑：“工作这么忙啊？”姚初又是一字回道：“嗯。”

这通电话很快结束，在未来的一个月时间里，这种通话是两人的常态，即使韩静微不再那么懂事，用质问的口气和姚初说话他也是这样的态度。韩静微有一次问姚初：“你知不知道，我是你女朋友？”姚初长吁一口气，轻声答道：“知道。”

周三是韩静微休息的时间，她约姚初去逛公园，想让他放松一下。两人努力装出感情照常的样子聊天，但公园逛到一半都装不下去了，韩静微已经察觉到，姚初不喜欢自己了。她很难过，路过一张椅子的时候坐了下去，姚初也无声地坐在她旁边。

韩静微问姚初：“你这几天过得开心吗？”

姚初说：“不怎么样，很累。”随即闭上了眼睛，韩静微说：“你困了吗？”姚初“嗯”了一声。韩静微说：“那你要躺在我腿上睡一会儿吗？”姚初便躺在了韩静微的腿上。

兴许是真累了，没几分钟姚初就睡着了，韩静微看着他安详的脸越发难过，哭了起来，又怕打扰到他，声音非常小，只是轻轻啜泣。

姚初后来告诉我，他睡了几分钟就醒了，韩静微的眼泪滴到了他的脸上，他没有睁开眼，因为不知道该怎么面对韩静微。等韩静微擦干眼泪后他才坐起来，旁边放书包的椅子上摊开了一本日记本，那上面是韩静微记录的两人的感情经历以及她内心的所思所想，写得密密麻麻。

姚初瞟到了一句话“我很伤心”，这句话让他本就没多少一探究竟的心情消失殆尽，装作没有看到的样子理了理衣服。

日记本就那么孤独地在那里躺了几分钟，韩静微叹了一口气，将它收了起来。

五

一个月后我才知道姚初和韩静微分手的消息，姚初说：“我发现我现在的状态不适合谈恋爱，我很迷茫，不能耽误人家女孩，我不是一个合格的男朋友，她应该去找对的人。”

我叹息一声：“你就这样错过了她。”

姚初摊摊手：“我或许就是他们说的那种生活的弱者吧？我不是很清楚，我就像陷入了泥淖里，需要一种力量把我拉出来，但我还没有找到那种力量。”

他的话让我有一些气愤，看着他略显无赖的表情我想训他两句，但转念一想还是算了。事情到此，只能证明一件事：他根本不喜欢韩静微，爱情敲过他的门，他没有珍惜也不愿意接纳它。

这个道理韩静微也想明白了，所以分手以后她没有闹也没有哭，就像还在一起时那么克制那么努力为对方着想。不过她还有一个问题想不通，分手以后，韩静微约过姚初一次，她那天打扮了一番，很漂亮，姚初不知是客套还是心绪，一直嬉皮笑脸，饭吃到一半，韩静微问姚初：“既然这么冷漠的结束，当初为什么要招惹我？没想好就牵女孩子的手是很不负责任的表现。”

姚初止住了笑容，低着头：“对不起，或许那一刻是喜欢的。后来就变了，我也不知道为什么会变成那样。我不知道自己想要什么样的生活，也不知道自己想要什么样的爱情。”

一年后，当姚初在朋友圈晒女朋友的照片时，韩静微在下面留言道：“希望你现在找到了自己想要的爱情和生活，不要再伤害另一个人。”

那时候姚初在一家大公司获得了一个稳定的职位，生活也变得丰富起来，并拥有了一份自己愿意用心经营的感情，不过很快两人就分手了。他深爱她，失恋后深夜在酒吧买醉，不断地问自己一个问题：“为什么我遇不到一个爱我的人了？”

周围是肆无忌惮的喧嚣，没有人回答他的问题。

每个人的人生都会遇到很多问题，这些问题最终都会得以解决，但因为这些问题而错过的人将会永远错过。

没有着落的爱情

一

白京和崔银银是我大学同学和校友中，唯一一对刚毕业就准备结婚事宜的情侣，我问他们哪里来的钱结婚，白京笑容可灿烂了：“找父母借啊，不知道啥时候会还的那种。”

我有些不服气地轻轻捶了他一拳：“就你日子过得最爽。”白京笑得就更贱了：“就要羡慕死你们这帮还在单身的大黄们。”

白京和崔银银在军训的时候就在一起了，崔银银是另外一个系的，每次军训完之后都会在学校超市门口等着白京，军训完的白京摘了帽子，边擦汗边嬉皮笑脸地朝崔银银走去，崔银银把早就准备好的冰水递给他，怜惜地接过他手上的帽子：“瞧你那傻样，先喝点水吧。”

白京和崔银银的爱情一直非常稳定，大二的时候甚至还见了双方父母，两边家长都很满意。我们一边吃着白京给我们带的板鸭，一边听他在那里志得意满地描述他爸妈对崔银银的喜爱：“我妈笑得合不拢嘴，一个劲地给我们家银银夹好吃的，我爸也满脸笑容，对银银说，我现在只想和你爸好好地喝一杯啊。”

大学四年，我身边来来往往走过了许多人，有人在爱情中迷失，有人肆无忌惮地荒废着真心，也有人一直在爱情中碰壁，还有人把心整个藏了起来。像白京和崔银银这样稳定的非常少，在我们眼中他们就是彼此的真命天子真命天女。

他们一度也似乎早就把彼此当成了此生的归属，两人经常用“老夫老妻”这种词形容自己的感情状况。

有一次我们出去玩儿，白京去牵崔银银的手，崔银银假装挡开：“每次出门都要牵手，在一起这么久牵手早就变成了左手牵右手，你不无聊啊？”

白京一把搂住崔银银，说了一句让人鸡皮疙瘩掉一地的话：“这证明我们早已爱得深入彼此骨髓，合二为一了。”

白京是深爱崔银银的，所以当所有人毕业第一时间选择先解决工作问题的时候，他选择的是给自己和崔银银感情的一个交代。

双方家庭都是独生子女，当白京提出结婚要求的时候两方父母没有经过过多考虑就同意了。他们其实早就为两个孩子准备好了一切，双方父母也早已把他们都当成了自己的孩子。

可惜，他们并没有成功结婚，在白京看来，问题出在崔银银身上，其实有挽回的余地，但他义无反顾地抛下了一切，他用近乎咆哮的声音对崔银银喊道：“我的爱情里不能存在任何瑕疵！一点都不能存在！”然后摔门而去，留下在身后痛哭的崔银银。

二

崔银银和白京在一起的时候，有一个大四的学长追过她，学长很高很帅气，会三门外语，还有一身漂亮的马甲线。这样的人对于单身女孩子来说，是很不错的考虑对象，但崔银银已经有了白京，没有多想就拒绝了学长。

当崔银银和白京订婚以后，学长又出现了。他那时候来崔银银和白京准备定居的城市出差，就联系了她，两人简单地聊了几句，学长就约崔银银出去喝咖啡，崔银银本能是想拒绝的，但学长的一句话让她改变了注意。

学长说："在大学里你就无情地拒绝了我，现在你已经是个准新娘子了，要是错过了这个机会我们恐怕一辈子都见不到了。就当我请你喝咖啡祝福你即将迈入新婚生活吧。"

崔银银想了想，学长人品挺好的，之前在大学里自己无情地拒绝了他，现在想来的确有些太过冷漠，听说他后来还伤心了好长一段时间，这次就当赔罪吧。

崔银银到了学长住的商务酒店楼下的咖啡厅，此时的学长完全是一副所谓的成功人士的模样。他梳着利落发丝分明的头发，脸上白白净净见不到一根胡渣，修身的衬衫和休闲裤让他身姿显得更挺拔。崔银银走近的时候他向她伸出了手，满脸诱人的笑意："你好。"

崔银银握住了学长的手，脸部不由得泛红，像学长这样的男人她还是第一次见到，很像自己无聊时看的总裁小说里的男主模样，心里不由得生出了异样。这种异样的感觉已经很久未曾有过了，在接下来的聊天里，崔银银被这种异样俘获。

学长说自己这两年的工作经历，还讲了很多有的没的，头头是道，也不知道是真是假，反正崔银银听得很入迷。学长趁着这个机会，轻轻抓住了崔银银的手，崔银银打了个激灵，往后面一缩，学长的手就抓得更紧了。

崔银银脑子停止了转动，心里也非常乱，暂时失去了分辨是非的能力。当崔银银的嘴唇被学长吻上的时候她一下子就清醒了，站起来把桌上的咖啡泼在了学长的脸上，头也不回地跑了出去。

崔银银又气又悔恨，她做了一件自己无法控制的事情，内心只有对白京的愧疚，她步履匆匆，一边往家疾驰一边哭，到了家怦怦直跳的心也没有得以安宁。

白京正在挑选婚礼用的请帖款式，看到一脸泪痕的崔银银立马迎上去抱住她，关切地问出了什么事情。崔银银一把抱住白京，一个劲儿地哭，终于哭完了，她擦干眼泪，和白京说了学长的事情。

白京表情越来越僵，手足无措地在房子里转圈圈，一会儿卷卷舌头，一会儿摸摸后脑勺，内心的烦躁溢于言表。他理了理崔银银说的话："你要去见一个曾经追过你的人，你没有和你的未婚夫说，他不仅牵了你的手，还亲了你。"

崔银银慌了，她的本意是坦诚和白京交代，告诉他，她并没有背叛他："是他主动的，我从未有过那种想法，我只爱你一个……"

白京打断了她的话，把桌子上红色的喜帖样品撕得粉碎，一边撕一边歇斯底里："我从未想过这么狗血的事情会发生在自己身上，我还以为我们真的马上就要结婚了！"

崔银银在一旁慌张得不知道该怎么办，她想抓住白京，可白京的模样又让她很害怕，她只是无力地解释道："对不起，对不起，事情真的不是你想的那样……"

白京听不进去她的话："我们就这样结束吧！"

三

白京昏天黑地地喝了两个月酒，喝醉以后就睡觉，醒了之后又接着喝，蓬头垢面，像科幻电影里末日时代的流浪汉。谁的话他都听不进去，对我们的规劝充耳不闻，对崔银银的乞求不屑一顾。

终于醒酒以后的白京把精力都投入到了工作上，像很多感情失意职场却很成功的人一样，他成了工作上强者，不到27岁就当上了总监。

但是这么多年以来，白京一直是单身的情感状态，很多人包括他的父母都认为他在感情中迷失了方向，已经无法知道该怎么去爱。

和崔银银分手以后白京也不是没有尝试过新的感情，但他已无法再找回和崔银银在一起时的那种感觉，往往在还没有开始他就选择了结束。

终于，在一次熬夜的漫谈以后，白京喝了一口啤酒，望着北京已经进入深秋的夜空，他叹息一声，不知是在问自己还是在问我："其实，当年那个事情并没有那么严重，她也并没有做错什么对不对？"

他嘴里的那个她就是崔银银，他原来一直还没有忘记她。

我说："你少喝点，喝多了会更难受。"

白京大口大口往肚子里灌啤酒："最近才发现，我心里还是爱着她的，因此我无法再爱上别人，当年我就是幼稚就是愚蠢。"

我沉默，陪他一起喝。

白京又说："我在想我要不要把她找回来。"

我依旧不知道如何接话。

第二天白京睡醒以后，他真的开始满世界找崔银银的联系方式，当拿到那个心心念念的号码以后，他握着电话的手在轻轻颤抖。

他终于还是拨通了那个电话号码。

崔银银的声音还是以前的样子，白京深吸一口气："你在哪里？我想见你。"在等待回应的时间里，白京紧张得心一直在怦怦乱跳，数次跃到了嗓子眼。

崔银银说："我已经结婚了。"

白京嘴唇有些颤抖，蠕动了下，礼貌地说道："恭喜啊，再见。"再见两个字他说得很轻。

后来白京说："我觉得我那时候的样子肯定十分狼狈，还好她没有当着面告诉我她已经结婚了，不然天知道我会窘迫成什么样子。"

说完白京又开始傻笑："我觉得她肯定以为我就像当年那个学长。"

我拍着他的肩膀："你不能拿自己和那种人比。"

白京抓住我的衣服，贴在我肚子上居然呜呜呜地哭出了声音，这是认识他这么多年以来第二次见他哭泣，第一次是崔银银答应了他的求婚。那天他把崔银银抱起转了一个很大的圈，直到崔银银喊晕他才停下，然后抱着崔银银哭了很长时间。

他一心想给自己和崔银银的爱情一个归属、一个着落，但他又亲手把它推得那么远，远到他想反悔重新去抓住的时候，已经来不及了，并且消失得干干净净，连回忆都无法完整。

宅男阿威的治愈

一

阿威是一个宅男，当然这里的宅和动漫文化没啥关系，是宅在家里的那种宅，除了工作之外他几乎不出门，所有的生活采购都靠网络解决。有一次他想剪头发，连着给附近三个理发店打了电话都没有人搭理他，还有人骂他神经病，在这种情况下他才不情愿地踏出了房门。

阿威的性格当然也是内向的，他几乎不参加社交活动，因为过度的沉默和不主动，他在公司几乎没有什么存在感，一个部门六个人，出去聚餐的时候他给人的感觉就像是隐形人，其他五个人夸夸其谈，碰杯的时候他低着头玩手机，当他反应过来举起杯子的时候其他人已经在夹菜了。

不出门的日子阿威都宅在家里做什么呢？他觉得自己很没用，即使一直宅在家里也并没有一项特别的技能和很有研究的爱好，他喜欢阅读，看剧看电影，但都是浮于表面的爱好，更准确一点说，是打发无聊时间的行为。什么类型的书和电影剧集他都看，也知道什么样的书和电影剧集是值得花时间去看，但你让他说出最喜欢的作家的名字或某个知名导演或演员的戏剧风格，他只会回答：“不知道。”

阿威还有一个优点，就是做饭。他爱吃，喜欢研究各种美食，大到八大菜系，小到各种街头小吃，他能头头是道地给你讲三天。但这一项在我们眼里看起来很牛的技能在阿威眼里却是毫无用处，他说："会做饭的人那么多，我这又算得了什么？"

望着他臃肿的身材和T恤被肥肉撑出来的层次感，我有点不知道怎么安慰他。他曾三次被爱情拒绝，对方拒绝阿威的原因一直逃不开这几条：非常奇怪又不帅也没有任何闪光点、身材臃肿只知道吃。甚至还有不礼貌的说辞："感觉会是一个没什么希望的人。"

这些不堪回首的经历对阿威的杀伤力很大，伤心一段时间后，他觉得不恋爱也没什么关系，人生中没了爱情还有很多其他的事情可以做。但他的潜意识里也知道这是一件不可能的事情，没有爱情的人生将寡淡无味。

阿威今年已经28岁了，最后一次被爱情拒绝那年是25岁，这三年来他独自生活着，相比恋爱中的男男女女，显得有点落寞。阿威有一段时间辞职在家宅了两个月，那段时间除了母亲给他打了一个电话，没有任何人联系他。

不过阿威最近的精神头很足，部门新来了一个实习生，是个还在读大四的可爱女生，叫晓娱，她和任何人说话的时候都是一副温馨可爱的笑脸，喜欢穿可爱系的衣服，齐腰的长发每天都佩戴不同的发饰。

晓娱到公司的第一天站在前面介绍完自己后鞠了一躬，还用双手比了一个心的样子，公司的男同事大声拍手叫好。阿威也礼节性地鼓掌，晓娱这样的女孩子的确是招人喜欢的，但身边男同事的叫声让他很反感，这让他觉得晓娱被冒犯到了。

二

阿威虽然性格内向言辞很少，但待人诚恳，只要有人找到他，不管是工作上的还是非工作上的事，在力所能及的范围内他都愿意帮忙。好在身边的同事表面虽然冷漠，但都不会刻意刁难人，他也没有遇到什么职场上的欺凌。

晓娱第一次主动和阿威说话是来公司一周后，那天她茫然无措地在办公室转了一圈，在阿威的工位旁边停住了脚步，她轻轻戳了戳他，阿威摘下耳机表情很意外，甚至内心还有一些惶恐，他已经想不起来有女孩子主动和他说话是什么时候的事情了。

晓娱用文件挡在嘴巴前面，轻言细语地说："你可以帮我弄一下打印机吗？"

阿威摘下耳机，径直往打印机的位置走，晓娱跟在他后面，紧张的心情得到了些许放松。打印机问题不大，他摆弄一下就好了，并告诉了晓娱问题出在哪里，下次遇到了应该怎么解决。晓娱真挚地说着谢谢，阿威感到很开心，但他只是微笑了一下又回到了工位上。

当天余下的时间，阿威难掩内心的兴奋，他有一种被人需要的感觉。他把这种兴奋感隐忍地藏在了心里，早已过了年少的他明白，女孩子请你帮忙大部分原因可能真的只是请你帮忙，过多的期待将会导致巨大的失望。

下班时间，阿威慢悠悠地收尾了手上的工作才向地铁站走去，他不像其他同事那样离下班还有半个小时就停止工作焦躁不安地等待下班。走到地铁站旁边时，阿威听到有人在叫自己，他以为产生了幻听，摘下耳机仔细聆听，才确定果真是有人叫自己。他循着声音望去，一家小吃店前，晓娱正蹦蹦跳跳地朝自己挥手，嘴里还咬着一根香肠。

阿威朝晓娱走过去，比在公司她叫自己帮忙弄打印机还惊讶，晓娱说：“快过来，在公司你帮我忙，我还没请你吃东西呢。”

阿威摆摆手：“没关系，你自己吃吧。”晓娱态度很热情，过来拉阿威：“别客气，随便吃，他们家烤香肠味道非常好，在学校旁边有一家分店，我经常吃。”

盛情难却，阿威选了一根香肠，在等候烤制的时候，阿威心情很复杂，晓娱的热情让他手足无措，一会儿肯定要一起坐地铁，如果是相反方向还好，要是同一个方向就得在地铁里相处一段时间，那时候要聊些什么呢？

晓娱吃完了手上的香肠，看着阿威笑着问：“你那么认真在想什么呢？”阿威讪笑了一下：“没有没有。”此时香肠已经烤好，老板递向阿威，晓娱问了总价钱准备扫二维码付款，阿威反应过来觉得不合适赶紧掏出手机，可晓娱速度比他快，他尴尬地站在那里，有些茫然地接过老板手里的烤肠。

晓娱说：“说了我请你就别抢着付款了，又没多少钱。”

阿威无声地吃完烤肠后两人朝人潮涌动的地铁里走去，在排队进站的间隙，阿威知道了晓娱乘车的方向，和自己一样，在她的换乘站到之前两人至少要相处十站地。这可让他好一阵紧张，究竟聊什么话题合适呢？如果一直不说话是不是也不合适？但很快阿威又笑了，自己究竟这是在做什么呢？为什么会如此紧张？两人怎么看也没有一点可能性啊。这样一自问，反倒又轻松了。

候车的人很多，晓娱双手玩手机，噼里啪啦地敲个不停，阿威瞟了一眼她的手机套，粉红色的兔子模样，还撑出来了两只兔耳朵。阿威和晓娱是被身后的人潮推上地铁的，上车后他们连转身的余地都没有，晓娱被挤在一个角落里，站在她对面的中年男人都快贴到她脸上了，她不由得皱起了眉头。

阿威利用自己壮实的身体优势硬挤出来了一块能容下一人的区域，也不管身后被他挤得不爽的人向他翻的白眼，朝晓娱招了招手，晓娱挤过身边密密麻麻的人群朝他走了过来。

晓娱轻轻说了声谢谢，阿威说 :“现在是高峰期，再过几站人就会慢慢变少了。”

晓娱离阿威很近，不过他无须担心聊什么，晓娱一直在问他问题，嘴巴就没停过，关于公司的，关于职场的，关于他业余时间都做什么之类的。当阿威说自己看了一千多部电影和剧集的时候，晓娱瞪大了眼睛 :“你简直太厉害了！”当听说阿威还会做饭的时候，晓娱的眼睛瞪得更大了 :“我身边认识的，几乎没有会做饭的，你简直太棒了！”这让阿威越发不好意思。

在下车之前，晓娱向阿威提了两件事情，有机会要尝尝他的手艺以及要他帮自己下载各种各样的电影。尽管怎么看都有些客套，但阿威完全放在了心上，并开始盘算什么时候回请晓娱以及做些什么菜招待她。

三

阿威的单身公寓里有一个不是很大的冰箱，日常里面会塞满各种食材，只要一有兴致他就会随机抽出几样来做一道菜，宅在家里的日子，有一半快乐时光来源于此。

另一半快乐时光来源于他那储存了两个 T 电影的硬盘，里面收藏了很多各种类型的影片，是阿威从他的阅片生涯里保留下来的他觉得可值得反复观看的电影。

这两件给自己带来快乐的东西他打算分享给晓娱。

阿威已经想好了，只要晓娱和自己确定了上门做客的时间，他就会做一顿大餐好好招待她，并和她一起观看她想看的电影。

可惜阿威等了一周，晓娱也没有提要上门做客的事情，不过和阿威的沟通倒变得频繁了，遇到什么工作上的问题，晓娱都会第一时间找阿威协商，偶尔还一起去楼下买午饭和下午茶。阿威甚至在想，自己和晓娱可能不仅仅是同事的关系，还是朋友。

又过了两周，晓娱还是没有提上门做客的事情，阿威渐渐有些失落，甚至还偏激地认为，晓娱在某些方面可能是一个虚伪的人，但当晓娱露出笑脸邀请自己一起去买午饭的时候，他又立马否定了这种想法，给自己找台阶下，可能是她忘记了，互联网时代的人记忆力普遍不怎么好。

我为什么不主动邀请她呢？阿威灵光一现，她不提兴许也有不好意思的成分，主动邀请她或许更能显示出自己的诚意。

打定主意后阿威在周五下班的时候来到晓娱的工位，心跳得很厉害："那个，你上次说要来我家做客，明天有空吗？我给你做好吃的。"

晓娱收拾东西的手立马僵在了那里，面露尴尬和不安之色，眼睛有些闪烁，脑子似在搜索什么，终于想起了自己在某个时候的确说过这句话："啊，不好意思啊，我忘记了，明天吗？我现在还不确定，晚上回复你好吗？"

阿威点了点头："好的，那我等你消息。"

阿威的心情有些不好，晓娱面露的尴尬和不安还有眼里的闪烁他非常熟悉，他邀请和自己约会的女孩中有两个有过那种神色，不同的是她们当场直接拒绝了他。阿威有些泄气，或许自己真的是一个奇怪的人吧。

晚上的时候阿威等到了晓娱的回复："明天可以哦，你发个定位，我大概十一点半到。"

阿威从床上腾地一下坐了起来，右拳紧握在空中一挥喊了一声耶，不过回复却很淡定："好的，你有特别想吃的什么或者忌口吗？"

晓娱说："我什么都吃，你安排就行。"

四

阿威早上6点就起床了，他给家里做了大扫除，尽管每周都做清洁的屋子并没有多少灰尘，但他还是全方位地清洁了一遍，然后下楼去早市买了新鲜的食材。夏天的北京天亮得很早，不到7点很多人已经出门，菜市场里人不少，大多是逛早市的老爷爷老奶奶，阿威还是第一次这么早出门，感觉很不错。

晓娱接近12点到的，她提了两袋水果还买了两份大杯的奶茶，进门说的第一句话是："抱歉，路上堵车了，比约定的时间晚了半个小时。"阿威接过她手里的东西："大老远过来还买什么东西啊，来，赶紧进来喝杯水。"

望着满满一大桌子菜，晓娱难以置信地瞪大了眼睛，大叫了起来："哇！你简直太厉害了！不行，我要赶紧拍几张。"说着就掏出手机咔嚓咔嚓开始拍，阿威只好把倒好的水放在一边。

晓娱的感叹是真诚的，阿威莫名有了很多自信，他感觉找到了主场。阿威做了七个菜一个汤，水煮肉片、糖醋排骨、鱼香茄子、回锅肉、辣炒花蛤、清蒸鱼、水蒸蛋以及一大碗冬瓜绿豆排骨汤。阿威很喜欢做这些家常菜，这让他有一种舒适感，并觉得请人来家里吃饭做家常菜能拉近彼此的距离。

望着满满一桌盛宴，阿威开始觉得自己或许并不是如自己想的那样一无是处。

晓娱一边吧唧吧唧地吃一边夸，或者随口一问怎么做的，阿威耐心讲解细节，往往还未讲完她又开始问下一个问题了。

菜很多，两个人吃得肚子圆滚滚还剩下一大半，阿威在收拾桌上的碗筷时晓娱吵着也要帮忙，把碗盘端到厨房后阿威没有立马清洗，他做了个简单的水果拼盘，端出去的时候，晓娱正坐在沙发上玩手机。

看到水果拼盘，晓娱从沙发上跳起来抓了一块橙子往嘴里塞去。阿威从书桌的一个抽屉里拿出硬盘在晓娱面前晃了晃：“想看电影吗？”晓娱接过硬盘：“这里面全是电影吗？有多少部？”阿威说：“没算过，估计有好几百部，都是我精挑细选出来觉得可以再次观看的，储存的大部分是超清版。”

晓娱把硬盘里每个文件夹都打开看了看，她的阅片量很少，很多电影甚至都没有听说过，她掏出随身携带的 U 盘，往里面拷贝了几部最想看的，还用手机记下了阿威告诉他如何找到影片资源的方法，样子非常认真。

晓娱同时拷贝了多部影片，进度条有些慢，两人盯着它陷入了沉默，阿威从电脑桌面的反光里看到了自己和晓娱模糊的影子，两人的头挨得不近也不远，距离恰到好处。

阿威说：“你是第一个接受我的邀请，也是第一个吃我做的饭的女生。”天知道他是鼓起了多大的勇气。

晓娱说：“哇啊，我的荣幸。”

阿威头摇成了拨浪鼓：“不不不，应该是我的荣幸，真的。”

晓娱笑看着阿威，等他接着往下说。

阿威嗫嚅了一下：“我蛮想知道你为什么会和我做朋友，在大多数人的眼里……尤其是女生眼里，我是那种很奇怪的人。”后半句说完阿威还讪讪地笑了笑。

晓娱哈哈大笑：“是啊，你的样子的确很奇怪，胖胖的，还有些内向得自闭，走路也戴着耳机埋着头。但我知道你是一个好人啊，我虽然年纪小，但我会看人，我爸爸是警察，他从小就教我怎么看人。第一次见到你的时候我就从你的眼睛里看到了一种清澈，感觉你很靠谱，不然你以为我为什么要找你帮忙弄打印机，还和你走得这么近？”

阿威的心里暖暖的，从未有女孩子对他说过类似的话，他有很多话想说，但只说出了一句谢谢。

五

接下来两个多小时，两人陷入了漫长的交谈，但多是阿威在说晓娱在听，他讲他大学时的经历，被喜欢过的三个女孩拒绝的惨痛过往，还有进入职场后的默默无闻以及他对未来生活的迷茫。

晓娱瞪大眼睛像一个听睡前故事的小女孩般认真，并不时点点头或露出共情的眼神，但几乎不对阿威过去的生活发表意见，只做一个纯粹的听众。

倾诉完的阿威有一种如释重负的感觉，以前他从未想过会有向人袒露心胸的一天，而且对方还是一个温柔善良又好看的女孩子。

晓娱对阿威说：“我觉得你的闪光点很多啊，你为人可靠踏实，不酗酒不抽烟，精神上也很富足，还会做饭。这些不都是优点吗？也正是因为这样，我才觉得你这个朋友没有交错啊。”

阿威已经不知道该说什么了，他哇喔了一声，眼里有东西在闪烁，他算是被晓娱治愈了。人生很多困扰已久的问题可能一个瞬间和不经意间就能得到解决，阿威觉得自己的问题或许被晓娱解决了。

阿威无言，陷入了沉思，他想起了第一次和女孩子出去玩时的情景，明明刚才和晓娱说过，但又忍不住在心里回顾的一遍，那件事让他郁闷了很长时间，甚至一度有些自闭。事情发生在大一下学期，通过朋友的牵线搭桥，那个他喜欢的女孩终于愿意和他出来玩儿，不过叫了两个双方都认识的朋友。

女生叫朋友出来的意思很明显，对于阿威她态度有些迟疑，他必须好好表现才行，朋友们也安慰他："大家都认识，你就像往常一样相处就行。"阿威深吸一口气，给自己加油打气。

在去聚餐的路上阿威表现得还挺好，可惜到了饭店，他却做了一个让人无法理解的举动。几个人坐定之后，阿威不点菜，却跑到外面去给女孩子打电话，女孩子看着来电显示，一脸的难以置信和略显生气还有些无力的苦笑。

好在有朋友在，女孩子没有当场就走，但在当天余下的活动中，整个气氛非常尴尬，女孩子甚至都不愿意和阿威说话。聚餐好不容易结束回到学校，朋友质问阿威为什么人家在你面前还跑出去打电话，不仅毫无礼貌还显得无丝毫情商，阿威说："我也不知道是怎么想的，心里有话想对她说，又不知道怎么开口，就想着要不要给她打个电话。"

更成熟以后，想起这段往事阿威觉得自己的确挺浑蛋的，虽然不会再犯，但总是忘不了当时的自己，甚至还一度影响到了后来和其他女孩子相处。和晓娱进行漫谈之后他豁然开朗，其实不用还那么在意，那是曾经的自己，和现在的自己无关。

晓娱突然抱住了阿威，但很快又松开了，阿威很震惊，脸上露出了害羞的绯红，晓娱的举动让人太过意外。

晓娱笑着说："你别误会，这是朋友的拥抱，给你安慰和鼓励。你应该不是那种觉得男女之间没有纯友谊很肤浅的人吧？"

阿威的笑容有些如释重负："我不是，真谢谢你。"

晓娱说："你会找到女朋友的，一定不要自暴自弃，你看我这么普通，还有一份很长久的爱情呢，我和男朋友是青梅竹马，在一起好多年了呢。"

阿威露出羡慕的表情："哇，真好啊。"

晓娱骄傲地昂着头："那是当然咯。"

阿威被晓娱的表情逗乐了，他在心里想，我也许可以拥有一段幸福的感情，不，是一定。

两人的笑声飘出窗外，外面的树叶被微风吹得轻轻摇晃了起来，空气里满是夏天的味道。

以后的路

一

周斌遇到唐佳佳的时候，他已经单身四年了。

周斌曾在大学里谈过两次恋爱，但都无疾而终。毕业后也谈过一次，时间蛮长，有三年，两人感情也挺稳定，但当要谈婚论嫁的时候，这段感情也很快夭折了。

女朋友的家人觉得周斌离得太远，也不愿意自己的女儿和周斌一起辛苦还房贷，他们要现成的房子。这两个问题就像两座高不可攀的大山堵在了周斌的面前，他不可能离开长沙老家搬到南昌女朋友那边去定居，他家只有他一个孩子，他不会离开父母。他现在也无法全款买一套房子，父母拿出全部积蓄，再找亲戚们借一圈，也只能勉强凑一个首付。

周斌被搞得浑身无力，想找女朋友商量下解决办法，但女朋友只是冷漠地“嗯”个不停。于是他知道以后是再也见不到她了。

之后的四年时间，周斌不愿意再触碰爱情，一部分原因是被伤得不轻，另一部分原因，也是最大的原因，他发现一段感情需要长久维持，并有一个最终的归属，需要一定的物质基础做支撑。而他很清楚自己现在是不具备这个能力的，对于未来何时有这个能力，他也不是很清楚，甚至都没有多大的信心。

于是这四年，周斌都用一种得过且过的心态面对生活。甚至都没有了职场野心，一个普通岗位他踏踏实实吭哧吭哧地一直干着，从不往前看，只专注于面前的那一张1.2米宽的办公桌。他还切断了很多社交关系，不工作的日子几乎不出门，像一只老猫一样心无旁骛地窝在沙发上刷剧、打游戏。

周斌这种一潭死水的生活态度在唐佳佳入职之后的部门欢迎晚宴上，发生了改变，那天还未下班，他就非常期待着晚上的聚会。而在这以前，不管有同事入职还是离开公司，他都不怎么把他们放在心上，聚会参加的次数也寥寥可数。

去的是那家同事们聚会经常去的日料店。唐佳佳很拘谨，全程不怎么主动讲话，安静地听同事们各种胡吹乱侃，偶尔夹一筷子东西吃，或抬起头四处看一看，撞到了同事的眼睛会点头致意。

周斌也和唐佳佳的眼睛撞到过几次，他不由得冲她多看了几眼。两人离得比较远，唐佳佳的脑袋上有一盏昏黄的做成鸟巢样式的灯，里面闪着几个做成鸡蛋形状的灯泡。灯光打在扎着马尾，化着淡妆的唐佳佳脸上，有一番很特别的味道。

周斌很清楚自己是对唐佳佳动心了，聚完餐走出餐厅大门到回家的这一段时间，他的心情格外好，几乎是在一种飘飘然中度过的。

原来喜欢一个人的感觉这么好啊，周斌差一点就要忘记了。

二

两个月后，周斌和唐佳佳的关系并没有得到提升，依旧只是普通的同事关系。聚完餐那天晚上回家洗漱完躺在床上后，周斌想了很多，越想心里越忐忑，也越难受。四年前，前女友和自己分手的情节又跃入了他的脑海。

那天，周斌给她打电话，前前后后说了很多，但女朋友只是“嗯”，不说其他任何话，最后实在觉得他太唠叨了，说了一句“周斌，两个人能不能走到最后，不是两个人所能决定的，但我知道你会幸福的”便拉黑了他的电话。

前女友的这句话让周斌郁闷了很久，越郁闷就越觉得她说的是对的。如果两个明明相爱的人只能谈一场注定不知道啥时候要分道扬镳的恋爱，而不会有最终的归属，这样的感情他宁愿错过也不要——周斌隐隐觉得，他如果和唐佳佳谈恋爱，便会是这样的结果。

但动了情的心是很难克制住的，尤其那个人每天都会在眼前晃来晃去，还时不时地冲自己笑。和同事们熟识之后，唐佳佳展现出了自己的真实性格，她并不像第一次聚餐时那么内敛和拘谨，相反是非常大方甚至有些大大咧咧的性格，和人说话时总是笑脸相迎，笑声也总是爽朗到能给人带来愉悦感。

就在周斌拿捏不定的时候，他得知一个消息：公司里有两个男同事在追唐佳佳。这下周斌慌了，胆子也变得大了起来，那些顾虑也暂时抛到了脑后。他内心很清楚，如果和唐佳佳就这样错过，他会悔恨很久很久。不管那两个同事怎么想的，他觉得他都比他们更喜欢她一些。

那天晚上唐佳佳在加班，过了8点也没有要走的意思，其间那两个追她的男同事前前后后来了好几次，问她什么时候走，要不要一起。但唐佳佳都礼貌地回绝了。9点的时候，那两个人悄无声息地回家了。

唐佳佳收拾好东西起身准备走时，周斌也从工位上站了起来，装作漫不经心的样子问：“你忙完了啊。”

唐佳佳笑着说：“是啊，你还不走吗？”

周斌说：“我马上走。”

唐佳佳便停下来等他，周斌心里有些窃喜，但很快他就明白，唐佳佳这样做只是出于同事之间的礼貌。

两人往地铁站的方向走去，路边一家湘菜馆飘出了阵阵香味，香味中还夹杂着扑鼻的辣味，周斌忍不住吞了下口水。他望了一眼走在旁边的唐佳佳，心想着要不要请她吃个饭。

唐佳佳却率先开口了："哎呀，饿死了，咱们去吃饭吧？ AA。"

周斌笑了："我请你。"

湘菜馆生意火爆，两人等了10分钟才空出来一张桌子，服务员跑前跑后，他们点好菜干等了好几分钟才有人来帮他们下单。

唐佳佳只点了手撕包菜和双椒脆黄瓜条两个素菜，周斌说："刚还说饿死了，怎么只点两个小菜，别给我省钱啊。"

唐佳佳说："我减肥啊，不吃肉。"

周斌说："你在开玩笑吗，这么瘦还减肥。"周斌点了剁椒鱼头、腐竹炒肉、爆炒田鸡，如果不是唐佳佳制止他还会接着往下点。

唐佳佳和大多数嚷嚷着要减肥的女生一样，在面对美食时瞬间把所有的豪言壮语全部抛到了脑后，大快朵颐，筷子就没有放下来过。

两人边吃边聊，周围的烟火气氛围很足，吃饭的人走了又来，他们一边吃一边说话，窃窃私语或发出引得旁人侧目的笑声。这种感觉很好，周斌很喜欢，充满着一股生活的味道。

唐佳佳在打了一个饱嗝后终于放下了筷子，但这家馆子的菜分量实在太足了，还有很多没有吃完。周斌犹豫了一下，叫服务员拿了几个打包盒。

叫服务员打包，周斌其实有些犹豫，因为他之前相处的很多同龄朋友，在外面吃完饭不管剩下多少菜都会看都不看一眼直接结账走人，周斌提议打包，总会被他们嘲笑一番。好像节约粮食是一件多么可笑的事情。周斌的前女友也和大多数人一样，不喜欢周斌吃完饭后打包。某次聚会，桌上有一份动都没有动的小炒肉和一条清蒸鲈鱼，周斌觉得就这样丢了实在浪费，便叫服务员拿来了打包盒。大家站在一旁等着周斌往饭盒里装肉和鱼，然后他又提着打包的鱼和肉和大家去了 KTV，回到家后前女友把周斌骂了一顿，说他的行为太丢人，像一个乞丐，让所有人看笑话。

前女友的话很难听，但从小跟着爷爷奶奶生活的经历，让周斌知道农民种地的辛苦，无法对浪费置之不顾。周斌以为唐佳佳也像他曾经的那些朋友会露出很惊讶的神情，实际上他误解她了，她不仅帮着他一起打包，还在心里深深记住了他的这个举动。

后来她对他说："打那一刻起，你在我眼里就在慢慢发光了。"

三

唐佳佳和周斌走得越来越近，中午的时候一起去食堂吃工作餐，或者凑单点外卖，晚上下班了一起坐地铁。周斌和唐佳佳不在一个方向，但为了和她多待一会儿，他会绕远路多坐8站地去下一个换乘站换乘。

两人心照不宣地在一起后，周斌开始有了小麻烦。之前追唐佳佳的两个男同事，一个知难而退，另一个却不愿意放手，且是人事部门的负责人，职位比周斌大三级，他不甘心失败，时常给周斌找些小麻烦。

许久不出现的老板不知道来了什么兴致，突然宣布要整饬公司人员结构，把一些没有上进心只知道混日子的"小白兔"员工劝退，说得直白点就是开除。

没有唐佳佳之前，周斌是得过且过的，有了唐佳佳之后，周斌开始有所追求，工作态度也变得认真起来，"升职加薪"成了他的新的追求之一，他想努力多挣一些钱，让物质生活变得更加富足，以防唐佳佳和自己的感情会因为这些外在的东西半路夭折。虽然感情能不能长远是两颗心是否靠得足够近，但在尘世间步履不停的我们，还是需要一些物质的东西给生活做支撑的。

周斌深爱唐佳佳，想和她一路走到白头，他甚至计划好了求婚的时间。

不过，周斌在现在的公司是待不下去了，自从老板说出“小白兔员工”这个词之后，周斌的名字第一时间就上了人事部门的劝退名单，那位负责人还装着无意间的样子将这份名单泄露了出来。

唐佳佳很替周斌担心，周斌安慰她说：“没关系，我其实早有换工作的打算。”爱能让一个人充满力量，喜欢上唐佳佳之后，周斌开始思考着如何改变现状。这个他待了五年的公司，个中利弊他看得很清楚，想往上升职是很难的，马屁精围着老板团团转，老板也很喜欢这些马屁精们。周斌对自己的工作能力很有信心，跳槽换一家公司，不管在岗位上还是薪资待遇上都会有一个很大的改变。

离开现有的公司，周斌对那位伺机而动的人事部门负责人不放心，怕自己走后他又欺负唐佳佳。

唐佳佳说：“你不用担心，他要是欺负我，我就给他一巴掌，转身就走，再也不回去了。”

两个星期后，周斌在一家新公司找到了工作，薪水也比之前的公司高出一大截。当拿到第一个月的工资和奖金后，周斌很开心，照这样下去，明年这个时候，加上以前的积蓄，他不用借钱也能付房子的首付了，刨开装修的钱，还能剩下一笔，可以保证生活质量不会比现在差。

唐佳佳27岁那天，周斌给她过了一个非常烂漫热闹的生日，把我们这些狐朋狗友都邀请了去。很自然的，在气氛最高潮的时候，他掏出了那枚早就准备好的戒指，单膝跪地向唐佳佳求婚。

谈恋爱无非就两种结果，结婚和分手。在众人的起哄声中，唐佳佳点了点头，她大方的笑容慢慢变得很羞涩，最后微微低下头，湿了眼眶。

27年的人生说长不长，说短也不短，但在漫漫人海中找到一个合适的人也并不是一件容易的事情，其中除了耐心和苦心经营之外，还需要很好的运气。命运把一切都安排得井井有条，稍微哪里出了差错，两个人可能一生都不会再遇见。

四

唐佳佳老家在河南洛阳，国庆节假期，周斌提着大包小包去拜访唐佳佳的父母。去之前他已经打听好了，唐佳佳的父母都是退休的中学老师，有知识有涵养，不会问一些奇怪的问题，且他们秉承一个观念，只要女儿幸福，他们不会过多干预她的选择，会尊重她的各种决定。这也是唐佳佳都快奔三了他们也没有向她催婚的原因。

但当唐伯父喝了半斤白酒，拉着周斌悄悄在他耳边说他已经给女儿看上一套婚房之后，他才知道自己失算了。唐佳佳的父母不会允许自己女儿远嫁，在两位父母眼中，洛阳离长沙，实在是太远了。

周斌很难过，想不到这种事情又再一次发生在了自己身上，他很害怕，唐佳佳会和自己因为这种原因而分开。如果事情果真如此，他此后估计不会再谈恋爱，会像大多数迫于年龄和催婚压力的人一样，找一个差不多的人过差不多的生活，让以后的人生都变得“差不多”。

剩余的假期，唐佳佳父母没有再和周斌谈两人以后结婚的事情，他们带着周斌到处玩，好像唐伯父那天根本就没有说过那件事一样。但周斌知道迟早有一天会面对这个问题，唐伯父不是酒后乱言，而是酒后吐真言。

周斌找了个周末的晚上和唐佳佳讨论两人结婚以后住在哪里的事情。周斌说他在长沙已经看好了一套150平方米的房子，首付已经准备好了。唐佳佳沉默了好一阵，她知道周斌上一段感情是怎么夭折的。但她最后还是说："我爸妈不想我离家太远，他们给我们准备了一套房子，不要我们出钱，以后还会帮我们带孩子。"

周斌说："我有钱买房子啊，你爸妈舍不得你，我爸妈也舍不得我啊。我要买的那个房子够大，以后可以把你父母接过来，咱们一起生活啊。"

唐佳佳说："他们年龄大了，不想出远门了。"

周斌有些激动："好像我父母还很年轻一样。"

周斌从未对唐佳佳动过气，但这次交谈让他非常烦躁。他想起了前女友分手时对他说的那句话"两个人能不能走到最后，不是两个人所能决定的"，便越发气愤，结婚过日子本身就是两个人的事情，为什么两个人就决定不了呢？

两人陷入冷战，加之房租刚好要到期，周斌也没有和唐佳佳商量是否要续租，就搬了出去。暂时没有找到合适的房子，便找了一个独身的朋友，在他家打起了地铺。

冷静思考了一下，周斌觉得自己的做法不对，不该那样对唐佳佳，但他又偏执地认为，这段感情如果没有归属，注定是夭折的命运，不管做多少都会是无用功。

五

在地铺上睡了一个星期，周斌心里越来越不是滋味，他很思念唐佳佳，不知道她这段时间过得怎么样，房子到期了有没有搬家。一想到唐佳佳可能要搬家，周斌就开始浑身不自在，家里那么多东西，她一个人怎么搬啊？她那么一个瘦弱的女孩子，扛着大包小包下楼简直太让人心疼了。

想到此，周斌立马起身打车回了家，他敲了敲门，忐忑地等了几秒，门开了，唐佳佳毫无意外地看着他：“你回来啦？”

周斌忍不住哭了，紧紧地抱住唐佳佳：“我还以为你走了。”

唐佳佳轻轻拍着周斌的肩膀说：“我已经续了房租，这里是我们的家，我知道你会回来，我也知道你会想通的。”

也就是这一刻，周斌才知道自己有多幼稚。在感情中遇到问题应该和对方沟通，那是你爱也爱你的人，对方不应该被你以任何方式伤害。

结婚本质上是两个人的事情，但不可避免会涉及各自的家庭，大家都是自己的父母一点一点带大的，结婚了如果离得太远，父母肯定不会放心。看着自己的孩子远走高飞，做父母的，心里肯定不会好受。

再说了，谁规定两个人结婚就一定要定居在男方的城市？定居在女方的城市不行吗？两个人好好商量找一个折中的办法不行吗？如果连这种事情两个人都商量不好，以后漫长的路还怎么走呢？

这些显而易见的问题，周斌都不曾想过，反而用逃避的方式来对待。还好，那个他期待的人并没有离开他，待在原地等着他回去。

周斌和唐佳佳最后结了婚，关于婚后住在哪里的问题，他们是这样解决的：上半年住在周斌和唐佳佳在长沙买的房子里，下半年住在洛阳唐佳佳父母为他们准备的房子里。双方父母如果愿意也可以随时南下或者北上，就当是一场短期的远程旅行。

只要相爱的两个人足够深爱，以后的路不管有再大的困难也能找到方向。

稻田镇的夏天

一

2017年夏天，我回稻田镇母亲家休年假。稻田镇位于南方的鱼米之乡，早晨五六点的时候窗外会有此起彼伏的鸟叫声，路两旁的花草和低垂的树叶上晶莹的露珠凑近了看能反射出五官的模样，温度不冷也不热，十分舒适。

我总是起得很早，端着小板凳坐在院子里，望着东方，看着太阳缓缓升起。这些简单的情景小时候每个夏天都能看到，成年远走他乡之后，只能偶尔在记忆里回味一下。相比北京24小时不停的车水马龙和喧嚣，我想在这样的环境里度过我的假期。

黄昏时，我骑着单车沿着马路看稻田，在路口碰到了一个拖着行李箱的女孩子。她戴着遮阳的帽子，扎得高高的马尾从帽子后面的调节扣伸出，随着她走路的幅度一甩一甩。我以为是谁家在外上学的孩子放暑假回家了，随意看了一眼便继续往前骑去。

女孩子叫住了我，用的是很标准的普通话："请问，这里是稻田镇吗？我想找一个能住的地方。"

原来是来自远方的异乡人。我很诚实地告诉她，镇上很少有外地人来，只有一家很小的旅馆，房间也很小，不过价格很便宜，只要40块钱一晚。

她“哦”了一声，朝旅馆的方向走去，没走多远，面对一个十字路口时又变得茫然起来。我心想她是不知道方向，便推着单车主动当起了向导。

在路上我和女孩进行了短暂的聊天，她说她叫岛岛，来稻田镇是旅行。我笑着说：“我们这和很多南方小镇长得差不多，你来这边看什么啊？”

她也笑了：“我也不知道，只是在网上无意间看到了这个小镇的名字，觉得挺有感觉的，便来了。”

分开时我和岛岛相互加了微信，我以地主的姿态对她说：“有什么需要的地方随时和我说。”

晚上睡觉前，我刷了下朋友圈，看到了岛岛一个小时前发的一条动态：“总算来到了这个叫稻田镇的地方，没什么特别的。但看到路边的那些树和花花草草，还有青黄相连的稻田和鸭子游来游去的河，莫名很安心。”她还配了一张图片，是小镇的一个局部场景，冒着炊烟的屋子，茂盛的树，正在奔跑的狗和蹲在椅子上到处瞭望的猫。

我点了个赞，没过几分钟，岛岛便在微信上找我说话了：“你们这里有吃饭的地方吗？我找了半天也没找到。晚上我只吃了一碗泡面和一个面包，感觉跟没吃一样。”

我在心里想，这不算少了啊，比我有时候吃的还多。我告诉她，我们这一片现在没有饭店，之前旅馆旁有家小饭店，但生意惨淡，老板关了门养龙虾去了。最近的饭店在两公里之外，而且现在也关门了。

岛岛说：“啊，那我每天吃饭还得跑两公里啊。”

我想了想说：“你要是不介意也可以来我家吃饭，我妈妈做饭很好吃，至于收多少钱，我明天问问她再和你说。”

岛岛很兴奋："好啊好啊。"

母亲听说有陌生的女孩子要来吃饭，把我训了一顿："多一双筷子的事情，为什么还要收钱？你缺那点吗？"

岛岛觉得我母亲做的饭很好吃，每天不到饭点就来等着了。当然她也不白吃，吃完饭会帮我母亲收拾桌子，抢着洗碗或做一些简单的家务。

二

岛岛起得很早，在镇上到处走，扛着相机东拍西拍，见我骑着单车路过她叫住我，让我带着她到处转转，不待我回答就坐上了我的单车后座。

我带着她去了堤坝，堤坝有20多米高，站在上面能看到大部分稻田镇的风景和建筑。堤坝上鲜有人去，长满了很多野花野草，岛岛很开心地打开相机拍了起来。

堤坝很长，有十多公里，我们顺着堤坝慢慢向前走。

"我跑这么远来散心，是因为被甩了，我本来想死给他看的，但又觉得这样不值当，我知道他已经铁了心不会回头了。"岛岛突然说道。

岛岛的男朋友是她的高中同学，也是她长这么大以来，第一个真正动心想要走到底的人。两个人从大学开始交往，到毕业工作后两年，整整六年时光。本以为能一直白头到老，哪知道半路杀出个美女前台，把岛岛男朋友的魂一下子就勾走了。

岛岛曾假想过两人可能会分手，唯一的原因只能是双方都不爱了，她怎么也不会想到和男朋友感情破碎会是因为这么狗血的原因。

"现在的言情剧也不会这么写了。"岛岛吐槽说。

类似的事情见得太多了，但我总觉得还是应该说点什么："感情这种事情要讲缘分的，最早遇到的人不一定是最合适的。但只要好好活着，努力往前走，肯定会遇到那个对的人。"

岛岛对我鸡汤味十足的安慰翻了翻白眼："那你说缘分是个什么东西？"

我想了想说："缘分就是夏天里的风，看不见摸不着，只能靠感觉，它飘来飘去，吹在人脸上，如果你感到舒适，那你就遇到它了。"

我本是胡言乱语，只是想逗岛岛笑一笑，她却真的闭上眼睛，身子朝前倾，用脸部认真地去感受迎面吹来的风。

过了十来秒，她睁开眼睛："骗子，根本就没有风，热死了，我要回去吃冰西瓜。"

年假马上要休完了，我得回北京上班。我对岛岛说，如果还想在稻田镇待几天，可以从旅馆搬出来住在我家，我母亲一个人住，她正好可以跟她做伴。岛岛摇摇头，表示自己出来玩了有一段时间了，要回去开始新生活，明天和我一起走。

晚上岛岛在旅馆里发微信问我母亲的事："为什么只有你母亲一个人在家，你父亲呢？"

我说："我很小的时候他们就离婚了，他们以前一起做生意，后来生意做大了，我父亲找了一个年轻的，和我母亲离了婚。"

岛岛说："真可惜，你母亲那么好的人。"

我没有说话。

岛岛又说："他们对你的影响大吗？"

我说："不大，那是上一代人的事情，他们有他们的生活，我也有自己的生活。"

第二天我们赶最早的客运汽车去长沙坐北上的高铁，我回北京，岛岛回郑州。方向顺路，我们上了同一辆高铁。早上起得太早，上车后没有多久我就睡着了。

我是被母亲的电话铃声吵醒的，她在那边问我到哪里了，我说我睡着了，不知道现在是哪里。列车好像刚到了一站，我望向窗外寻找站牌，看到了“郑州东”的字样，我这才发现坐在旁边的岛岛下车了。

我在窗外寻找着岛岛的身影，母亲在电话里说：“我在枕头下面发现了500块钱，还有岛岛的一封信。她太客气了，信我收下了，那500块钱你记得帮我还给她。”

我没有找到岛岛的身影，给她发微信：“下车了也不说一声。我妈看到你悄悄给的那500块钱了，叫我还给你。你太客气了。”

过了一会儿岛岛才回复我，想必是在排队打车或者挤地铁：“看你睡得那么香，不忍心叫你。”然后连着给我发过来好几张偷拍的我的睡姿，实在是可恶！

我给岛岛微信转账，她没有收我的钱：“钱不要啦，要是实在觉得过意不去，就请我吃饭吧。”

我在心里想，北京离郑州可不近，估计这顿饭是很难吃上了。

三

几个月后岛岛突然给我发微信，说她来北京了，叫我赶紧去“接驾”，尽下地主之谊。我那时候正在开会，简短回复道：“在忙，稍后再说。”直到下班我才有空看手机，而岛岛并没有回复我的消息。

我给她打电话，那边吵闹不堪，人声喧嚣，音响发出地动山摇的声音，她用尽力气冲我吼道：“我在和姐们喝酒，挂了吧！”

晚上10点多，我又接到了岛岛的电话，她在那边哭：“有人欺负我，你赶紧来找我。”

我紧张起来：“你朋友呢？有人对你做什么了吗？”

岛岛说："我骗你的，没有人陪我。"然后她和我说了一个酒吧的名字，我打车赶过去的时候，她正坐在街边的一条长椅上，脖子靠在椅子的背沿上，眼睛望着夜空。

我说："这么冷的天，你为什么不待在酒吧里？"

岛岛说："正好醒酒。"

岛岛抬起眼睛看着我："真抱歉大半夜的把你叫过来，刚才有个男的找我要微信，怎么也不愿意走，我想脱险就给你打了电话。"

我装出无奈的样子说道："谁叫我欠你钱呢。"

岛岛说："我刚才仰起头，在感受你之前和我说的那什么缘分的风，我吹了半天都感觉不到舒服，才反应过来，这已经是北京的冬天。"

于是我知道，岛岛又失恋了。

从稻田镇回去以后，岛岛找了新的工作，旅行让岛岛的心态好了许多。她才24岁，人生还有很多美好的事情没有发生，应该不停歇地往前走，去遇到新的人，经历新的事。

新出现的这个人是岛岛的同事，对她穷追不舍，各种献殷勤，即使岛岛拒绝许多次，他也不罢休。其实那时候岛岛还没有准备好开始下一段恋情，但同事的攻势实在太猛了，岛岛便对自己说，要不就试试吧。

这段感情不到三个月就夭折了。讽刺的是，这次也是因为第三者的出现。岛岛欲哭无泪，她觉得自己的感情中了一个叫第三者的魔咒，以后不管谈多少恋爱，都会因为这个魔咒而中道崩殂。

街上的行人和车流变得越来越少，我对岛岛说："先回去吧，外面太冷了，小心感冒。"

岛岛装模作样打了一下我的肩膀："你都不安慰我一下。"

我说："你那么聪明，不需要我安慰你也会想明白。你那么好，早晚会遇到那个对的人。"

我送岛岛到酒店楼下，她的语气里充满了歉意：“你家离这里远不远，是不是要打车回去？我给你出打车钱吧。那时候我很想找一个人说说话，而北京我只认识你一个人。”

我摆摆手叫她赶紧进去，有什么等睡一觉再说。

岛岛在北京待了三天，她到处跑，我也因为太忙，没有一起吃个饭什么的。第四天她离开了北京，还笑着和我说：“这次没有辞职，只是请了假，所以不敢放肆，还是得按时回去上班。”

四

次年夏天，我接到了母亲的电话：“去年那个女孩又来我们这儿了，这次我让她直接住在了家里。”

岛岛接过电话，我开玩笑说：“你这不会又失恋了吧？”

她在那边骂我：“你神经病，我都好久没有谈恋爱了，哪里来的恋可以失。”

岛岛去稻田镇，只是单纯地为了旅行，至于为什么故地重游她也不明白：“只是某一刻特别怀念这个地方，想再来看看。我发现这里夏天的早晨特别美好，我每天被鸟儿叫醒，外面有很多雾气，路两边的花朵和草叶还有树叶上有很多晶莹剔透的露珠，我凑近了对着它们，能看到自己的样子。”

这半年多以来，岛岛的生活没有发生太大的变化，她按部就班地工作，学习提升自己，只是在不断地思考一个叫“爱情”的问题。

“那你想明白了吗？”我以为她要给我上哲学课。

岛岛说：“我也是这次到了稻田镇才想明白。感情中的伤害是谁都不愿意遇见的，但那些发生的事情却又是实实在在的。我们可以悲伤，但更应该照顾好自己，在没遇到那个爱你如生命的人之前，你不能对自己放肆。爱自己是所有一切情感的基础。不管经历多少悲伤和破碎，都不要失去对爱的信心，这可能很难，但我们都应该努力去做。唯有这样，我们才能看清楚，那个真正适合自己爱的人是谁。”

我的心突然像上了发条一样突突突地跳了起来，越跳频率越高。

岛岛说：“我已经找到那个人了，我正在第一次遇见他的地方等他。”

图书在版编目（CIP）数据

我始终只是一个想好好爱你的人 / 程沙柳著. 一北京：北京时代华文书局，2021.9
ISBN 978-7-5699-4390-0

Ⅰ. ① 我… Ⅱ. ① 程… Ⅲ. ① 故事－作品集－中国－当代 Ⅳ. ① I247.81

中国版本图书馆CIP数据核字(2021)第175772号

我 始 终 只 是 一 个 想 好 好 爱 你 的 人
WO SHIZHONG ZHISHI YIGE XIANG HAOHAO AINI DE REN

著　　者 | 程沙柳

出 版 人 | 陈　涛
策划监制 | 小马BOOK
责任编辑 | 张超峰
特约编辑 | 小　北
责任校对 | 刘晶晶
装帧设计 | 琥珀视觉
内文制作 | 胡燕霞
责任印制 | 訾　敬

出版发行 | 北京时代华文书局 http://www.bjsdsj.com.cn
北京市东城区安定门外大街 138 号皇城国际大厦 A 座 8 楼
邮编：100011　电话：010-64267120　64267397
印　　刷 | 河北京平诚乾印刷有限公司　电话：010-60247905
（如发现印装质量问题，请与印刷厂联系调换）
开　　本 | 787mm×1092mm　1/32　印　　张 | 9.25　字　　数 | 240千字
版　　次 | 2021年10月第1版　印　　次 | 2021年10月第1次印刷
书　　号 | ISBN 978-7-5699-4390-0
定　　价 | 48.00 元